Hermann von Schmid

Der bairische Hiesel

Volkserzählung aus Baiern

Hermann von Schmid

Der bairische Hiesel
Volkserzählung aus Baiern

ISBN/EAN: 9783743483538

Hergestellt in Europa, USA, Kanada, Australien, Japan

Cover: Foto ©Andreas Hilbeck / pixelio.de

Hermann von Schmid

Der bairische Hiesel

Herman Schmid's

Gesammelte Schriften.

Volks- und Familien-Ausgabe.

Neunter Band.

Leipzig

Ernst Keil.

1868.

Der bairische Hiesel.

Volkserzählung aus Baiern

von

Herman Schmid.

Leipzig

Ernst Keil.

1868.

Der bairische Hiesel.

Schmid's Schriften. 9. Bd.

1.

Wer auf den Eisenschienen dahindampfend die Münchner Hochebene verläßt, um das Lechgebiet zu erreichen, der sieht zur linken Seite die Alpen des bairischen Hochlandes immer mehr zurücktreten und bald vollständig verschwinden; die weite, fast unabsehbare Fläche, die ihn dann mit Haideland und stundenlangen Strecken schwarzen Torfmoors umgiebt, wird nur nach rechts hin von einem niedrigen Höhenzuge begrenzt, an dessen Fuße die braune Amper nach Süden einbiegt, und auf welchem früher all' der reiche Verkehr dahinzog, welcher nun durch Sumpf und Oede in der Ebene fliegt. Auf diesem Höhenzuge, wenn man ihn bei Dachau erstiegen, führt die alte große Heerstraße nach Augsburg, früher belebt durch Reihen von Frachtwagen, Reisefuhrwerk und Wandernde aller Art, umgeben von fruchtbarem, welligem Ackerlande, Wiesen und stattlichen Föhren- und Tannenwäldern — jetzt etwas abgeschieden und vereinsamt, bis die Eisenreifen auch hierher sich erstrecken und die still und echt ländlich gewordene Gegend zu einem Gliede in der Kette gemacht haben werden, welche der unermüdliche Mensch bald ganz um seine Sclavin, die Erde, geschlungen hat. An manchen Tagen riß der Zug der Reisenden fast gar nicht ab, und manches Dorf und manches jetzt schweigsam liegende Wirthshaus war damals

die Stätte lauten fröhlichen Geschäfts und schallender Freude.
Noch bunter war das Bild, als vor ~~hundert~~ Jahren die
alte Reichsstadt Augsburg noch nicht mit Baiern vereinigt
war, und die Gebiete von einer Menge kleiner Reichsfürsten
und Herren ihre Grenzen gerade hier sehr eng und mannig-
faltig durch einander schlangen.

Zu dieser Zeit ging es in einem an der Straße gele-
genen Wirthshause — vom Volke „am Erbweg" genannt
— noch lebhafter her als gewöhnlich; eine Hochzeit ward
gefeiert und hatte eine so große Versammlung zusammengerufen, daß die zahlreichen Zimmer und Gaststuben des
ansehnlichen dreistöcigen Gebäudes nicht hinreichten, alle
Theilnehmer des Festes zu beherbergen. An der nach der
Straße gerichteten Breitseite des Hauses führte von beiden
Seiten eine freie Treppe auf eine Art ziegelgepflasterter
Terrasse, wo ebenfalls lange Tische gestellt und von einer
Anzahl Bauern der Umgebung in Beschlag genommen
waren. Der Ort schien zugleich eine Art Ehrenplatz zu
sein, denn es waren meist ältere und gesetztere Männer,
die sich hier beim Bierkruge unterhielten und von dem
Tanzvergnügen nicht angelockt wurden, das im obern Stock
in vollem Gange war, denn in das grelle Pfeifen der Cla-
rinette und die dumpfen Töne von Horn und Brummbaß
mischten sich gellendes lang gezogenes Jauchzen, Hände-
klatschen und dröhnendes Stampfen, das die Grundfesten
des Hauses einer sehr ernstlichen Probe unterwarf. Ueber-
dies mochte es sich draußen auch angenehmer sitzen, als in der
niedrigen, vollgepfropften Stube; gegenüber standen zwei
stattliche alte Linden, durch deren schon mit leichtem Gelb
sich färbende Wipfel die gegen Abend niedersteigende Sonne
in angenehmer Brechung spielte, und dazwischen war die
Uebersicht des ganzen Hofraums frei, auf welchem Alles
ankommen und abgehen mußte, und das Fuhrwerk aufgestellt wurde.

Im Augenblicke stand in demselben nur ein einziger
Frachtwagen, hochgewölbt und mit weißer Blahe über=
spannt; mit dem buntbemalten Futtersiebe, das an der
Vorderseite hing, und mit bekränzten Buchstaben nicht
minder herausgeputzt, als es die vier davorgespannten
Braunen waren, von deren Geschirr und Kummet rothe
Tuchlappen und Pelzstreifen herabhingen und die auf dem
Lederzeuge angebrachten Messingbuckel noch heller erglänzen
ließen.

Der Fuhrmann war die Stiege heraufgekommen und
sah nun, die Geißel im Arme und den frisch empfangenen
Maßkrug in der Hand, über das Geländer gelehnt, dem
Hausknecht zu, der den Rossen den Futterbarren zurecht=
stellte und füllte.

Es war ein stämmiger Bursch, dem das blaue Fuhr=
mannshemd und der Hut mit dem Blumenbüschel nicht übel
ließ; ein verschmitzter Zug um den Mund aber und schie=
lende Augen verdarben den Eindruck wieder, den die Gestalt
gemacht. Die Kellnerin, eine derbe Bauerndirne in runder
Pelzmütze und Mieder, setzte einen Teller mit Wurst und
Brod neben ihn auf das Gesims. „Gesegn' es Gott,
Fuhrmann," sagte sie, aus dem angebotenen Kruge leicht
nippend. „Woher des Wegs? Ist ja noch nie bei uns
zugekehrt!"

„Glaub's wohl, schön's Jungferle," erwiderte der
Fuhrmann mit stark schwäbischer Betonung, „'s ist auch das
erste Mal, daß ich den Weg mach'; Ich fahr' von Ulm
her, für einen reichen Kaufmann; werd' jetzt schon öfter
kommen und nie vorbeifahren, weil ich jetzt weiß, daß da
so ein schön's Jungferle daheim ist!"

„Wegen meiner braucht Er sich nicht aufzuhalten," rief
die Dirne kurz und schob den Arm, den er um ihre Hüfte
zu legen versucht hatte, ziemlich derb hinweg. „Wir haben
die Zeit her ohne Ihn auch leben müssen!"

Der Fuhrmann zuckte verächtlich mit den Achseln und lachte laut auf, um den umsitzenden Bauern zu zeigen, wie wenig auch ihm an der schnippischen Dirne gelegen sei. Die Bauern aber waren so in ihr Gespräch vertieft, daß sie das Vorgefallene gar nicht beachtet hatten — nur Einer, der etwas seitwärts saß, ein abgerissen und ärmlich aus= sehender Mensch, hatte zugehört und schob dem Fuhrmann seinen Krug entgegen, indem er, die Unterhaltung einzu= leiten, leicht den Hut lüftete. „Glückliche Reis', Fuhr= mann," sagte er.

„Dank' schön!" war die Antwort, „es geht nimmer weit . ."

„Nach München wohl? Was hast geladen, Fuhr= mann?"

„Allerhand um ein' Kreuzer! Tuch von allen Farben, Zucker und Kaffee und Tabak . . ."

Die Unterredung stockte einen Augenblick; dann fuhr der Bauer etwas leiser und mit einem raschen Seitenblicke fort: „Hast den ganzen Wagen voll geladen?"

„Narr!" rief der Fuhrmann und erwiderte den Blick, „man wird doch nicht mit halber Ladung fahren?"

„Nun ja, man red't ja nur! Hab' nur gemeint, ob Du vielleicht noch 'was aufladen könntest unterwegs!"

„So? Wüßtest Du wohl gar etwas, das mitzuneh= men wär'?"

„Wer weiß . . . es käm' nur darauf an, daß man trauen dürfte . . . Meinst nicht," fuhr er, sich zu ihm hin= neigend, fort, „daß in der Münchnerstadt Jemand zu finden wär', der einen feisten Rehbock kaufen thät'?"

• Ueber das Gesicht des Fuhrmanns ging ein freudiges Zucken; er schielte den Bauer an, nickte unmerklich und ging völlig unbefangen die Stiege hinab, um nach seinem Gespann zu sehen. Nach einigen Augenblicken war der Bauer auch unten, und weil er so zufällig vorüberkam, half er dem Fuhrmann den Wasserkübel zu heben, aus dem die Rosse getränkt werden sollten.

„Hättest Du so 'was . . .“ flüsterte der Fuhrmann.

„Freilich . . . einen Capitalbock, dick und feist! Hat mir meinen Sommerhaber abgefressen, als wenn seiner Lebtag' nie 'was auf dem Fleckel gestanden wär'. . . Kannst ihn haben für einen Frauenbildel-Thaler, das ist die Decke allein werth, und hast das Fleisch geschenkt. . .“

„Es gilt. Wo kann ich den Bock haben?“

„Wann Du durch den nächsten Wald fährst, siehst Du rechts von der Straß', hart am Wald ein kleines Gütel liegen . . . das ist das Staudenhäus'l, da bin ich daheim. Ich geh' jetzt voraus; wenn Du in die Näh' kommst, dann halt' und thu', als ob Dir 'was an Deinem Wagen zerbrochen wär', dann komm' ich und helf' Dir . . . der Bock liegt derweil schon im Straßendickicht versteckt. . .“

„Abgemacht. . . Werd' das Wildpret schon anbringen, denk' ich . . . hab' selber lang' genug kein Stück Wild mehr geseh'n!“

„Aha . . . hast es auch schon schnellen lassen?“

Der Fuhrmann lächelte verschmitzt; er that, als kümmere er sich gar nicht um den Bauer, und kehrte an seinen Platz zurück. Dieser ging langsam am Hause hin und bog rasch um die Ecke.

Die Bauern waren indeß immer tiefer in die Krüge und in ihre Unterhaltung hineingerathen und horchten zu, wie der Schullehrer, ein abgedankter Soldat, die Zwickbrille auf der Nase, ihnen die Neuigkeiten kund gab, die er aus dem „Augsburgischen Postreiter“ enträthselte, wie Maria Theresia, die Kaiserin, ihren Sohn Joseph zum Mitregenten erhoben, wie der preußische Fritz, nachdem er nicht mehr Krieg zu führen hatte, Straßen und Canäle bauen, neue Dörfer anlegen und wüste Gegenden urbar

machen laſſe, und wie in Sachſen eine ſo große Noth
herrſche, daß Tauſende von Menſchen Hungers geſtorben.

„Gott bewahr' uns in Gnaden," ſagte ein alter Bauer,
ſich bekreuzend, „wenn wir noch einmal einen ſo naſſen
Sommer haben, wie heuer, kann es auch bei uns ſo weit
kommen! Die Zeiten ſind ohnehin ſchlecht, Anlagen ſo
ſchwer, daß ſie faſt nicht mehr zu erſchwingen ſind. Jetzt
iſt die Grundſteuer wieder um zwei Gulden vom Hof gehö=
hert worden . . . dann kommen noch die Gilten dazu und
der Zehent und die Laudemien . . . der Teufel mag wiſſen,
wie man es anſtellen ſoll, das zu erſchwingen!"

„Um das zu erfahren," perorirte der Schullehrer,
„braucht Ihr nicht beim Teufel anzufragen! Ihr dürft
nur den alten Schlendrian aufgeben, Kartoffel anbauen
und befolgen, was unſer durchlauchtigſter Herr Kurfürſt
befiehlt. Wofür ergehen denn die allerhöchſten Cultur=
mandate, und wofür muß ich Euch dieſelben jeden Sonntag
nach der Kirche vorleſen, wenn Ihr nichts hören wollt von
den neuen Samen, vom Fruchtwechſel und von . . ."

„Ei was," unterbrach ihn der Alte, „wie ich mit mei=
nen Feldgründen umgeh'n muß, was darauf wachſt und
was nit, das muß unſer Einer am Beſten wiſſen! Dazu
brauchen wir keinen Zettel, den ſie uns aus der Münchner
Kanzlei herausſchicken! Wie's mein Ahn'l gemacht hat, ſo
mach' ich's, und mein Bub' ſoll's nach mir auch ſo machen!"

„Wüßt' auch nit," rief ein Jüngerer, „warum ich mich
plagen ſollt', mehr Gründe anzubau'n oder mehr Frucht zu
erzieh'n! Damit ich nur mehr neue Abgaben zu zahlen
hätt'! Wenn ſie zehnmal ſagen, daß der Neubruch zehn
Jahre lang keine Steuer zahlen ſoll . . . nit wahr iſt es!
Was man Dir auf der einen Seit' laßt, mußt auf der
andern doppelt wieder hergeben — ich kenn' unſern Rent=
teufel, dem wird Keiner zu ſchlau!"

„Und was hat man davon, wenn man sich genug ge=
schunden und geplagt?" fragte ein Dritter. „Wenn das
'Treid' auch dasteht, daß kein böses Aug' es anschauen soll,
und Du hast glücklich keinen Schauer gehabt und keinen
Mausfraß ... dann kommt ein Rudel Hirsch', und in einer
Nacht ist das ganze Feld abgegrast und zusammengetreten,
daß Du nit weißt, ob Du flennen sollst, wie ein klein's
Kind, oder d'rein schlagen, wie ein Wilder!"

„Da müßt Ihr eben selber abhelfen!" eiferte der
Schullehrer und nahm die Brille von der Nase. „Bei
Tage kommt das Wild nicht, und bei Nacht ist es Euch ja
ausdrücklich erlaubt, es mit Schreien oder Peitschenknallen
oder auch mit Feueranmachen zu verscheuchen!"

„Eine saubere Abhülfe das!" rief der Junge entge=
gen. „Probir's Er einmal, Herr Lehrer, wenn er den
ganzen Tag an der schweren Arbeit gewesen ist, wie das
thut, wenn er bei Nacht, statt auszuruh'n, hinaussteh'n und
das Feld hüten soll! Niederschießen soll man das Gethier
alles miteinander! Es ist doch nur auf der Welt, uns
Bauern zu plagen! Warum muß es denn so viel Wild=
pret geben? Und warum dürfen wir nicht auch nieder=
schießen, was auf unsern Grund und Boden kommt?"

„Da müßt den Schullehrer fragen," sagte der Alte,
„vielleicht, weil er so siebengescheidt ist, weiß er das auch!"

„Das weiß ich auch!" rief der Lehrer. „Das edle
Wildpret ist da, damit die Herren auch ein Vergnügen
haben mit der Jagd, und schießen dürft Ihr's nicht, weil
das Wildpret Niemand gehört, als dem Landesherrn!
Merkt Euch's, Regalia heißt man das!"

„Ja, ja!" murrte der Alte wieder, „und das Herren=
vergnügen müssen wir Bauern zahlen, und warum das
Wildpret, das frei herumlauft, so justement Einem gehören
soll, das kann ich auch nicht begreifen! Wenn das wär',
hätt' der liebe Gott gewiß auch einen Zaun wachsen lassen

um den Wald herum, oder er hätt' den Hirschen und Rehen
ein Wappel hinaufgedruckt, damit sich Niemand d'ran ver=
greift! Es geht mir einmal nit in den Kopf, daß unser
Kurfürst Max Joseph, der die gute Stund' selber ist, das
leidet, und wenn wir Bauern einmal zusammenständen und
gingen hinein nach München und thäten ihm uns're Noth
vorstellen — ich glaub' gewiß, er thät uns helfen!"

„Kann wohl sein, probiren wir's einmal!" sagte der
Jüngere. „Aber wir müssen bei alledem noch still sein
und das Maul halten, denn bei uns ist es noch golden
gegen da drüben, über'm Lech, im Schwäbischen! Da sind
so viel kleine Herren und Stifter, und Jeder hegt seinen
Wildstand . . . die Hasen und Reh' sollen nur so herum=
laufen, daß Du sie mit einer Pelzhauben todtwerfen könntest,
aber sie müssen es still mit ansehen, sonst giebt's Prügel
und schweres Eisen und gar das Zuchthaus!"

Dem Lehrer war die Wendung des Gesprächs nicht
angenehm, und da Niemand mehr ein Ohr haben wollte
für seine Neuigkeiten, faltete er seinen Postreiter zusammen,
legte die Nasenbrille hinein und ging mit einem kurzen
krummigen Abschiedsgruße seine Wege.

Die Bauern steckten die Köpfe zusammen, um ihre
Glossen zu machen, aber sie kamen nicht dazu, denn ihre
Aufmerksamkeit wurde durch etwas Anderes angezogen.

Auf der Heerstraße stand eine Schaar bewaffneter
Männer, die sich eifrig besprachen und dann nach verschie=
denen Richtungen aus einander gingen. Die Einen davon
waren durch die aufgeschlagenen, bordirten und mit Federn
besteckten Hüte, durch das Grün der Aermelaufschläge und
Rockkragen, wie durch Hirschfänger und Büchse als Jäger
bezeichnet; andere ließ der halbsoldatische Anzug und die
Muskete als Landreiter oder, wie sie auch genannt wurden,
als Strickreiter erkennen. Sie hatten das platte Land zu
durchstreifen und von Gesindel zu säubern und trugen zur

Sicherung ihres Fanges einen Strick gleich bei sich. Die Schergenknechte, die dabei waren, waren an den grauen Röcken, an dem umgürteten Säbel und an dem nicht feh= lenden Hunde kenntlich.

Einer der Schergen kam vor das Wirthshaus und setzte sich etwas abseits, denn der Scherge war unehrlich und durfte mit seinem deckellosen Kruge nicht bei andern Leuten sitzen.

„Was wollen die miteinander?" fragte einer der Bauern. „Die haben gewiß wieder 'was auf dem Korn und machen eine Streif' ..."

„So sieht's aus," sagte der Alte leise entgegen, „und der Schergenknecht da hat sich auch nur hergesetzt, um zu horchen, ob es nicht 'was aufzupassen und aufzuschnappen giebt."

„Frag' ihn," flüsterte der Junge, den Alten mit dem Ellenbogen anstoßend.

„Fallt mir nit ein," entgegnete dieser ebenso, „ich red' den Kerl nit an, steigt mir schon die Gall' auf, wenn ich ihn nur seh'! Sind keine vierzehn Tag', daß er mir meine . schönste Kuh gepfändet hat, wegen lumpigen zwanzig Gul= den, die ich von der Steuer nit hab' aufbringen können! Er wird schon selber anfangen und sagen, was er will!"

Der kluge Alte irrte nicht; der Scherge hatte kaum Platz genommen, als er mit grobem, spöttischem Tone zu den Landleuten herüberrief: „Nun, Ihr Bauern, braucht Ihr alle miteinander kein Geld? Sonst thut Ihr, als wenn Ihr keinen Gulden zusammenbrächtet, und jetzt ist es, als wenn Euch die Kronenthaler nur so aus der Tasche fielen! Fünfzig Gulden giebt's zu verdienen — das Landgericht hat's als Preis ausgesetzt, wer den Nußberger=Gütler ein= fangt und seinen Buben!"

„Wir wollen Niemand sein Brod wegnehmen," entgeg= nete der Bauer kalt. „Er wird die fünfzig Gulden wohl

selber brauchen können. Aber was hat denn der Nuß=
berger verbrochen, daß auf ihn gejagt wird, wie wenn wir
beim Treiben in die Frohn geh'n müssen?"

„Was er gethan hat? Ein Verbrecher ist er, ein
malefizischer Wilddieb, der in's Zuchthaus gehört! Er hat
sich an der kurfürstlichen Jagdhoheit verfehlt und einen
Hasen in der Schling' gefangen!"

„Und wegen eines miserablen Hasen," rief der Alte
entrüstet, „muß ein ordentlicher, hausgesessener Mann in's
Zuchthaus wandern? Wegen eines lumpigen Hasen muß
er fort von Haus und Hof, daß vielleicht die ganze Familie
darüber zu Grund geht? Ist ein solches elendes Vieh
mehr werth, als ein Mensch und eine ganze Bauern=
familie?"

„Raisonnir' nicht, Kreuzhuber," entgegnete der Scherge.
„Wenn Du Dein Maul so spazieren gehen laff'st, könnt's
leicht geschehen, daß ich wieder in Deinem Kuhstall nach=
zuschauen bekäm'!"

„Dann könnt's aber auch leicht geschehen, daß Er nit
so ruhig wieder hinauskommt, wie das letzte Mal! Und
was wollt Ihr dann mit dem Buben? Hat der auch
Hasen gefangen?"

„Der Lump kommt auf die Bank und kriegt einen
ordentlichen Schilling!" rief der Scherge mit rohem Geläch=
ter. „Der Has' war im Stadel unter'm frischen Klee ver=
steckt ... der Bub' hat's gewußt und hat's dem gestreng'
Herrn Landrichter bei der Haussuchung aus dem Gesicht
heraus geleugnet!"

„Und dafür soll der Bub' gestraft werden, daß er sein'
Vater nit verrathen hat? Kreuz Dividomini —" schrie
der Bauer aufspringend und schlug mit der geballten Faust
auf den Tisch, daß die Maßkrüge tanzten. „Jetzt wird's
aber doch bald zu braun!"

„Was giebt's, Kreuzhuber?" fragte der Scherge frech,

indem er sich zum Gehen anschickte. „Ich will nicht hoffen,
daß Du 'was einzuwenden hast! Wer Wildpret findet
und mitnimmt, oder wer's gar in Schlingen fangt, der wird
als ein Wilddieb malefizisch abgestraft — so steht's im
Mandat! Der Nußberger ist zwar auf und davon, und
der Bub' mit, aber wir finden sie schon aus, und dann
heißt's marsch mit dem Alten in's Zuchthaus, und mit dem
Jungen auf die Bank, und wer sie versteckt oder ihnen
behülflich ist, den trifft die gleiche Straf' . . . Verstanden?"

Er stürzte seinen Krug, stülpte sich den Hut auf und
schritt lachend hinweg.

„Herrgott," rief ihm der Alte nach, „wie's mich in der
Faust juckt! Wenn man ihn nur anrühren und schütteln
dürft', wie einen andern ehrlichen Christenmenschen! Ich
weiß nit, was daraus noch werden soll, das Volk wird alle
Tag' übermüthiger!"

„Das sind sie erst, seit der bairische Hiesel nicht mehr
da ist!" sagte der Junge. „Wenn der da wär', thäten sie
bald wieder klein beigeben — der hat's verstanden und hat
dem Jager- und Schergenvolk gehörig aufgebaumt!"

„Da hast Recht — ich hab' auch davon gehört,"
mengte sich ein Dritter in's Gespräch. „Aber wo ist er
denn hingekommen?"

„Der Kurfürst hat ihn aufzuheben gegeben, damit er
ihm nicht gestohlen wird! Sie sind ihm lang' nachgegangen
wegen des Wildschießens — einmal haben sie ihn Nachts
im Bett erwischt, mitgenommen und nach München geschickt
in's Zuchthaus!"

„Mich wundert's," sagte der Dritte, daß er sich hat
erwischen lassen . . . das weiß ja alle Welt, „daß er fest ist
und einen verhexten Hut hat!"

„Was hat er?" riefen die Bauern durch einander.
„Einen verhexten Hut? Und fest ist er auch?"

„Freilich . . ." betheuerte der Andere, „keine Kugel

geht ihm ein! Mein Vetter, der Kramer von Mehring, hat ihn selber gesehen, im dortigen Wirthshaus, wie er sich mitten und ganz frei in die Stube hingestellt hat und hat auf sich schießen lassen und hat die Kugel mit der Hand aufgefangen. Die hat er dann in der Stube herumgezeigt — mein Vetter hat sie selbst in der Hand gehabt! Und mit dem Hut," fuhr er, durch die aufmerksame Neugier seiner Zuhörer ermuntert, fort, „mit dem hat's auch seine Richtigkeit. In dem Hut sitzt der Fankerl, und wie er hineinschaut oder ihn an's Ohr hält', sagt er ihm, wenn's etwa nicht sauber, und eine Streif' oder ein Jäger in der Näh' ist . . ."

„Das ist merkwürdig!" sagte der Alte. „Hab' auch schon allerhand von dem Hiesel gehört! Schießen soll er können, daß er auf hundert Schritt aus einer Spielkarten jedes Fleck'l hinausschießt, das Einer nur will, und wenn die Jäger schon geglaubt haben, sie hätten ihn, ist er zum Fenster hinaus in einen Baum und ist von Wipfel zu Wipfel gesprungen, wie ein Eichkätzel! Wenn er nur wiederkäm', der thät' aufräumen unter dem überflüssigen Wildpret und thät' den Jägern und Schergen die Zeitigen wieder einmal herunterklauben . . ."

Die Gesellschaft hatte sich inzwischen um zwei Personen vermehrt. Die eine war ein wandernder Tabulet=Krämer, der mit seinem dünnen, aber sehr hohen und breiten Kasten auf dem Rücken keuchend und schwitzend von der Land= straße herangekommen war, sich aber kaum Zeit zur Er= holung gönnte, sondern in Hoffnung eines bei den Hochzeits= gästen zu machenden guten Geschäfts sogleich daranging, die Riemen des Kastens loszuschnallen und seine Kostbar= keiten auszukramen. Ein Wolfshund von ungewöhnlicher Größe, braun und schwarz gestriemt, legte sich zu seinen Füßen unter den Tisch.

Den zweiten neuen Gast hatte Niemand kommen sehen;

er saß mit einemmale auf der Bank und rückte den Hut zum leichten Gruße gegen die Bauern hin. Es war ein junger Mann, von schlanker, aber kraftvoller und wohlgebauter Gestalt, mit kohlschwarzem, dichtem Kraushaar und einnehmenden Gesichtszügen. Um den Mund spielte ein gutmüthig lächelnder Zug, die gebogene Nase aber verrieth Festigkeit, und aus den nußbraunen Augen blitzte Kühnheit und ein jede Gefahr verachtender leichter Sinn. Das Gewand war jägerartig geschnitten und aufgeschlagen, an dem aufgekrämpten Hute prangte der Gemsbart und der Flaumstoß von Auerhahnfedern.

Der Tabuletkrämer hatte während des Auspackens die Reden der Bauern vernommen; der Jäger warf nur einen flüchtigen lächelnden Blick nach ihnen hinüber und schien dann ganz mit dem Hunde des Krämers beschäftigt, dessen Wuchs und Kraft er wohlgefällig musterte, und der ihn hinwieder unverwandt mit funkelnden Augen betrachtete.

„Hört mir als mit dem Gepappel auf, Ihr Bauern," rief jetzt der Krämer zu diesen hinüber, „und macht nicht so viel Aufhebens mit Eurem bairischen Hiesel. Er ist halt eben auch ein Wilddieb, wie ein Anderer und wie es bei uns daheim, in der Rheinpalz, auch giebt! Das Gepappel da, von seiner Stärk' und von dem verzauberten Hut — das kennen wir schon! Das sind lauter Geschichten, die er selber ausgesprengt hat, daß man sich vor ihm fürchten soll!"

Der Jäger wandte sich gegen den Krämer. „Kennt denn der Herr den bairischen Hiesel?" fragte einer der Bauern.

„Nein," erwiderte der Krämer, „ich hab' ihn nie geseh'n, und es ist mir nur leid, daß er eingesperrt ist, sonst hätt' ich's schon probirt und hätte gezeigt, daß sich ein ordentlicher Rheinpälzer nicht vor ihm fürcht' — ich hätt' ihn gewiß gefangen!"

„Meint Ihr?" lachte der alte Bauer. „Solche Hiesel=
fanger hat's schon mehrere gegeben, aber sie haben's Alle
wieder bleiben lassen!"

„Ich nicht!" rief der Krämer. „Der Hiesel kann von
Glück sagen, daß er schon eingefangen ist — bei mir wär'
er nicht so gut weggekommen! Ich hab' schon als in der
Palz von ihm reden gehört und hab' mich schon hergericht't
uf die Rees' und hab' mein' Camerade', den Tiras, da drunten
dressire' lasse' — der steht seinen Mann, der hätt' mir den
Hiesel schon gefangt ... Da, der Herr ist ein Jäger,"
fuhr er fort, sich zu dem Fremden wendend, „also ein Sach=
verständiger — der soll mir's bestätigen, ob ich nicht Recht
hab'!"

Der fremde Jäger lächelte eigenthümlich, indem er bald
den Hund, bald dessen Herrn betrachtete. „Ich kenne den
bairischen Hiesel nicht und weiß nicht, wie stark er ist,"
sagte er dann, „aber der Hund ist so schön und groß, wie
ich noch keinen geseh'n hab', und wenn er gut abgerichtet
ist, hat er nicht leicht seines Gleichen!"

„Na, da hört Ihr's!" rief der geschmeichelte Krämer.
„Wenn ich den Tiras auf ihn gehetzt hätte und hätte geru=
fen ‚Huß Tiras! Faß', Faß' ... der Hund hätt' ihn am
Kragen gepackt und niedergerissen, daß er das Aufsteh'n
vergessen hätte!"

„Ist der Hund nicht feil?" fragte der Jäger leichthin.

„Nee, die Kränk'! Den geb' ich nicht her, nicht um's
Dreifache, was er werth ist! Ist gar ein wachbares Thier,
ich könnt' ihn bei meinem Kasten mutterseelenallein mitten
im Wald liegen lasse', es thät' mir doch kee Mensch 'was
anrühre' ..."

„Das ist schade — ich hätte gern seine Stärke probirt!"

„Das wollt' ich dem Herrn als guter Freund nicht
rath'n. Die Kränk', da könnt' Er bös wegkomme', der

könnt' Ihm ein paar Fetze' vom Leib' reiße', daß's nur so
eine Art hätt'. . ."

„Das ist meine Sache," rief der Jäger und stand auf.
„Ich will den Hund probiren, hetz' Er ihn einmal auf
mich."

„Das werd' ich bleibe' lasse'," erwiderte der Krämer,
„das könnt' ämol 'ne scheene Geschicht' abgebe'. . ."

„Kein Mensch wird Ihm etwas anhaben, wenn Er
thut, was ich selber verlange . . . die Leute alle sind Zeu=
gen. Will Er den Hund auf mich hetzen oder nicht?"
Blick und Ton, womit diese Frage, obwohl anscheinend
ganz gleichgültig, begleitet war, hatten etwas so Wildes
und Befehlendes, daß der Krämer nicht recht wußte, wie
ihm geschah. „Die Kränk'," stammelte er ganz verwirrt,
„wenn der Herr durchaus verrisse' sei' will, so kann ich Ihm
ja das Vergnüge' mache'. . . Ich will aber keene Schuld
habe', die Herren Bauern da müssen mir's bezeuge'. . ."

„Ich gehe über die Stiege hinunter," sagte der Jäger,
„sobald ich Drei zähle, laß' Er den Hund los. . ."

Das gewaltige Thier schien eine Ahnung dessen zu ha=
ben, was vorging; es hatte sich erhoben, schüttelte den
Kopf und streckte Leib und Pranken, als ob es im Spiele
die Kraft seiner Muskeln zeigen und üben wolle. Der
Krämer hielt den Hund am Halsbande gefaßt; die Bauern
drängten zu Stufen und Geländer, um sich das Schauspiel
des merkwürdigen Kampfes nicht entgehen zu lassen.

Jetzt ertönte der verabredete Ruf; „Hussa! Hussa!"
rief der Krämer, den Hund loslassend. „Faß', Tiras!
Faß'!" Wie ein aus dem Käfig entsprungenes Raubthier
stürzte der Hund die Stufen hinab und war in zwei Sätzen
an seinem Manne, den er mit gewaltigem Sprunge, sich
hoch aufrichtend, im Nacken zu fassen versuchte; blitzschnell
aber hatte der Jäger sich gewendet, daß sie sich nun von
vorn gegenüber standen. Die Pranken des Hundes gen

auf den Schultern des Mannes, sein Kopf war fast dessen
Gesicht gegenüber — die eine Hand des Angegriffenen
hielt den Hund an der Kehle, mit der andern war er ihm
in den Rachen gefahren und hielt dessen Unterkiefer mit
aller Macht gefaßt. Das gewaltige Thier machte mit dem
Aufgebote all' seiner Kräfte furchtbare Anstrengungen, seinen
Feind aus dem Gleichgewichte zu bringen und sich von der
zwängenden Klammer zu befreien; es stieß ein wildes Ge-
heul aus, das dann in ängstliches Knurren und zuletzt in
Gewinsel überging. Es zog den Schweif ein und ließ die
Pranken sinken, der Jäger zog die Hände zurück, aber er
hielt das Auge unbeweglich auf das des Hundes geheftet,
der wie gebannt, als könne er den Blick nicht ertragen, sich
niederlegte und ängstlich bis zu den Füßen seines Bezwin-
gers kroch.

Die Bauern stießen ein lautes Beifallsgeschrei aus,
während der Krämer voll Zorn und Aerger alle Farben
spielte und nicht übel Lust zu haben schien, den Hund seiner Niederlage wegen zu züchtigen. Er unterließ es aber,
denn Tiras knurrte bedenklich und fletschte ihm die Zähne
entgegen; der fremde Jäger hatte sich abgewandt und schritt,
als ob nichts Besonderes vorgefallen, dem Hause zu.

Am Ende der Treppe stand der Fuhrmann, welchen
der Lärm ebenfalls herbeigelockt hatte. „Grüß' Gott..."
murmelte er dem Vorübergehenden zu.

Dieser warf ihm einen flüchtigen Blick zu, und eine
widrige Empfindung malte sich in seinen ausdrucksvollen
Zügen. „Du hier?" flüsterte er. „Was bringst Du?"

„Nichts!" tönte es flüchtig entgegen. „Auf Mariä
Geburt... im Augsburger Bannwald..."

Der Fremde schritt vorüber und eilte durch den Haus-
gang in den obern Stock, wo der Tanzplatz war; es hatte
den Anschein, als wolle er den unangenehmen Eindruck der
letzten Begegnung durch freundlichere Bilder verwischen.

Es hatte schon zu dämmern angefangen, und der Tanz, welcher auf Befehl der Obrigkeit nicht in den Abend hinein dauern durfte, war bei seinem Schlusse angelangt; der „Polsterl'=Tanz", das Ende und einer der Hauptreize des Festes, hatte begonnen. Die Bursche und Mädchen standen in weitem Kreise und hielten sich an den Händen gefaßt; in der Mitte stand die Braut, das Ehrenkrönlein aus Silberflitter auf dem Kopfe, in der Hand ein Bett=kissen, nach Landessitte ein Polster genannt. Sie machte einige tanzende Schritte hin und her, indem sie einen alten Reim halb sang, halb hersagte; dann mußte sie das Kissen vor dem Tänzer, den sie wählte, zu Boden werfen; der Bursche kniete darauf nieder, worauf die Wählende ihn einigemale zierlich umkreiste, dann aber mit einem Kusse aufhob und nach dem lustig einfallenden Ländler mit ihm einigemale im Kreise herumtanzte. Dann schlüpfte das Mädchen aus dem Ringe, und nun war es an dem Tänzer, sich auf gleiche Weise eine Partnerin zu wählen, und so währte das Spiel, bis zuletzt ein ungewähltes Paar übrig blieb. Das mußte dann wohl oder übel mit einander tan=zen, und irgend ein Spaßvogel sprang mit dem Kehrbesen hinter ihnen drein und fegte sie unter allgemeinem Geläch=ter zur Thüre hinaus. Alle bäuerliche Lustbarkeit, aller ländlich=derbe Scherz wurde dabei losgelassen; Gunst, Ab=neigung und Neckerei hatten ihr freiestes Spiel, zumal wenn eine schelmische Dirne dem sich schon begünstigt glaubenden Burschen das Kissen rasch unter den Knieen wieder wegzog, daß er hart auf den harten Boden plumpen und sich den Mund wischen mußte.

Die Braut hatte sich ihren Neuvermählten geholt, die=ser die erste Kranzeljungfer, und jetzt stand diese in der Mitte und ließ die blauen Augen im Kreise herumgehen, um den Würdigen zu erspähen, den sie mit Kuß, Kissen und Tanz beglücken sollte. Es war ein hübsches Mädchen,

zu deſſen blondem Haare der grüne Kranz mit weißen Blu=
men gar lieblich ſtand, und deſſen rothe Wangen den Roſen=
ſtrauß im ſchwarzen Mieder beſchämten. Auf einmal blieb
ihr Blick überraſcht an dem fremden Jäger hangen, der zu=
ſchauend mit voller Kopfeslänge alle Burſche überragte.
Ihre Wange färbte ſich tiefer, einen Augenblick ſchien ſie
unſchlüſſig zu zaudern, dann aber, wie von etwas Unwider=
ſtehlichem angezogen, eilte ſie auf den Jäger zu und legte
ihm das Kiſſen vor die Füße. Mit einem Anſtande, der
weit über die Verhältniſſe der ganzen Umgebung ging, ließ
der Fremde ſich auf ein Knie nieder, und da das Mädchen,
nun erſt der übernommenen zweiten Verpflichtung ſich er=
innernd, unſchlüſſig zögerte, umſchlang er ſie raſch und
drückte ihr keck und doch nicht ausgelaſſen einen herzhaften
Kuß auf die friſchen Lippen.

Während des Tanzes ſchien mit Beiden eine eigen=
thümliche Veränderung vorzugehen; das Mädchen hatte
ſeine ganze friſche Munterkeit eingebüßt und kam mit den
niedergeſchlagenen Augen nicht von der Erde los — auch
der Jäger war wie befangen, und wenn auch ſeine Blicke
unverwandt an dem Antlitz ſeiner ſchönen Tänzerin hingen,
fand er doch kein Wort, in dem angeſchlagenen freien Weſen
fortzufahren. Die Zuſchauer folgten ſtaunend den Tan=
zenden und meinten, daß ſie ſelten noch ein ſchöneres Paar,
ganz gewiß aber niemals einen Tänzer geſehen, der ſolche
Zierlichkeit mit gleicher Kraft und Ausdauer verband. Er
berührte kaum den Boden, und doch war jeder Schritt feſt
und kräftig; jede Bewegung der Arme, jede Drehung war
ſo angenehm, daß ſie einem Edeljunker keine Unehre ge=
macht hätte. Jäger waren bei den Tänzen der Bauern
keine gern geſehenen Perſönlichkeiten; die Burſche fingen
daher ſchon an, finſtere Miene zu machen und ſich zu bera=
then, ob der Eindringling gebuldet werden ſollte; dieſer
aber hatte inzwiſchen, als der Tanz beendigt, und ſeine

Tänzerin aus dem Kreise geschlüpft war, das Kissen wieder
vor der Braut niedergelegt und wußte das so fein zu machen,
daß die Geschmeichelte dem hübschen Jäger ohne Wider=
willen folgte. Endlich frei geworden, spähte er mit dem
Auge eines Falken im Tanzsaale umher und hatte bald die
Kranzjungfer entdeckt.

Sie war auf die Altane vor dem Saale getreten und
fächelte sich, an die Brüstung gelehnt, mit einem Tüchlein
kühle Luft zu; es war ihr so wunderbar warm geworden
bei dem letzten Tanze.

Sie schrak leicht zusammen, als der Jäger unvermuthet
zu ihr trat und sie mit höflicher Verbeugung ansprach.
„Will mir die Jungfer wohl erlauben, daß ich ihr Gesell=
schaft leiste?" sagte er. „Es ist lieblicher und stiller da
außen, als auf dem dumpfigen Tanzboden."

„Wenn's dem Herrn beliebt," erwiderte sie schüchtern,
„ich kann's dem Herrn nicht verbieten!"

„Ich möchte aber," fuhr er schmeichelnd fort, „daß
die Jungfer mir das Dableiben nicht nur nicht verbietet,
sondern erlaubt . . . daß sie es gern sieht, wenn ich bei
ihr bin."

Sie warf ihm einen raschen Blick zu, aus welchem
etwas von ihrer frühern Munterkeit aufleuchtete. „So
geschwind," setzte sie hinzu, „schießen bei mir daheim die
Jäger nicht!"

„Ich bin aber ein besonderer Jäger und hab' meine
besondere Weis'," sagte er. „D'rum möcht' ich gar zu gern
wissen, wo die Jungfer daheim ist, und wie sie heißt?"

„Der Herr wird's doch nit kennen, wenn ich's auch
sag' . . . es ist ein gar kleines Dörfel . . . drüben an der
Paar, nit weit von Friedberg — heißt Kissing . . ."

„Kissing?" rief der Jäger in plötzlicher Bewegung,
die er nicht zu bemeistern vermochte; er hatte Mühe, als
sie ihn verwundert ansah, gelassen fortzufahren: „Ei, das

ist wohl ein kleines, aber ein gar liebes und freundliches Oertel! Das kenn' ich gut!"

„Ist das wahr?" rief sie mit unverhehlter kindlicher Freude. „Der Herr kennt unser Dörfel, und es gefällt Ihm da?"

„... Ich bin dort gewesen... einigemal, als Bub'!" sagte er zögernd, „bin lang' fort, aber es ist mir doch fest in der Erinnerung geblieben!"

„Da ist's dem Herrn gegangen, wie mir," erwiderte das Mädchen zutraulicher. „Ich bin in Kissing daheim, aber ich hab' auch schon früh, wie ich noch ein kleines Mädel war, fortgemußt — zu einer Bas', die ein großes Gut hat, gegen Friedberg hin — ich bin wenig mehr heimgekommen und hab's doch nit vergessen!"

„Und das Haus, wo die Jungfer daheim ist?" fragte der Jäger. „Will sie mir das nicht sagen und ihren Namen dazu?"

„Der Herr wird's kaum wissen ... ich bin auf dem Baumüllergut daheim ... mein Nam' ist Monika!"

„Ich bin ... wie ich der Jungfer schon gesagt ... wenig bekannt, aber den Baumüllerhof weiß ich recht gut. Das Haus liegt gar schön in einem kleinen Grasanger, und nicht weit davon fließt die Paar nach der Mühl' hinunter, und wo sie einbiegt, da ist eine Tiefe, mit Erlenstöcken besetzt und mit Hainbuchen ..."

„Ja, ja!" rief sie freudig, „als wenn ich's leibhaftig vor mir sähe! Und der Eierberg schaut b'rüber herein mit seinen Haselstauden, und durch's Dorf hinauf geht's an der Paar hin, auf die große Wiese ... weiß der Herr, nit weit von dem kleinen Häus'l, wo der Brentan' wohnt, der Herrgottmacher?"

„Weiß die Jungfer dies Haus auch?" fragte der Jäger mit eigenthümlichem Tone.

„Gewiß ... bin manchesmal hinein gekommen und

hab' dem alten Klostermai'r zugeschaut, wenn er seine Kreu=
zeln und Herrgott geschnitzelt hat . . . und dann, welche
Kiffingerin sollt' das Haus nit kennen, ist es doch die Hei=
math vom bairischen Hiesel . . ."

„So kennt Sie wohl den bairischen Hiesel auch?"

„Als Buben hab' ich ihn wohl gekannt und bin oft
mit ihm in's Nußbrocken gegangen am Eierberg und zum
Krebsfangen unter den Erlstöcken an der Paar . . . dann
bin ich fort 'kommen und hab' ihn nit wieder gesehen —
aber ich hab' oft an ihn denken müssen, wenn Alles von
ihm erzählt hat, und . . ."

Sie hielt inne; ein Anflug von Rührung hinderte sie,
weiter zu sprechen.

„Und . . . ?" fragte der Jäger leise und faßte ihre Hand.

„Und hab' daran denken müssen, was er für ein lie=
ber, herzensguter Bub' gewesen ist . . . und daß er so ein
armer, verfolgter Mensch worden ist . . . Aber was geht
das den Herrn an!" brach sie ab und trocknete die Augen
mit der Schürze. „Es freut mich recht, daß ich den Herrn
kennen gelernt hab', weil er mein Dörfel so gut kennt und
es auch gern hat . . . Bei wem ist denn Er gewesen in
Kiffing?"

„Ich? . . . Ich bin auch viel aus= nnd eingegangen
bei dem Brentan', dem alten Bildschnitzer, aber die meiste
Zeit war ich bei dem Jäger, dem Wörschinger . . . Ob er
wohl noch lebt, der alte Lienhard?"

„Gewiß weiß ich's nicht, Herr . . . mir ist fast, als
wenn ich gehört hätt', es soll' ein neuer Jäger hinkommen
— also wird der alte Lienhard wohl todt sein!"

„Gott tröst' ihn . . . er war ein braver Mann! Aber
das Jägerhaus . . . das liegt gar schön und sieht gar statt=
lich aus, Jungfer . . . möcht' Sie nicht da drinnen wohnen
und wirthschaften als Jägerin?"

Das Mädchen sah erglühend zu Boden. „Es wird

wohl Zeit sein, daß ich wieder hineingeh', " stammelte sie verwirrt.

„Geb' Sie mir doch erst Antwort, Jungfer Monika . . ." drängte der Fremde. „Wenn ich nun ein solches Plätz= chen und ein solches Häus'l wüßte und wäre der Jäger und käme zu Ihr und fragte, ob Sie meine Jägerin wer= den möchte?"

So fest er ihre Hand gefaßt hielt, entschlüpfte sie ihm doch ohne Antwort und huschte in die Tanzstube zurück; der Mann aber saß noch lange und starrte in den sonnen= rothen Abendhimmel hinaus.

Inzwischen waren auch die Jäger mit leeren Händen von ihrer Streife zurückgekommen und dachten, Aerger und Unwillen im Wirthshause über dem Hochzeitsjubel sich aus dem Sinne zu schlagen. In dem obern Stock angekommen, war ihnen der fremde Jäger im Gespräche mit der Kranz= jungfer um so weniger entgangen, als Keiner von ihnen sich wohl je einer ähnlichen Gunst zu erfreuen gehabt. Die Frage nach dem Fremden flog hin und wider; Niemand kannte ihn, Niemand wußte, woher er gekommen und in welches Herrn Diensten er stehen mochte. Sie nahmen sich vor, das auszuforschen, und ein langer schwarzbärtiger Mann, ein Wildhüter, strich sich den Schnurrbart und rief: „Laßt nur mich machen, Cameraden! Den wollen wir bald heraus haben, wie den Dachs aus dem Bau; denkt, der schwarze Wurzer hat's Euch gesagt!" Die Gelegen= heit dazu ergab sich bald, denn einer der angesehensten Hochzeitsgäste, der den weitesten Heimweg hatte, brach auf und sollte nach unverbrüchlicher Sitte hinausgeblasen oder „heimgegeigt" werden. Die Musikanten voran ging es über die Stiege hinab, zum Hause hinaus, bis an den Wa= gen des Scheidenden, welchem auch Braut und Bräutigam das Geleit gaben bis an die Hausthür. Alles drängte juchzend, schreiend und singend nach, auch die Jäger und der Fremde traten wieder auf die Terrasse. Die Jäger lehnten vorsichtig ihre Gewehre in einer Tischecke über= einander.

Die Sonne ging eben unter; der letzte Lichtblitz flog über die dämmernde Landschaft.

„Ei sieh' einmal," rief jetzt der Wildhüter dem Frem= den zu, „der Herr scheint auch ein Jäger zu sein ... da wären wir ja Cameraden!"

„Ein Jäger bin ich," antwortete der Fremde kurz, „aber mit der Camerabschaft wird's nicht weit her sein!"

„Ei warum das! Der Herr muß sich eben durch ein paar Waidsprüche ausweisen, daß er ein Jäger ist. Sag' Er mir einmal, was ist das für ein Thier, das mit zwei Löffeln frißt?"

„Fopp' Er sich selber oder wen Er sonst will," ant= wortete der Fremde und wendete sich unmuthig ab. „Ich hab' Ihn auch noch nicht gefragt, wer Er ist!"

„Ei, das sieht man Unser Einem wohl über's Gewand an!" lachte der Waldhüter. „Aber eben darum hat man ein Recht, Jeden zu fragen, der einen solchen Rock am Leib hat, ob er ihm auch gebührt ... man hat also ein Recht, nach der Kundschaft zu fragen."

„Fragen kann Er immerhin, aber zu sehen kriegt Er nichts!"

„Mit dem Burschen ist's nicht richtig!" flüsterte der Wildhüter seinen Gefährten zu. „Denkt, der schwarze Wurzer hat's gesagt! ..." Und wieder zu dem Fremden gewendet, fuhr er fort: „Und nicht einmal ein Gewehr hat der Camerad?"

„Das kommt nach," erwiderte dieser ebenso, „ich laff' mir's aus München nachschicken, wo ich in Diensten war ..."

„So? Bei wem denn?"

„Bei ... dem Baron Peterl'!"

„Die Herrschaft hab' ich noch nie nennen hören. Hat
der Baron Peterl' denn eine große Jagd, daß Er das
Schießen nicht verlernt hat bei ihm?"

„Das will ich meinen," sagte der Fremde ungeduldig,
stand auf und hielt im Augenblicke den Stutzen des Wald-
hüters in der Hand, den dieser zwischen die Kniee gestellt
hatte. „Mit Verlaub," sagte er dann kaltblütig. „Die
Kundschaft kriegt Er von mir nicht zu sehen, aber daß ich
ein Schütz' bin, will ich dem Herrn zeigen... Sieht Er
den Raben, der dort über den Acker hinstreicht?.. Den
will ich herunterholen und ihm den Kopf wegputzen..."
Im Augenblicke krachte auch schon der Schuß, der Vogel
drehte sich, Federn stäubten um ihn; ein Bursche rannte
hinaus, ihn zu holen... „Das weiß der Teufel, wie das
zugeht," sagte er, ihn herumzeigend, „der Kopf ist wurzweg
abgeschossen!" Der Wildhüter saß wie verdutzt und drehte
das rauchende Gewehr in der Hand, als ob er sich überzeugen wolle, daß es dasselbe sei; die Bauern stießen einander an und lachten; die Jäger standen unschlüssig —
der Fremde allein saß ruhig an seinem Platze und that einen
Zug aus seinem Kruge.

Ehe das allgemeine Staunen Wort und Ausdruck finden konnte, erscholl aus dem Hause und den Vorplatz entlang der Lärm einer zankenden Männerstimme, in welche
die hellere eines Weibes keifend einfiel und das Weinen
eines Kindes sich mischte. Einer der Jäger kam aus der
Küche herbei und schleppte einen Bauernknaben mit sich,
den er am Halse gefaßt hielt. Die Wirthin folgte mit
feuergeröthetem Gesichte und hoch aufgestülpten Aermeln,
wie sie am Herde gestanden war. „Da ist der Nußberger-
Hallunk!" rief der Jäger. „Ich war in die Küch' gegangen, um meine Tabakspfeife anzubrennen, da sitzt der Bursch
ganz frech am Herd und läßt sich's schmecken!"

Bauern und Gäste drängten sich um die Jäger und

ihren Gefangenen, einen trotzigen Knaben von etwa zwölf Jahren, der zwar tobtenblaß aussah, aber, nachdem der erste Jammer überstanden war, seine Feinde mit thränen= losen, grimmigen Augen anstarrte; er verzog keine Miene, als ihm der Eine die Arme zurückschränkte und auf dem Rücken zusammenschnürte, daß sie sogleich zu schwellen an= fingen.

„Und warum," rief die Wirthin, „soll das Bübel nit essen, was ich ihm gegeben hab'? Er ist in meine Kuchel gekommen, völlig erlegt und ausgehungert, und ich möcht' wissen, wer sich untersteh'n darf, ihn aus meiner Kuchel fortzuführen!"

„Schweig' die Frau Wirthin," rief der Jäger, „der Bub' ist ein Wilddieb, und weil wir nur einmal den Jun= gen haben, wird uns der Alte auch nicht auskommen! Wo ist der Vater, Lump?" fügte er hinzu und versetzte dem Knaben einen Stoß in den Rücken.

„Sucht ihn, wenn Ihr's wissen wollt!" antwortete dieser keck; der Jäger holte aus, um wieder nach ihm zu schlagen, aber die Wirthin trat abwehrend dazwischen.

„Laß Er das Bübel in Ruh'!" rief sie. „Ich, die Wirthin am Erdweg, ich leid's einmal nicht, daß Er ihn so tractirt! Wenn Er ihn mitnehmen muß, in Gottes Namen — aber zu schlagen braucht Er ihn darum nicht! Was kann es denn so Schreckliches verbrochen haben, das halbgewachsene Bübel da?"

„Sein Vater hat einen Hasen gefangen und im Sta= bel unter'm Klee versteckt — der Bub' hat's gewußt und hat ihn doch verleugnet."

„Und deswegen soll das Bübel in's Gefängniß?" rief die Wirthin wieder. „Schamt's Enk in's Herz hinein, Ihr Jaga, wenn Ihr nichts Besser's zu thun wißt! Geht's zu und laßt den armen Teufel laufen!"

„Daß ich ein Narr wär' und den Vogel wieder aus=

ließe, den ich in der Hand habe!" rief der Jäger. „Der Spitzbub' muß in's Loch und auf die Bank ... so gehört sich's."

Die Bauern sahen unmuthig zu, wie er sich anschickte, seinen Gefangenen fortzubringen; sie murrten und schalten, aber sie wagten keinen Widerstand. Wäre es auch ein Leichtes gewesen, den Knaben zu befreien, so wußten sie doch, daß die Folgen davon nur desto schwerer auf sie selber zurückgefallen wären.

Da drängte ein gewaltiger Arm mit einem Rucke die Umstehenden nach beiden Seiten aus einander, und in der Mitte, dem Knaben und den Jägern gegenüber, stand der fremde Jäger. Er hatte mit einer raschen Wendung seine Stellung so genommen, daß er den Tisch mit den Gewehren im Rücken hatte.

„Komm' her, Kleiner," sagte er zu dem Knaben, zog ein blinkendes Waidmesser und schnitt ihm mit einem Zuge die Stricke von den Händen. „Lauf' zu ... es darf Dir Niemand 'was anthun!"

„Hat ein Christenmensch jemals eine solche Frechheit gesehen?" rief der Waldhüter, als er vor Staunen kaum zu Wort zu kommen vermochte.

„Was untersteht sich der Herr?" riefen die Andern. „Was soll das heißen?"

„Das soll heißen ..." entgegnete der Fremde gelassen, nachdem er rasch hinter sich einen Stutzen ergriffen hatte und den Hahn knacken ließ ... „daß Ihr noch drei Minuten Zeit habt, Euch aus dem Staube zu machen! Wer nach drei Minuten noch da ist, dem blas't meine Kugel das Lebenslicht aus!"

Gemurmel des Beifalls wurde laut; die Bauern drängten vor, der Jäger aber schrie: „Wer ist denn der freche Kerl, der sich so 'was mit landesfürstlichen Bediensteten erlaubt?"

„Nicht gefragt und nicht gemuckst!" rief der Fremde
gebieterisch entgegen. „Ich zähle — wenn ich auf Drei
noch einen von Euch vor mir seh', so kracht's!"

„... So laßt uns doch wenigstens unsere Büchsen
mitnehmen!"

„Nichts da! Die bleiben hier als Pfand, morgen
könnt Ihr sie beim Wirth abholen — den Stutzen von
dem Waldhüter aber, weil er gar so gut hinträgt, den be-
halt' ich als Andenken! Also frisch, Jäger... Eins..."

„Vermaledeiter Kerl!" erwiderte der Jäger, sich zu-
rückziehend. „Aber wir treffen Dich wieder, und dann
gnad' Dir Gott..."

Ehe die verhängnißvolle Drei ertönt hatte, waren die
Jäger nicht mehr zu sehen; schallendes Gelächter geleitete
sie, der Knabe war entflohen.

Der Fremde ging die Stiege hinab; nach den ersten
Stufen jedoch wandte er sich nochmals um. „Halt," sagte
er, „bald hätt' ich darauf vergessen!... Tiras, komm',
da herein... Tiras, komm' zu mir!"

Dieser Ruf brachte den Krämer, der wie geistesabwe-
send dagesessen hatte, mit einem male zu sich. „Was?" rief
er aufspringend. „Meinen Hund will Er mitnehmen?
Die Kränk', das ging mir auch noch ab!... Tiras!
Hierher!" lockte er entgegen. „Herein! Couche! Herein!"
Der Hund aber that, als kenne er ihn und seinen Ruf gar
nicht, und schritt dem Fremden auf dem Fuße nach.

„Gieb Dich nur d'rein!" rief dieser zurück. „Deinen
Hund siehst Du heut' zum letzten Mal — dafür hast Du
den bairischen Hiesel zum ersten Mal geseh'n... Jetzt
kennst Du mich doch, wenn Du mich fangen willst!"

Ein Blick nach den Fenstern des obern Stockwerks,
dann war er verschwunden — die er gesucht, hatte er nicht
erblickt. Sie hatte das Vorgefallene mit angesehen und
gehört und verbarg ihre Augen hinter den Händen... sie

strömten über von Thränen, von Thränen des bittersten Grams und doch so voll unendlicher Seligkeit.

Die letzten Worte des Wildschützen hatten die Ahnung, die schon in den Bauern aufzudämmern begonnen, zur Gewißheit gemacht, ein Ausbruch allgemeinen Jubels war die Folge. „Juhe, der bairische Hiesel ist wieder da!" rief der Junge. „Freut Euch, Ihr Schergen und Jaga, jetzt geht Eure gute Zeit wieder an!"

„Nein," rief der Alte lustig darein, „für uns Bauern fangt die gute Zeit wieder an! Macht's mir mein Leibstück auf, Musikanten ... jetzt wird's bald ein End' haben mit dem Wildschaden und dem Strafen und der Jagdschinderei! Spielt's mir das Gesang vom bairischen Hiesel auf, und wir Alle singen mit ... Juhe, der bairische Hiesel soll leben!"

Die Pfeifen und Hörner fielen ein und begleiteten das Lied, das, in jenen Zeiten entstanden, noch lange nicht verklungen ist im Munde des Volks:

Bin i der bairisch Hiesel,
   Koa Kugel geht mir ei',
D'rum fürcht' i a koan Jaga,
   Und sollt's der Teufel sei'!
Im Wald drauß' is mei' Heamath,
   Im Wald drauß' is a Leb'n:
Da schieß' ich d' Reh' und Hirschen
   Und Wildschwei' a daneb'n!

Es giebt koa schöner's Leben,
   Als i führ' auf der Welt,
Die Bauern geb'n mir z' essen,
   Und wenn ich's brauch', noch Geld.
D'rum thu' i b' Felder schützen
   Mit meine tapfern Leut',
Und wo i nur g'rad hi'komm',
   Ui Gott, is das a Freud'!

2.

Dem schönen Herbsttage war eine klare, aber kühle Nacht gefolgt; der Vollmond stand hoch am dunklen Himmel und warf sein hellstes Licht über die feuchten Wiesen und Anger an der Paar und auf die schwarzen Gebüsche an deren Ufer. Darunter hin, wo der Schein durch Laub und Zweige den Wasserspiegel erreichte, blitzte ein greller Widerschein, und in weiter Ferne zeigte ein weißlicher Nebelstreifen die Niederungen an, welche zum Lech hinabstiegen. Tiefe Ruhe, athemlose Stille lag auf der Flur, wie auf dem Dorfe; nur der im Mondenglanze schimmernde Mühlschutz rauschte gleichtönend fort, und manchmal schlug hier und da ein wachsamer Hofhund an, als wolle er dadurch beruhigen und zeigen, daß er auf seinem Posten sei. Wie ein anderer Wächter hob sich über das Kirchendach, über Häuser und Baumwipfel der Kirchthurm mit seinem runzelvollen, verwitterten Mauergesichte empor, aber so weit er in die Dorfgassen niedersah, regte sich's nirgends mehr, und nur aus drei Fenstern drang noch dämmernder Lichtschein — im Wirthshause, wo noch ein paar ungenügsame Zecher hinter Krug und Karte sitzen mochten; im Pfarrhofe, wo der Pfarrer noch einsam über Gebet und Brevier wachte, und am äußersten Ende des Dörfchens, über die Mühle hinaus unter zerstreuten kleinern Häusern in dem ärmlichsten und kleinsten unter denselben.

Leichtsinn, Andacht und Sorge waren allein noch nicht zur Ruhe gegangen.

Der schwache Lichtschein kam noch aus der Wohnstube der niedrigen Hütte und vermochte kaum, sich unter dem weit herabreichenden Strohdache und durch die kleinen, trüben Fenster auf den schmalen Wiesfleck zu stehlen, welcher an der Seite hinzog; der spitz zulaufende hohe Border=

giebel stand gegen die Straße zu, vom grellen Mondlichte übergossen. Das Licht, von einer kleinen Oellampe kommend, reichte nicht aus, auch nur den engen und niedrigen Raum der Wohnstube zu erhellen; im Halbdunkel auf der Ofenbank kauerte ein Mädchen hinter dem Spinnrade, am Tische saß ein alter Mann, ein geschnitztes Kreuzbild von weißem Lindenholze in der Hand, an welchem er mit einem kurzen Messer sorgsam und mit sichtbarer Anstrengung schnitzelte. Die Augen waren an den Rändern geröthet und wund, und über den starken weißen Brauen lag eine Kummerwolke, welche ahnen ließ, daß es nicht blos die Mühe der Arbeit gewesen, was sie wund gemacht. Der Kopf des Alten war fast gänzlich kahl, nur ein schwacher Kranz weißen Haares umgab noch die Seiten; das Gesicht war gerunzelt und wetterhart, aber voll klugen, fast schwermüthigen Ausdrucks. Auch in der Stube war es still, wie draußen, nur die Schwarzwälder Uhr an der Wand ging, und das Rad schnurrte.

Das Mädchen hatte schon mehrmals nach dem Alten hinübergeblickt, als wollte sie das Rad bei Seite schieben und ihm näher treten; immer aber schien etwas sie davon abzuhalten. Endlich legte der Mann die unvollendete Schnitzerei vor sich auf den Tisch und drückte die Handballen vor die Augen. „Es geht nicht mehr, ich muß aufhören!" sagte er. „Die Augen brennen mich wie Feuer und verschwimmen . . . es ist, als wenn ich Alles durch einen Flor sähe, der immer dichter wird. . ."

„Solltest Dich halt nit so anstrengen, Vater," antwortete von ihrem Platze aus die Spinnerin. „Hab' Dich schon oft genug darum gebeten! Du solltest Dir mehr Ruhe vergönnen und solltest bei Tage schnitzen!"

„Als wenn ich das nicht ohnehin schon thäte!" erwiderte der Alte. „Wenn ich auf dem Felde draußen bin, benutz' ich jeden Augenblick, den mir das Hüten läßt, und

setze mich unter einen Baum oder auf einen Zaun und hole
den Schnitzeug aus dem Anhängsack, aber das Vieh ist so
unruhig ... weiß der Himmel, wenn wir Wölfe in der
Gegend hätten, oder Bären, so glaubte ich, sie spürten
solch' ein Beest ... So muß ich eben doch die Nacht zu
Hülfe nehmen; Du weißt ja, auf was es ankommt, der
Friedberger Jahrmarkt ist vor der Thür ... da muß ich
trachten, daß noch ein Dutzend fertig wird ...“

„Freilich, Vater,“ erwiderte das Mädchen, „Maria
Geburt ist nicht mehr weit, da muß die Gilt gezahlt wer=
den und die halbe Anleit' ... aber Du brauchst Dich des=
wegen doch nicht so anzustrengen, Vater! Ich werd' heut'
noch fertig mit meiner Spinnerei; ich hab' den letzten
Strähn auf der Spule — dann ist's wieder so viel Garn,
daß es ein ordentliches Stück'l Leinwand abgeben thät' ...
hab' freilich gedacht, ich wollt' Dir eine neue Pfoad (Hemd)
machen, Vater, und ein frisches Bettgewand, aber wenn's
nicht geht, müssen wir mit dem alten forthausen. Ein
Jahrl' halt's wohl noch aus; ich will das Garn an die
Wirthin verkaufen, die hat mich schon d'rum angered't —
damit kannst zahlen, Vater, und werden wohl auch noch
ein paar Kreuzer übrig bleiben für den Winter!“

„Du bist ein gut's Mädel,“ sagte der Alte mit freund=
lichem Nicken, „Du weißt allemal und überall Rath und
hast mir noch keine böse Viertelstund' gemacht in Deinem
Leben... Ja, wenn der Bub' nur ein Aderl' hätt' von
Dir!“

Die Stimme versagte ihm vor kummervoller Erregung:
das Mädchen schob rasch und wie unwillig das Spinnrad
von sich und trat näher. „Da weinst schon wieder!“ rief
sie. „Und weißt doch, daß das Gift ist für Deine kranken
Augen! Der Bub' ist all' die bittern Zähren nit werth!“

„Ich wein' auch nicht,“ sagte der Alte, wie sich ent=
schuldigend. „Es sind nur meine kranken Augen, die so

übergeh'n! . . . Wenn das so fortgeht, kann ich bald gar nicht mehr schnitzen!"

„So gieb's auf, Vater . . . vergönn' Dir ein bissel Ruh'. . ."

„Ich werd's wohl ohnedem aufgeben müssen," fuhr er traurig fort. „Du weißt, Mir'l, daß ich das Schnitzen nicht ordentlich gelernt hab' — ich hab's nur meinem Vater so nebenbei abgeschaut — es giebt Andere, die's viel besser können — der Betermacher von Friedberg hat mir's schon das letzte Mal gesagt, daß meine Kreuzeln nicht so schön sind, wie sie's anderswo schnitzen, in Berchtelsgaden und im Ammergau, er will mir keine mehr abkaufen, wenn ich's nicht auch so schön machen kann . . . und das . . . das werd' ich wohl nimmer zuweg' bringen."

„Hast es auch nit Noth, Vater! Geh' hinaus zum Hüten, so lang's Dich noch freut, und so lang' Du's machen kannst, die freie Luft wird Dir wohl thun, aber Deine Augen laß' einmal rasten. So lang' ich einen Finger rühren kann, soll Dir nichts abgeh'n!"

„Ja, ja, Mir'l," erwiderte der Alte bewegt, „bist eine gute Tochter, die ihren Vater in Ehren hat . . . soll Dir auch gut geh'n Dein Leben lang! Hab' mir Alles freilich anders vorgestellt!" fuhr er fort, indem er sich zurücklehnte und die Hände im Schooße faltete, „aber es ist vielleicht besser, daß es so hat kommen müssen. Das Gut'l ist zwar gar klein, aber für ein paar arbeitende Leut' langt's doch aus, sollst Dich um einen braven Mann umschauen, kannst das Häusel jede Stund' haben von mir . . ."

„Ich trieg' keinen . . ." erwiderte sie kurz und scharf.

„B'hüt's Gott, das glaub' ich nicht!" rief er entgegen. „Du bist brav und fleißig und hast ein gutes Gesicht . . . es ist mir allemal, als wenn mich Deine Mutter aus Deinen Augen anschauen thät'! Warum sollst Du keinen Mann

kriegen ... und gar so schlecht und gering ist das Gütl
doch auch nicht!"

„Ich krieg' doch keinen ..." sagte sie wie zuvor.

„Aber warum denn?"

„Du wirst es nit gern hören, Vater — aber wenn
Du's durchaus wissen willst, kann ich Dir's wohl sagen!
Es mag Keiner einheirathen beim Brentan', weil Keiner
seinen Schwager im Zuchthaus haben will!"

Der alte Klostermai'r erwiderte nichts; er preßte nur
wieder die Hände vor die Augen, als ob sie ihn stärker
schmerzten, die Tochter hatte sich wieder zu ihrer Arbeit
gesetzt und brachte das Rad mit einem unwilligen Anstoße
in Schwung.

Von Beiden unbeachtet war ein Mann eingetreten und
stand zuhörend auf der Schwelle der offen stehenden Thüre;
hinter ihm funkelten die Augen eines riesigen Hundes.

„Wenn das Dein einziger Schmerz ist, Schwester,"
sagte er finster, „so wirst bald davon curirt sein!"

„Jesus, Maria," schrie sie zusammenschreckend auf,
„was ist denn das für eine Spitzbubenart, die Leute so zu
erschrecken! Das Haus ist doch zu, wie kommst Du
herein?"

Der Mann trat in die Stube und legte Hut und Gewehr auf die Bank. „Ich werde doch in dem Haus, in
dem ich aufgewachsen bin, einen Weg finden, der nicht
durch die Thür geht!" rief er lachend und schritt auf den
Alten zu. Dieser hatte sich ebenfalls im Schrecken rasch
aufgerichtet; aber die Bewegung, mit welcher er beide Hände
wie zur Umarmung gegen den Ankommenden erhob, glich
einer Bewegung der Freude, fast wie ein Tropfen Wasser
dem andern gleicht. Er brachte nichts hervor, als: „Hiesel
... Du bist wieder da?"

„Ich bin's, Vater," erwiderte dieser, „sie haben mich
wieder losgelassen. Weiß selbst nicht, was ich nun thun

3 *

will, und wohin ich geh' — aber nach Kissing komm' ich wohl so bald nicht wieder; d'rum hab' ich da, wo ich doch einmal daheim bin, nicht vorbeigeh'n wollen und will ‚B'hüt' Gott' sagen."

Der Vater hatte sich wieder gesetzt, es war, als ob das Unerwartete ihn des letzten Restes von Kraft beraubt habe. „Also willst wieder fort?" sagte er traurig. „Du kommst erst von dem Ort, den ich nicht nennen mag, und gehst schon wieder den alten Weg!"

„Das siehst, Vater," schaltete die Schwester mit einem bösen Seitenblicke auf Hiesel's waidmännischen Anzug ein, „das siehst am Gewand!

„Das Gewand hab' ich versteckt gehabt," entgegnete Hiesel, „wär's Dir vielleicht lieber gewesen, wenn ich in einem gewissen grauen Kittel gekommen wär'? . . . Aber ich bin nit wegen Deiner gekommen, Schwester, ich weiß wohl, daß es Dir am liebsten wär', wenn sie mich ganz behalten hätten in München . . . aber ich komm' zu Vater und Mutter und hab' eine Bitt' an den Vater! Es geht Dir hart, Vater," fuhr er fort, als dieser ihn mit verwunderten, fragenden Blicken ansah, „Du mußt viel schaffen und arbeiten in Deinen alten Tagen, und ich kann Dir nit helfen, d'rum hab' ich eine Bitt', daß Du Dir's leichter machen sollst und sollst das Bissel da annehmen von mir . . ."

Er schob und legte einen wohlgefüllten Beutel auf den Tisch; der Alte zog die Hände zurück, als scheue er sich, das Angebotene zu berühren. „Kannst es mit gutem Gewissen anrühren und nehmen," rief Hiesel mit bitterem Lachen, „ich hab's ehrlich verdient. Der Zuchthausverwalter hat mich zur Aushülf' verwendet in der Schreiberei . . . das ist mein Arbeitslohn . . . Aber wo ist denn die Mutter, daß ich sie gar nicht seh'?" setzte er hinzu und sah in der Stube umher, die er schon vorher mit unstäten

Blicken durchflogen hatte. „Laßt sich denn die Mutter gar nit seh'n? Sie wird sich doch nit vor ihrem eigenen Sohn verstecken?"

„Deine Mutter . . .?" rief der Alte und erhob die gefalteten Hände, sie zitterten, wie der Ton seiner Stimme. Die Schwester stieß das Spinnrad von sich und eilte aus der Stube, die Schürze vor dem Gesichte. „Deine Mutter hat sich wohl vor Dir versteckt, und so gut, daß Du sie nimmer finden wirst!"

„Vater!" schrie Hiesel auf und mußte sich mit der Hand auf die Tischplatte stemmen, es war, als habe er einen plötzlichen Streich erhalten, der seine ganze Kraft erschütterte. „Vater . . . das kann ja nit möglich sein!"

„Die Mutter," fuhr der Alte bebend fort, „die hat's geschwind gar gemacht . . . sie ist gestorben . . . am nächsten Erchtag werden's eilf Wochen, da haben wir sie ein='graben . . ."

„Die Mutter?" stieß Hiesel aus keuchender Brust hervor. „Und an mich hat kein Mensch gedacht, daß er mir's auch nur zu wissen gemacht hätt'! Mein' gute Mutter . . ." In Hiesel's Benehmen und Haltung hatte sich bis jetzt ein kalter, rückhaltender Trotz ausgeprägt, noch gereizt durch das höhnend scharfe Betragen der Schwester: mit diesem Ausrufe war es, als ob ihn alle Festigkeit verlassen hätte, als ob die Feder gebrochen wäre, die ihn so lange in gewaltsamer Spannung gehalten: mit einem schweren Seufzer knickte er auf die Bank zusammen, die Arme über den Tisch gebreitet und in ihnen das Antlitz verbergend. Der wildstarke Mann hatte ein gar weichmüthiges Herz; es war sein Erbtheil von dem schwächeren Vater, das entschlossene Wesen hatte er von der Mutter überkommen, die vermöge desselben im Leben das Haus nicht nur verwaltet, sondern auch beherrscht hatte.

„Weinst, Hiesel?" fuhr der Vater fort. „Weinst um

Dein' Mutter? Du hast ganz recht, wenn Du's thust . . .
wie sie Dich gefangen und fortgeführt haben . . . Du weißt
schon, wohin, das ist der Nagel zu ihrem Sarge gewesen,
das hat sie nicht verwinden können und ist völlig von einem
Tag zum andern dahingeserbt! — Wie wir Alle herum=
gestanden sind um ihr Todbett, da hat sie die Augen noch
einmal aufgemacht und hat sich noch einmal aufrichten
wollen und hat in der ganzen Stuben umhergeschaut, als
wenn sie 'was suchen thät' . . . dann hat sie den letzten Zug
gemacht. . . Sie hat sich gar schön und christlich gericht' zu
ihrem End', und ihr einziges Leid ist's gewesen, daß sie
Dich hat suchen müssen in ihrem letzten Augenblick, und
daß sie Dich nit gefunden hat, und wo sie Dich hat suchen
müssen in Gedanken — darfst wohl weinen um sie, Hiesel
. . . und beten auch!" setzte er noch eindringlicher hinzu,
da Hiesel stumm und unbeweglich in seiner Stellung ver=
harrte. „Sie ist ein braves Weib gewesen, unser Herr=
gott wird's wohl gnädig mit ihr gemacht haben . . . aber
wenn sie 'was abzubüßen hat in der Ewigkeit, so ist's wegen
Deiner, Hiesel, weil sie Dir zu viel nachgegeben und, was
ich gut gemacht hab', allemal wieder zernicht't hat, wider
meinen Willen und hinter mein'n Rücken . . . darfst wohl
beten für sie, wenn Du's noch nicht verlernt hast, das
Beten!"

Der Alte schwieg, der Sohn erhob sich nach einigen
Augenblicken; aus seinem Gesichte war die Erregung und
Weichheit wieder verschwunden: er hatte den Zoll kindlicher
Liebe und Erinnerung gebracht; in den letzten Worten des
Vaters aber lag etwas, was er als einen ungerechten Vor=
wurf empfand und was ihm rasch die vorige wilde Ver=
schlossenheit wieder gab. „Schänd' meiner guten Mutter
nit in's Grab nach, Vater!" sagte er trotzig. „Ich mag's
nit hören! Sie hat mir nichts als Lieb's und Gut's ge=
than, so lang' sie ein offenes Aug' gehabt hat . . . sie soll

wegen meiner nichts zu leiden und nichts zu verantworten haben in der Ewigkeit! Du auch nit, Vater; keinem Menschen soll's aufgebürd't werden — wie's ausgeht mit mir, gut oder bös, ich nehm's schon allein auf mich! Also b'hüt' Gott, Vater — ich seh's, daß hier meines Bleibens nit länger ist!"

„O Hiesel," rief der Greis, als er sich erhob, nach Hut und Gewehr zu greifen. „Geh' nit so fort von mir, geh' nit wieder fort — leicht, daß Du mich, wenn Du wiederkommst, nit mehr über der Erd' antriffst, wie Deine Mutter! — Bleib' da, und es soll Alles vergessen sein! Gieb das Wildschützenleben auf, werd' ein ordentlicher Bursch: ich werd' der Mutter bald nachfolgen . . . mach', daß ich ihr in der Ewigkeit sagen kann, daß ihr Sohn, den sie noch auf dem Todbett gesucht hat, nit verloren ist. . . ."

Hiesel starrte eine Weile in düsterem Brüten zu Boden. „Ich kann nit, Vater . . ." sagte er dann. „B'hüt' Dich Gott und gieb mir noch einmal Deine Hand. . ."

„Auf dem Wege, den Du gehst," rief abwehrend der Alte, „kann meine Hand Dich nit führen . . . auf dem Wege brauchst sie nit; geh', Du hast Dir's ja vermessen, daß Du Alles auf Dich nehmen willst!"

„Das will ich auch — ich kann auch ohne Dein ,B'hüt' Gott' geh'n, Vater, ich bin noch einmal 'kommen, weil ich Dich und die Heimath und die Mutter noch einmal hab' seh'n wollen, ich hab' mein' Schuldigkeit gethan, ich kann's nit anders!"

Er hatte den Hut aufgesetzt, das Gewehr umgehangen und wandte sich zu gehen.

Starkes Pochen an der Hausthüre machte, daß er die Schritte anhielt und gespannt horchend in Mitte der Stube stehen blieb.

„Was bedeutet denn das?" rief aufstehend der Alte. „Wer will heut' noch zu uns? Das ist doch seltsam!"

„Mir nicht," flüsterte Hiesel entgegen, indem er das
Gewehr hob, den Hahn spannte und sich neben den
Ofen zurückzog, wo er rückenfrei war und einen Aus=
weg in die Kammer hatte, aus welcher eine Thür in
die Küche und von da in den Stall führte. Tiras, zum
Sprunge bereit, knurrte hinter ihm. „Die Schergen ha=
ben's wohl schon ausgestochen, daß ich da bin, und passen
mir ab — da kannst seh'n, Vater, was ich zu hoffen hätt',
wenn ich blieb'!"

„Heilige Mutter Anna!" rief angstvoll der Vater,
„Und so 'was muß in meinem eigenen Haus passiren!"

Die Schwester, welche vor der Thüre im dunkeln Fletz
gesessen, war inzwischen schon an die Hausthür geeilt und
hatte gefragt. wer Einlaß begehre. „Es ist nichts Gefähr=
liches," rief sie dann herein, „ich glaub', nach der Stimm'
ist es gar unser Herr Pfarrer."

„Der ist es auch," sagte eine tiefe, wohltönende
Stimme, und in der Thüre erschien ein hochgewachsener,
schlanker Mann in langem, schwarzem Rocke, die Silber=
schnallen auf den Schuhen und den hohen Rohrstock mit
Elfenbeinknopf in der Hand. Als er grüßend das Haupt
entblößte, zeigte sich ein silberweißer Scheitel; aus dem
milden, freundlichen Antlitz leuchteten Frieden und Wohl=
wollen. „Siehe da, meine Schäflein kennen die Stimme
ihres Hirten, und obwohl ich Wolf heiße, erschrecken sie
doch nicht vor mir! Guten Abend, meine Lieben. . . Ge=
lobt sei Jesus Christus!"

„In Ewigkeit!" erwiderten, sich verneigend, Vater und
Tochter; Hiesel stand immer noch unbeweglich, wie zur Ver=
theidigung bereit, er schien dem friedlichen Anscheine des
Besuchs zu mißtrauen.

„Und so spät bemüh'n sich Hochwürden Herr Pfarrer
zu uns?" rief der Alte freudig, während Mir'l mit der

Schürze die Bank abwischte, um einen reinen Sitz zu berei=
ten. „Wie komm' ich denn noch so spät zu der besondern
Ehr'?"

„Was ich suche, hab' ich schon gefunden," erwiderte
der Pfarrer, auf Hiesel zeigend. „Ich suche diesen wilden
Jäger hier, der noch immer dasteht, als wisse er nicht, ob
hinter mir nicht die Grünröcke nachkommen! Setz' Dein
Gewehr in Ruh', Hiesel, ich komme allein und komme
Deinetwegen!"

„Meinetwegen? fragte Hiesel unschlüssig, doch ließ er
das Gewehr sinken. „Was könnt' Hochwürden so viel an
mir liegen, daß Sie noch so spät mich aufsuchen sollten?"

„Ist das so wunderbar?" entgegnete der Pfarrer herz=
lich. „Du bist mein Pfarrkind, mein Schulkind und Beicht=
kind gewesen, ich würde um jedes von meinen Pfarrkindern
einen schwereren Gang nicht scheuen, wie viel mehr um
eins, das sich vom rechten Wege verlaufen hat: um eins,
dem ich bei jeder Gelegenheit hab' merken lassen, was ich
darauf halte!"

„Ja, das ist wahr! Das haben Hochwürden immer
gethan!" rief Hiesel überwunden, legte Hut und Büchse ab
und kam an den Tisch. „Und daß Sie wegen meiner
kommen, wirklich wegen meiner und noch so spät . . .
schauen's, Herr Pfarrer, das freut mich, wie mich noch
nicht leicht 'was gefreut hat im Leben . . ."

„Und mich erfreut Deine Freude, Hiesel; sie beweist,
daß ich mich in Dir nicht getäuscht habe, daß Du ein gutes
Herz hast, dem nur der Leichtsinn gar viel zu schaffen macht
und der Uebermuth. Ich habe schon erfahren, was heute
am Erbweg vorgefallen ist; der erste Gebrauch, den Du
von Deiner wiedererlangten Freiheit gemacht, war ein
schlimmer, Du bist mit einem Schritte wieder ganz auf den
alten Irrweg gerathen!"

„Ich hab' nit anders gekonnt, Herr Pfarrer! Hätt' ich zuschauen sollen, wie die Jäger den Buben mißhandelt und fortgeschleppt haben? Und wenn's mir auf der Stell' den Kopf gekostet hätt', das hätt' ich nit über's Herz gebracht!"

„Ja, ja," entgegnete der Pfarrer etwas unsicher, „Du hast ganz wacker gehandelt Deiner Gesinnung nach, und doch hast Du ein großes Unrecht begangen. Widersetzung gegen die Obrigkeit, gewaltsame Befreiung eines Gefangenen! Ueberleg' es Dir selber, Hiesel, und sage, wohin es kommen müßte, wenn es Jedem erlaubt wäre und einfiele, der Gerechtigkeit in den erhobenen Arm zu fallen! ... Wegen der Eigenthümlichkeit des Falles," fuhr er fort und rückte dem schweigenden Hiesel näher, „will ich sorgen, daß das Gericht ein Auge zudrückt, und die Geschichte keine weitern bösen Folgen haben soll ... aber Du mußt mir versprechen, daß Du ein anderes Leben anfangen willst ... Du warst im Begriffe zu gehen, als ich kam, das kann nicht Dein Ernst gewesen sein; Du wirst hier bleiben, wirst die Büchse, die Dir einmal nicht zugehört, weglegen und dafür wieder zu Drischel und Sense greifen ..."

„Nein, Herr Pfarrer!" rief Hiesel kopfschüttelnd und mit ungläubigem Lächeln. „Das geht nimmer an! Zum Bauernknecht bin ich schon verdorben!"

„Warum doch? Du wirst Dich mit der Bauernarbeit wieder zurechtfinden, wenn Du nur ernstlich willst und es Dir vornimmst, dabei auszuhalten! Warum solltest Du dazu verdorben sein?"

„Das will ich Ihnen erzählen, Herr Pfarrer, wenn Sie's hören wollen! Sie werden's nachher selber sagen, daß es nimmer geht ... ich bin ein Bauernknecht gewesen, so gut als Einer, und hab' gearbeitet, so gut wie Zwei — mein Vater soll mir's bezeugen, ob's nicht wahr ist. Meine Dienstbauern sind alle zufrieden gewesen mit mir, und wie ich nach Mergenthau hinübergekommen bin, auf das Gut

und Brauhaus von den Jesuitern, da haben's den Klostermai'r-Hiesel schier auf den Händen getragen . . . vom
Jäger, vom alten Lienhard, der mich als Buben oft mitgenommen hat in den Wald, hab' ich das Schießen gelernt
gehabt; die Herren, wenn sie in die Vacanz herausgekommen
und auf die Jagd gegangen sind, haben mich allemal bei
sich haben wollen — aus dem Bauernknecht ist nach und
nach ein Jäger worden — sie haben mir versprochen, daß
sie mich zum Gehülfen und am End' selber zum Jäger
machen wollten auf einem von ihren Gütern . . . d'rüber
hab' ich die Bauernarbeit verwöhnt, und wenn mich einmal wer auf dem Gewissen haben muß, so sind's die
Herren. . ."

„Sei nicht ungerecht, Hiesel!" bemerkte der Pfarrer,
„wäre das der Dank dafür, daß sie Dich befördern wollten,
daß sie Dich unterrichten ließen, daß sie . . ."

„Ja, ja!" unterbrach ihn Hiesel, „sie haben mich in
die Höh' gehoben und dann fallen lassen — aber ich bin
ihnen doch Dank schuldig. Ich mein' auch nicht Alle; es
waren brave Herren, die's gut gemeint haben mit mir, ich
mein' nur Einen, den Pater Venantius. Das war ein
verdrießlicher, griesgrämiger Herr, der Tag und Nacht
nichts Anders gethan hat, als Rechnen und an der Erdkugel
messen, die er in seinem Zimmer hat stehen gehabt; der ist
verwachsen gewesen und halb blind und hat gehunken auf
einem Fuß. Wenn er aber mit herausgekommen ist in
die Vacanz, hat er durchaus auch mit gewollt auf die Jagd,
und wenn er dann lauter Löcher hineingeschossen hat in die
geduldigen Bäum' und in die blaue Luft, nachher hat er
mir Vorwürfe gemacht und hat gesagt, ich thät's ihm zu
Fleiß und stellt' ihn allemal an den schlechtesten Platz. . . .
Und einmal . . . ich muß noch lachen, wenn ich d'ran denk',
so schwer ich's auch hab' büßen müssen . . . einmal hab'
ich ihm zugeschaut, wie er auf dem Anstand gewesen ist, und

eine Katz' ist gegen ihn herangeschlichen durch's Dickicht, die hat er für einen Hasen gehalten und hat sie nieder'brennt, daß sie Miau geschrie'n hat. . . D'rauf ist er hingehunken und hat's genau visitirt, und weil er gemeint hat, es hätt's Niemand geseh'n, hat er die Katz' im Gebüsch versteckt. . ."

Der Pfarrer lächelte. „Es können nicht Alle gewaltige Jäger sein vor dem Herrn!" rief er, „doch fahre fort."

„Wie der Trieb aus war," begann Hiesel wieder, „hat er mich richtig wieder gezankt und hat gesagt, ich verstünd' es nicht, die Schützen richtig im Bogen aufzustellen — das hat mich geärgert, weil's die andern Knechte mit anhörten, und in dem Aerger bin ich in's Braustübel hinein und hab' eine Halbe über'n Durst getrunken, da ist mir's heraus= gefahren . . . ich hab's erzählt, wie er die Katz' geschossen hat, und hab's in meinem Dusel nachgemacht, wie er hin= gehunken ist, und was er für Gesichter geschnitten, und wie er die Katz' von allen Seiten angeguckt hat, ob nit ein Haas d'raus wird unter der Hand. . . Die Bauern und Gäst' im Braustüb'l haben sich schier krank gelacht — ich aber hab' am andern Tag den Laufzettel gekriegt, und der Katzenschütz hat's durchgesetzt, dem Jäger ist verboten wor= den, daß er mich nie mehr zur Jagd oder im Forst mit= nehmen darf, sonst verliert er selber seinen Dienst. . ." .

Aus den Mienen des Pfarrers war das Lächeln ver= schwunden.

„Das war mein Unglück," fuhr der Erzähler nach einem Augenblicke des Nachsinnens fort. „Ich hab' die Jägerei erschmeckt gehabt, und die Bauernarbeit ist mir nit mehr aus der Hand gegangen. . . Die Burschen haben über mich gespöttelt, wo ich mich hab' sehen lassen, es hat mich hinaus 'zogen in den Wald, als wenn's mich bei den Haaren hätt' . . . bei Tag hab' ich keinen andern Gedanken gehabt, und wenn ich die Augen zugemacht hab', bin ich im Forst draußen gewesen und hab's knallen hören! So hat's fortgekocht in mir, und wie einmal bei meinem Dienstbauer ein Hirsch in's Kornfeld 'kommen ist und hat darin geäßt und sich herumgewälzt, da ist mir die Wuth 'kommen . . . ich bin in's Haus hinein, hab' den Stutzen geholt und hab' ihn niedergebrennt . . . am andern Tag haben's die Jäger schon gewußt, und ich hab' flüchten müssen. . . Seitdem ist es aus mit dem Bauernleben! Seitdem hab' ich mir's vor= gesetzt, den Bauern zu helfen und das überflüssige Wildpret wegzuputzen, das ihnen so viel Schaden macht! . . ."

„Aber was Du auf solche Weise thust, ist schweres Unrecht!" rief, als er geendet, der Pfarrer. „Das Wild gehört dem Fürsten oder Gutsherrn, es ist also fremdes Eigenthum, und wer es sich zueignet, begeht einen Dieb= stahl!"

„Das kenn' ich!" sagte Hiesel leicht hin. „So sagen sie Alle, damit's das dumme arme Volk glauben und sein ducken soll, es ist aber nit wahr! Das Wild ist frei — wie der Vogel in der Luft! Es hat kein' andern Herrn, als den, der's erwischt! Den Bauern hilft doch kein Mensch zu ihrem Schaden — giebt gar viele Gutsherr'n, denen ihre Jagd lieber ist, als ihre Bauern; wenn ich ihnen also helfe, thu' ich ein gutes Werk und kein Unrecht!"

„Deine Gesinnung ist löblich," antwortete kopfschüt= telnd der Pfarrer, „aber die Art, wie Du sie ausführen willst, ist darum nicht weniger Unrecht. Suche auf andere Weise zu nützen . . . diese ist ein Verbrechen!"

„Wer hat's zu einem Verbrechen gemacht?"

„Das Gesetz!"

„Und das Gesetz haben Dieselben gemacht, die das Bauernvolk gern unterdrücken möchten — das ist kein rech= tes Gesetz, das kann nicht gelten! Das muß man ab= schaffen!"

„Ueberlaß' das Denen, die dazu berufen sind!"

„Wenn Jeder warten wollt', bis man ihn ruft, geschieht niemals 'was ... ich spür' den Beruf in mir!"

„Welche Verblendung! Das, was Dir Lust macht, verwechselst Du mit Deiner Pflicht, Deine Neigung hältst Du für Beruf! ... Sieh', Hiesel!" fuhr er zutraulich fort und legte ihm die Hand auf die Schulter, „es kann sein, daß Du Recht hast ... es ist wohl Manches nicht, wie es sein soll, und vielleicht kommen einmal andere Zeiten, wo ein anderes Gesetz gemacht wird, ein Gesetz, wie Du es meinst, aber es gilt noch das alte Gesetz, und das Gesetz zu achten, befiehlt Dir Deine heilige Religion. Als Christ und als Unterthan bist Du schuldig, Dich dem Gebote der Obrigkeit zu fügen, denn Gott ist es, der ihr die Gewalt gegeben!"

„Die Gewalt!" murrte Hiesel mit verbissenen Zähnen. „Ja wohl ist es eitel Gewalt, was sie üben ... und Gewalt leid' ich nit; es ist so in mir, daß ich's nit leiden kann, daß mir oder einem Andern Gewalt geschieht!"

„Gott möge Dich bewahren, daß Du nicht einmal Gewalt erleiden müssest, die viel furchtbarer sein wird, als diese! — Geh' in Dich, Hiesel, höre die Stimme eines Mannes, der Dich gewiß nicht falsch beurtheilt, und der es herzlich gut mit Dir meint! Bedenke, welches Leben Dir bevorsteht ... von Mangel, Noth und steter Gefahr umgeben; bedenke, welch' ein Ende Dich erwartet, durch die Kugel eines Jägers, plötzlich, unvorbereitet, mitten in Deinen Sünden, oder noch furchtbarer in den Händen der strafenden Gerechtigkeit! Deinen Vater wird der Kummer um Dich in's Grab bringen, wie er schon die Tage Deiner Mutter abgekürzt hat, und Du selbst wirst unstet umher wandern, ein überall verfolgter Flüchtling! Täusche Dich nicht! Die Dich jetzt rühmen ob Deiner Verwegenheit, werden verstummen und sich von Dir wenden in der Stunde der Noth! Du wirst keinen Freund haben, denn Deine wüsten

Cameraden sind nur die Genossen Deines Glücks! Du wirst keine Stätte haben, wohin Du ruhig Dein Haupt legen kannst . . . Du wirst Niemand haben, der sich um Dich kümmert und sorgt, Niemand, der Dich lieb hat; Du wirst nicht Ruhe haben, nicht Heimath, nicht eigenen Herd!"

Das Angesicht des Wildschützen hatte sich umdüstert; er barg es in den Händen und murmelte wie unwillkürlich: „Keinen eigenen Herd . . . Niemand, der mich lieb hat . . ."

„Siehst Du, das ergreift Dich!" begann der Pfarrer wieder. „Es zeigt mir, daß Du solche Gedanken und Wünsche auch schon in Dir getragen hast, daß Du Dich, wenn Du Dir's auch in Deinen wüsten Stunden nicht eingestehen willst, auch schon darnach gesehnt hast, Dein Haus zu haben und einen neuen Kreis von Menschen um Dich zu versammeln, die Dich lieben und die Du wieder liebst, weil Ihr einander gehört nach dem Rathschlusse des Ewigen . . . Wenn es so ist, Hiesel . . . wenn dieser Funke wirklich in Dir aufgeblitzt hat, so ersticke ihn nicht, er ist vom Guten! Lasse ihn fortglimmen und auflodern, daß er Dich wie eine Flammensäule aus der wüsten Nacht Deiner Zweifel herausführe! Folge dem heiligen Zuge, den Gottes Hand in jede Menschenbrust gelegt . . . er wird Dir Deine Verwilderung abstreifen, er wird Dich zu einem Menschen unter Menschen machen . . ."

Hiesel regte sich nicht. „. . . Was soll ich thun?" murmelte er nach langem Schweigen durch die geschlossenen Hände.

„Deine Vergangenheit auslöschen in der Erinnerung der Welt!" rief der Pfarrer bewegt. „Eine neue Lebensweise erwählen . . . Du bist kühn und kräftig, Du liebst das Außerordentliche und Gefährliche, im Soldatenstande hast Du Gelegenheit, diese Eigenschaften zu benützen, sie geltend zu machen. Du kannst es vielleicht sogar zu hohen Ehren bringen!"

„Hab' es auch schon hie und da gedacht," sagte Hiesel finster, „aber es ist doch nichts mit dem Soldatenrock! Ja, wenn es Krieg gäbe, hätt' ich mich schon lang' nicht besonnen — aber im Frieden mag ich kein Soldat sein ... ich mag nicht Schildwache steh'n und die Zuchthäuser hüten oder dem Gesindel nachstreichen, mag mich nicht fuchteln oder wohl gar auf die Bank legen lassen ... beim bloßen Gedanken siedet's schon in mir ... ich kann nichts vertragen, was wie Zwang aussieht und wie Gewalt!"

„So verlasse diese Gegend; geh' in ein anderes Land — geh' nach der Schweiz, wähle ein redliches Geschäft und betreib' es und dann komm wieder als ein gebesserter, als ein anderer Mensch!"

„Es hilft Alles nicht!" erwiderte Hiesel dumpf, aber entschlossen. „Und wenn ich zehnmal als ein anderer Mensch zurück käm' — sie würden's mir nicht glauben! Sie würden auf mich aufpassen und spioniren, und beim ersten Schuß, der fallen thät', nehmen sie mich beim Kragen, schuldig oder unschuldig. ..."

Er stand auf.

„So ist es wirklich möglich," rief der Pfarrer schmerzlich, „daß Du in Deiner Verblendung bleibst? Daß Schwester, Vater und Freund nichts ausrichten bei Dir? Fallen alle meine guten Worte bei Dir nur unter Dornen und auf Felsen?"

„Ich kann nit anders, Herr Pfarrer," sagte Hiesel fest, „Ihre wohlgemeinten Reden haben mich erst recht überzeugt, daß bei mir nit zu helfen ist. .. Ja, ich will's nit leugnen, Herr Pfarrer, Ihnen will ich's nicht verleugnen — einen Augenblick hab' ich geglaubt, es könnt' möglich sein, es könnt' für mich ein Plätzel geben, wo ich mir einen eig'nen Herd bauen dürft' ... es könnt' Jemand auf der Welt sein, der mich gern hätt' und der's mit mir theilen möcht' ... es war nur eine Einbildung, wie man sich gern selber das weis macht, was man gern haben möcht'. Das Alles ist für mich nit auf der Welt . . . ich muß ausführen, was ich mir vorgenommen hab', und ich will's auch. . . . Ich verzicht' auf Alles, ich geh' fort . . . Ihre Wort', Herr Pfarrer, sind nit auf Felsen gefallen, aber das Dorngesträuch läßt nichts aufkommen, und ich bin's wahrhaftig nit, der's eingesetzt und an'pflanzt hat. . . B'hüt Gott bei einander. . . Ich kann Euch Allen nichts Besseres wünschen, als — vergeßt's mich! Denkt's nimmer d'ran, daß der Hiesel auf der Welt ist. . ."

Er wollte der Thüre zu; aber wieder schallte Klopfen von draußen, diesmal stärker als zuvor, und eine laute, schnarrende Stimme rief: „Aufgemacht, heda aufgemacht! Ich bin's, der Vetter Maier! Aufgemacht!"

„Ist das nicht der Vetter Bader?" rief der Alte. „Was giebt es denn, daß der heute noch bei uns einspricht?"

Inzwischen war die Thür schon geöffnet, und der Bader, ein kleiner, kugeldicker Mann mit Stutzperücke und steifem Zopfe, trippelte händereibend in die Stube. „Verteufelt frisch heute Nacht!" rief er und warf sein kurzes Mäntelchen auf die Bank. „Sollte mich gar nicht wundern, wenn's einen tüchtigen Reif machte! Ein gefährliches Wetter für Einem, bei dem das systema lymphaticum so irritirt ist, wie bei mir! Hab' aber doch nicht warten wollen, hab' meine Nachricht noch heut' anbringen wollen!"

„Aber was giebt es denn, Herr Chirurgus?" fragte der Pfarrer. „Was ist das für eine Nachricht?"

„Ah, Hochwürden Herr Pfarrer auch hier?" rief der Bader entgegen. „Kann mir vorstellen, warum! Der Seelenarzt ist da wohl am Platze! Aber der Körperarzt, der medicus corporalis, wird diesmal doch den Vorrang behalten! Ich habe ein Geheimmittel bei mir, ein Universal-Elixir, probatum est! . . . Heda, Er junger Mensch! Er Thunichtgut! Seinetwegen bin ich da, ich will Ihm das

Wildern vertreiben, daß Er seine Lebtage nicht mehr daran denken soll! Gaff' Er mich nur an ... da hab' ich's! In meiner Westentasche steckt's!"

„Nun, ein solches Mittel wäre allerdings ein Arcanum!" lächelte der Pfarrer. „Nur dürfte es schwer zu finden sein!"

„Ist gefunden, Herr Pfarrer, ist gefunden! Was hab' ich hier in meiner Hand? Was enthält dies Schreiben aus der Residenzstadt, das ich soeben noch durch einen Expressen von Friedberg erhalten habe?"

„Ein Schreiben aus München?" rief Hiesel. „Und das mich betrifft?"

„Ein Schreiben meines hochwohlgebornen Vetters und berühmten Collegen, des Doctor Geyer, Leibarztes Seiner kurfürstlichen Durchlaucht, ist es!" erwiderte der Bader. „Ich stehe fortwährend in gelehrter Correspondenz mit ihm und in steter Consultation über das systema climaticum der ganzen Gegend an der Paar ..."

„Ist es denn möglich?" rief der Alte. „Sollt' sich der Gnaden Herr Vetter an uns arme Leut' erinnert haben?"

„Das hat man gethan!" erwiderte der Bader und hob triumphirend seinen Brief in die Höhe. „Hier ist es Schwarz auf Weiß: Seine Durchlaucht haben von dem tecken Wildschützen, dem bairischen Hiesel, und seiner Meisterschaft im Schießen gehört ... Du sollst nach München kommen, Hiesel, und sollst Dich dem Kurfürsten vorstellen — er will eine Probe mit Dir machen, und wenn's gut geht, Dich unter die kurfürstlichen Jäger aufnehmen und Dir eine Försterei geben ... was sagt Er dazu, Er ungehobelter Wildschütz?"

Hiesel konnte nichts erwidern; das Blut drängte ihm zu Kopfe, daß er wie im Fieber glühte; der Alte stand in zitternder Ungewißheit, der Pfarrer griff nach dem inhalt-

schweren Briefe. „Wahrhaftig, es steht so hier!" rief er
freudig. „Hört nur ... ,Zweifle darum auch nicht, so
besagter Mathias Klostermaier, vulgo der bairische Hiesel
genannt, sich ernstlichen resolviret, einen geordneten Lebens-
wandel zu beginnen, auch seine oft bemeldete fürtreffliche
Schießkunst nur zu Nutz und Frommen Seiner Durchlaucht
zu verwenden, anderweit aber auch die Unterthanen nicht
mit allerlei tribulationibus zu behelligen, deren Bitterkeit
er selbsten erfahren, daß Seine Durchlaucht nicht anstehen
werden, besagtem Hiesel eine Jägerei zu verleihen, verhof-
fend, daß aus einem richtigen Wildschützen ein noch viel
richtigerer Jäger werden sollt' ... Gott segne Seine Durchlaucht!" fuhr er mit gerührter Stimme fort und hob die
Hände nach oben. „Gott segne sein edles Gemüth, das
auch den Geringsten nicht vergißt ... er ist ein Fürst nach
dem Sinne des Ewigen, ein wahrer Landesvater!"

„Ja — und unser Herrgott soll es ihm vergelten,
tausend und tausendmal!" rief der Alte mit freudebebender
Stimme. „Ich hab' wohl nur wenig Zeit mehr zu leben
— aber gern geb' ich die paar Jahr'n her, wenn er ihm
davon eine einzige so vergnügte Stund' machen will, wie
die jetzige ist! ... Hiesel, Du bist ja ganz stumm und starr
— hast Du's denn gehört? Hast Du's denn auch verstanden?"

„Ja, Vater," rief Hiesel und warf sich an seine Brust,
„ich hab's gehört und verstanden, aber es ist mir noch
Alles wie ein Traum — ich kann's ja nicht glauben ..."

„Es ist doch so," entgegnete der Vater, „und Er mag
sich immerhin fertig machen zu dem Marsche nach München!"

„Das will ich! Gleich morgen mach' ich mich auf den
Weg!" rief Hiesel in immer freudigerer Aufwallung. „Ueber-
morgen will ich in München sein und dem Kurfürsten zu
Füßen fallen und ihm danken! Ich bin also kein Aus-
würfling mehr, bin nit überall verfolgt und veracht't ...

4*

ich soll daheim nimmer verstoßen sein, soll auch Jemand
haben, der mir angehört . . . ich will's nur eingesteh'n.
heut' zum ersten Mal ist es mir eingefallen, wie schön es
wär', wenn ich so mitten im Wald in einem Jägerhaus
sitzen könnt', und eine liebe Jägerin bei mir: ich hab' mich
selber ausgelacht und verspott' wegen der Narrheit, und
nun soll's doch sein, nun soll ich's doch auch so gut haben!
Gott soll den guten, guten Herrn segnen! O, ich will's
ihm schon sagen, wenn ich vor ihm steh' — ich will an sein
Wort denken und kein Bauernschinder und doch ein richtiger
Jäger sein . . . O du mein lieber Gott, ich muß mich
schämen, daß mir altem Burschen das Wasser in die Augen
kommt . . . aber die Freud' ist zu groß, ich kann wahrhaftig
nit anders!"

„Dieser Thränen hast Du Dich wahrlich nicht zu schä=
men, mein Sohn," rief mit Würde der Pfarrer. „Bleibe
denn hier, bleibe die erste Nacht wieder ruhig in dem Hause,
wo Du geboren bist, wo die Mutter in Sorgen um Dich
dahingegangen; genieße zum ersten Male wieder den Frie=
den und das erhebende Bewußtsein, ausgesöhnt zu sein mit
Dir selber und mit der Welt!"

„Na, jetzt muß ich mein Bett suchen!" sagte der Baber.
„Gehen wohl mit einander, Hochwürden Herr Pfarrer?
Diesmal hab' ich ihnen den Rang abgelaufen! Nicht?
Das war ein medicamentum radicale, das verbessert das
ganze systema lymphaticum und pneumaticum! Gute
Nacht bei einander, und Er, kurfürstlicher Jäger in spe,
Er denke morgen bei Zeit an die Münchner Reise!"

Bald war das Häuschen zum Brentan' seiner Besucher
ledig; der Alte war, von seinem Sohne geleitet, in seine
Kammer gegangen und schnell und vergnügt eingeschlafen,
wie lange nicht; die Schwester war verstummend und grol=
lend verschwunden, Hiesel schlüpfte in die wohlbekannte
Kammer des ersten Stocks, die ihn als Knaben beherbergt

und die er so lange nicht mehr betreten. Bald war die Stille des Hauses mit jener der draußen waltenden Nacht ausgeglichen, nur über Hiesel wollte weder Ruhe kommen noch Schlaf. Auf dem ärmlichen Lager neben dem kleinen Fenster sitzend, blickte er in die Nacht hinaus. Es war dunkler geworden, ein feuchter Westwind hatte sich aufge= macht und ein Gewölk heraufgetrieben, das nun in wech= selnden Gestalten wunderlich geballt am Monde vorüberflog.

Hiesel überdachte die Veränderung, die ein einziges Fürstenwort in seinem ganzen Leben hervorgerufen, die Wendung, die es seiner ganzen Zukunft gegeben, und unwill= kürlich fühlte er sich von Bildern und Träumen umsponnen, die ihm, vom Zauberscheine der Hoffnung beleuchtet, diese Zukunft zur Gegenwart umzuwandeln begannen. Er sah sich schon in seinem Schaffen und Wirken als Jäger und Förster; er sah das ihm bestimmte Jägerhaus vor sich — auf grüner Waldblöße lag es da, mit dem Hirschkopfe und Geweih' über der Thüre . . . mit den lustigen grünen Fenster= läden . . . er sah sich selbst, die Büchse auf der Schulter, auf das Haus in der Abenddämmerung zuschreiten . . . er sah in der Thüre eine weibliche Gestalt stehen, die ihm schon von fern grüßend zuwinkte, eine Gestalt, die er nur einmal und nur kurze Zeit geschaut, und die ihm doch so klar vor Herz und Seele stand, als wäre sie längst darin eingeprägt, als sei nur eine bergende Hülle weggenommen, unter der sie lange verdeckt gelegen. Wie der eines Träumenden ruhte sein Blick auf dem kleinen umzäunten Platze vor dem Hause, auf den der Mond, eben wieder das Gewölk durch= brechend, die vollste Helle niedergoß, und wieder, wie ein aus dem Traume Erwachender, fuhr er sich über Augen und Stirn — denn durch die taghelle Dorfgasse kam wirklich eine eilende Mädchengestalt auf das Haus zu, die dem Bilde seiner Träume vollkommen glich: das konnte nicht mehr die Wirkung seiner erregten Einbildungskraft sein . . .

das war ein lebendes Wesen, das war Monika — ganz
so, wie er sie vor wenigen Stunden gesehen, nur über den
Kopf war ein verhüllendes Tuch geworfen. Jetzt stand sie
am Eingangsthürchen der Umzäunung, jetzt klinkte sie dasselbe auf — bei einer Wendung traf das volle Mondlicht
ihr Gesicht ... im Augenblicke hatte der Lauscher das Fenster
neben ihm geöffnet und lehnte sich hinaus. Bei dem Klirren
des Fensters blickte sie empor ... es waren wirklich Monika's Augen, in die er wie in ein Stück blauen Himmels
hineinschaute.

„Monika,“ flüsterte er hinunter, „träum' ich denn, oder
bist Du es wirklich?“

„Hiesel ...“ stammelte sie und mußte sich, athemlos
vom raschen Laufe, auf die Bank vor der Hausthüre stützen.
„Gott sei ewig Lob und Dank, daß ich Dich gleich selber
find' ...“

„So hast Du mich gesucht?“ fragte er hastig hinwider.
„Was hat das zu bedeuten? Du bist ja ganz verschrocken
und außer Athem?“

„Ich hab' wohl Ursach' ... ich bin her'kommen, um Dich
zu warnen, Hiesel ... ich hab' nit eher loskommen können
von daheim, als bis Alles geschlafen hat ... Du mußt
fort, Hiesel, Du hast keine halbe Stund' mehr Zeit ...
Du bist verrathen!“

„Verrathen? Was fällt Dir ein? Von wem?“

„Besinn' Dich nit lang, Hiesel, sonst ist es zu spät ...
Die Jäger, mit denen Du zusammengetroffen bist am Erd-
weg, sind in der vollen Furie fort nach Friedberg auf's
Pfleggericht, der Pfleger hat mit dem Fuß gestampft vor
Zorn und hat nach den Soldaten geschickt ... sie holen
Dich, es sind kaiserliche Werber, sie wollen Dich mit Gewalt
fortführen und zum Soldaten machen ... jeden Augenblick
können sie da sein ...“

„Ich komm' hinunter,“ rief Hiesel, indem er die Büchse

und seine Habseligkeiten zusammenraffte und mit den Zähnen knirschend vor sich hinmurmelte: „O die schlechten, die elenden Menschen! Also das sind die Versprechungen, die sie Einem machen! Nichts als Fallen und Schlingen, um mich aufzuhalten, um mich sicher zu machen, damit sie mich fein gewiß finden und wieder fein ohne Gefahr im Schlaf über mich herfallen könnten!... Es ist klar, der Bader, der schlechte Kerl, steckt mit unter der Decken! Darum hat's ihm so geeilt, daß er mir die Nachricht noch so spät in der Nacht hat bringen müssen, den Brief hat er wohl gar selber erdicht't — morgen, haben sie geglaubt, wär' der Vogel schon wieder ausgeflogen... O die elenden, die grund-schlechten Menschen! Aber das soll das letzte Mal sein, daß sie mich genarrt haben... ich will's ihnen merken und eintränken..."

In wenigen Augenblicken stand er in voller Jagd-rüstung vor Monika, Grimm in der Seele und doch mit einem noch nie empfundenen Wonnegefühle im Herzen, denn das Mädchen, das sein ganzes Dichten und Sinnen ein-genommen, stand leibhaft vor ihm... er konnte nicht mehr zweifeln, daß auch sie an ihm Antheil nahm und ihm gewo-gen war. „Du bist es!" rief er und ergriff feurig ihre Hand. „Du kommst, mich zu warnen? Du sorgst Dich also um mich?"

„Wie sollt' ich denn nicht?" erwiderte sie treuherzig. „Sind wir ja gar alte Bekannte und Spielcameraden!"

„Und der Hiesel hat Dir leid gethan, daß er ein so unglücklicher, gehetzter Mensch hat werden müssen, und Du willst keinen Theil daran haben, willst mich nicht hetzen lassen, wie ein wildes Thier... Sag', Monika, hast Du mich denn gekannt, wie Du mich geholt hast zum Tanzen?"

„Nein... aber Du bist mir so besonders vor'kommen, und es ist gewesen, als wenn Jemand hinter mir gestanden wär' und hält' mir in's Ohr gesagt, daß ich Dich holen sollt',

nachher hab' ich's freilich gewußt, warum Du mir so sonder=
bar bekannt vorgekommen bist und warum's mir so eigen
um's Herz 'worden ist . . . Aber um Gotteswillen, Hiesel,
mach' nur, daß Du fortkommst . . . Ich bin vom Erdweg
statt zu der Bas' dahergefahren, der Vater hat mir Post
gethan, daß er's so haben will . . . ich weiß nicht, warum,
da ist bald ein reitender Bot' von Friedberg 'kommen, der
hat's dem Vater angesagt, weil er der Vorsteher ist — sie
haben's gar heimlich gemacht, aber ich hab's erlauscht aus
der Nebenstuben . . . wie's späte Nacht ist, und Alles schlaft,
wollen sie kommen und Dich fortschleppen . . ."

„Die Elenden!" rief Hiesel, wieder auflodernd. „Und
warum verfolgen sie mich schon wieder? Ich bin ja kaum
wieder frei — was hab' ich denn gethan, daß sie schon
wieder die Hände nach mir ausstrecken und mich strafen
und unglücklich machen wollen auf Lebenszeit? . . . O, sie
sind falsch, Alle miteinander; nur Du bist treu, Monika
— nur Du, und ich will Dir's nie vergessen, so wahr ich
. . . so wahr ich meine Mutter selig lieb gehabt hab', und
so wahr ich außer ihr Niemand in meinem ganzen Leben
so lieb gehabt hab', als Dich! . . ."

„Um Gotteswillen . . . eil' Dich, Hiesel, eil' Dich . . ."

„O, ich will mich nit fangen lassen, ich will fort, aber
ein einzig's Wört'l gieb mir noch mit auf den Weg! Ich
weiß wohl, was Du jetzt für mich gethan hast, das thut
man für Niemand, als den man gern hat . . . aber sag'
mir's doch; ich möcht's gar zu gern hören von Dir . . .
sag' mir's endlich heraus, daß Du mich gern hast!"

„Wenn Du mich gern hast," drängte das Mädchen,
„so versäum' keinen Augenblick mehr! Du mußt fort . . .
sag' nur, wohin Du willst, auf welchen Weg?"

„Am Besten ist's, ich geh' auf eine Weil' aus Baiern
fort . . . über'n Lech hinüber in's Schwäbische . . ."

„So komm' . . . in einer halben Stund', wenn wir

scharf fahren, können wir an der Bruck sein... Ich hab'
dem Vater sein Schweizerwägel hinten aus der Schupfen
geschoben und die Füchseln angeschirrt... ich fahr' Dich
hin, zu Fuß kannst ihnen schwerlich mehr aus, und wenn
sie Dich erwischen thäten... Hiesel, es wär' mein Tod!"

„Nein, Du sollst leben, Monika, ich will ihnen die
Freud' verberben! Komm' nur... Hab' freilich nit ge=
dacht," fuhr er etwas innehaltend fort, „daß ich so Knall
und Fall und bei Nacht und Nebel fort müßt'... ich kann
Niemand mehr ‚B'hüt' Gott' sagen... nit wahr, Du
versprichst mir, Monika, daß Du morgen zu meinem Vater
und zum Herrn Pfarrer gehst und ihnen Alles erzählst?"

„Alles, Alles, was Du willst... Sag' nur, wo ich
Dich find' mit dem Fuhrwerk."

„Der Weg führt ja am Freithof vorbei... dort wart'
ich auf Dich, Monika, dort hab' ich noch einen Besuch zu
machen... Du weißt es wohl?"

Einen flüchtigen Blick, in welchem die Ahnung des
Nimmerwiedersehens lag, warf er noch auf das friedliche
Vaterhaus; dann schritt er der Davongeeilten nach und
kniete bald unter den Kreuzen des kleinen Dorfkirchhofs an
einem frisch aufgeschütteten Grabe; es war noch kein Gras
gewachsen über dem gebrochenen Mutterherzen.

Bald rasselte das leichte Wägelchen heran, mit kühnem
Satze schwang Hiesel von der Friedhofmauer sich auf den
Sitz, faßte Zügel und Peitsche, und wie vom Winde getra=
gen sauste das Gespann über die nächtliche Ebene.

Hiesel und Monika saßen eng an einander; es war
keine Zeit zu Worten, aber das trauliche Aneinanderschmie=
gen sagte mehr, als Worte vermocht hätten. Als es eine
kleine Anhöhe hinanging, hielt er die Pferde an, daß sie
verschnauben konnten. „Dort liegt schon die Brücke," sagte
Monika, nach einem erhöhten dunklen Punkte hindeutend,
„in einer halben Viertelstunde sind wir dort..."

„Also nur noch eine halbe Viertelstunde ist es,“ erwiderte Hiesel, „daß ich Dich vor mir hab’! Dann muß ich fort von Dir und weiß nit, ob wir einmal wieder zusammenkommen, oder nie mehr... Monika, jetzt mußt Du mir antworten auf meine Fragen ... mit dem schönen friedlichen Jägerhaus, das ich Dir versprochen hab’, mit dem wird’s freilich nichts mehr sein ... aber sagen kannst mir doch, ob Du mich gern hast, ob Du gern mit mir gegangen wärst, wenn ich Dich wieder geholt hätt’, wie Du mich zum Tanz ... ob Du mich nit ganz und gar vergessen willst?“

Eine zärtliche Antwort zögerte auf den Lippen des Mädchens, der Schrecken verscheuchte sie davon. „Jesus Maria,“ schrie sie auf, „dort, schau’ hin, Hiesel — dort bei der Bruck blitzt ’was und rührt sich ... die Bruck ist besetzt...“

Hiesel hielt die Pferde an und stand hochaufgerichtet im Wagen. „Wahrhaftig,“ sagte er scharf hinüberblickend, „das sind Berittene! Hoho, sie machen’s ja wohl wichtig mit mir, der Hiesel muß eine wichtige Person sein, daß sie sich so viel Mühe geben um ihn — sie haben mich eingegangen, wie bei einem Treibjagen...“

„Da ist ein Seitenweg,“ fiel Monika ein, „ein Feldstraß’l, vielleicht können wir am Lech hinauf bis zu der Ueberfuhr’... Gieb mir die Zügel, ich kenn’ den Weg — über den Wiesgrund hört man auch die Räder nicht so weit rasseln...“

Pfeilschnell und fast lautlos ging es auf dem weichen Grunde dahin, eine dichte Wolke legte sich vor den Mond und hüllte die Gegend weithin in tiefen Schatten.

Mit einemmale fiel Hiesel der Fahrenden in die Zügel. „Da können wir auch nit weiter,“ flüsterte er, „dort hinter dem Gebüschstreifen ist es auch nit richtig, und hinter uns,“ fuhr er sich umwendend fort, „hinter uns sind sie auch schon

. . . ich ſehe die Huſarenbüſche fliegen . . . ſie haben die Spur . . ."

Im Nu riß er mit gewaltiger Fauſt die Roſſe herum, die Peitſche ſauſte, und über Stock und Stein ging's polternd und ſchnellend quer durch die Felder, um das Ufer des Lechs, der ſich wie ein mattgrauer Streifen dahinzog, noch vor den Verfolgern zu erreichen.

Jetzt war es gelungen, und Hieſel ſprang vom Wagen, das Mädchen ihm nach.

„Sie kommen von allen Seiten! Es giebt keinen andern Ausweg . . ." rief er und machte einen Schritt gegen den Strom, der mit mächtigen, hochgehenden Wellen dahinrauſchte.

„Was willſt Du thun?" rief Monika und hielt ihn angſtvoll zurück.

„Fürcht' Dich nit," ſagte er, „ich kann gut ſchwimmen — eh' ich mich von Denen fangen laſſ', will ich mich unſerm Herrgott übergeben. . . B'hüt' Gott, Moni . . . ich dank' Dir ſchön für Deine Lieb' und Deine Treu'. . . B'hüt' Dich Gott!"

Er ſchloß ſie feſt an ſich, drückte einen innigen Kuß auf ihre Lippen und ſprang mit kühnem Satze in den Lech — der Hund hinter ihm her; mit einem Aufſchrei ſank Monika in die Kniee und ſtarrte entſetzt in die aufſchäumenden Wellen. Es war die höchſte Zeit geweſen, ſchon ward der Hufſchlag der anſprengenden Roſſe deutlich vernehmbar.

Da brach der Mond hervor und zeigte fern in der Mitte des wilden Stromes den verwegenen Schwimmer; auch die Reiter erblickten ihn, Schüſſe krachten, die Kugeln ſauſten ihm nach. . .

Er verſchwand; die Wellen gingen über ihm zuſammen. . .

———

3.

Ein leiser gurgelnder Pfiff, wie der einer Wassernatter, tönte über die nachtverhüllte Waldblöße.

Kaum war der Ton verhallt, so stieg aus der Mitte ein schnell aufflackerndes und ebenso schnell erlöschendes Licht empor, das wie ein Blitz secundenlang den ganzen, von schwarzen, eng herangerückten Tannenwäldern eingeschlossenen Raum übersehen und ein ansehnliches Gehöfte erkennen ließ, das sich darauf erhob. Die unbeworfenen Riegelwände mit den rohen Ziegeln und rauh behauenen Balken gaben ihm ein ungastliches Ansehen, das durch den Umstand noch gesteigert wurde, daß alle Läden geschlossen waren und das Haus wie unbewohnt oder wieder verlassen erscheinen ließen. Als ob der Wald einen dunklen Arm ausstrecke, um es nicht loszulassen, zog sich hinter demselben eine finstere lebende Hecke niedergehaltener Fichtenstämme hin und diente zur Richtschnur einer männlichen Gestalt, die vorsichtig und gebückt daran hinschlüpfte.

An der Wand, unter den Fenstern des Erdgeschosses angekommen, ließ der Mann das gurgelnde Pfeifen wieder ertönen, der untere Theil eines Ladens schob sich vorwärts und schloß sich wieder, nachdem ein paar leise Worte der Verständigung gewechselt waren. Der Angekommene schlich an der Wand hin zur Hinterthüre des Hauses, welche aber nicht aufgemacht wurde, sondern in welcher sich nur der untere Theil der Verschalung wie eine Klappe aufthat und eine Oeffnung bildete, nur eben groß genug, einen Mann in gebückter Stellung durchkriechen zu lassen. D'rinnen richtete der Fremde sich auf und grüßte die Oeffnende, die mit der Lampe in der Hand ihm gegenüberstand; sie hielt die andere Hand wie einen Schirm darüber, so daß das Licht das Gewölbe des Hausgangs nur streifenweise er-

hellte, dafür aber seinen vollen Schein auf die beiden Ge=
stalten warf. Es war der Bursche im blauen Fuhrmanns=
kittel mit rothem Haar und schielenden Augen; das Mäd=
chen, halb ländlich, halb städtisch gekleidet, war groß, füll=
reich und doch schlank; das Gesicht war schön, aber verlebt,
in den Zügen hatte die wilde Leidenschaft gewühlt, die aus
den schwarzen Augen brannte und, von innen heraus zer=
störend, das reine Ebenmaß verwischte.

Das Erscheinen des Fuhrmanns schien ihr unerwartet.
„Du bist's, Rother? fragte sie gedehnt, daß er davon über=
rascht sie blinzelnd anschielte. „Warum soll ich's nicht
sein?" sagte er. „Komm' ich Dir etwa ungelegen, Kundel?
Niemand von der Cameradschaft da?"

„Niemand."

„Sonderbar! Ich hatte gedacht, die ganze Herberg'
voll zu finden. Es muß doch Alles unterwegs sein, was zu
den freien Leuten gehört!... Und so bist Du ganz allein,
Kuni? Auch der Vetter nicht daheim?"

„Der ist nach Appertshausen und kommt erst gegen
Morgen wieder..."

„Prächtig!" rief der Bursche und schwang seinen Hut.
„Da hätt' ich's ja gar nicht besser treffen können! Ein
paar Stunden mit der schönen Kundel allein!"

„Komm' mir nicht zu nah'!" entgegnete das Mädchen
und trat vor seiner versuchten Annäherung entrüstet zurück.
Der Rothe aber ließ sich nicht so leicht abweisen, er trat ihr
wieder näher und wollte sie um den Leib fassen. „Das
wär' ja ganz etwas Neues!" rief er lachend. „Seit wann
wär' denn die Kundel so feuerscheu? Sei doch gescheidt und
zier' Dich nicht so..."

„Weg von mir, oder ich stech' Dich nieder..." rief
das Mädchen mit lauter Stimme und riß aus dem Mieder
ein kurzes stiletartiges Messer hervor, im Augenblicke des
Rufens selbst aber dämpfte sie den Ton und machte dem

Burschen, gegen eine Thür im Hausgange zeigend, eine abwinkende Bewegung.

„Still sein soll ich?" fragte er halblaut. „Es ist also doch Jemand im Haus?"

„Ja," flüsterte sie und öffnete die Thür der großen Gaststube, „ich hab' im Anfang gar nicht daran gedacht."

Der Rothe folgte zögernd und mit mißtrauischen Blicken. „So?" sagte er. „Wer ist denn im Haus?"

„Komm' nur da herein," erwiderte das Mädchen, „ein Fremder ist's, der krank in's Haus gekommen. . . Komm' doch, wirst hungrig und durstig sein. . . Hab' nur eine kleine Geduld," fuhr sie in gesteigerter Geschäftigkeit fort, während sie die Lampe auf den Tisch am Ofen setzte, „ich bin gleich wieder da aus dem Keller — sollst es von einem ganz frischen Faß haben. . ,"

Damit war sie auch schon an der Thüre und zog diese hinter sich zu. „Das ist doch gespaßig," sagte der Rothkopf, ihr bedenklich nachschielend. „Erst ist sie wie eine Wildkatz' und jetzt auf einmal so freundlich! Da steckt 'was dahinter. . ." Leise erhob er sich und trat an das kleine Fensterchen, durch welches bei großem Andrange von Gästen die Krüge von draußen hereingereicht wurden; gegenüber war die Thür zur Kellertreppe und die des Zimmers, wo der Unbekannte sich befand. Das Mädchen stand vor dieser und hatte sich zum Schlüsselloche herabgebeugt, um zu horchen, ob nichts in dem Gemach sich rege. Wie sie sich erhob, kehrte auch der Lauscher von seinem Lauerposten zurück und machte sich's auf der Ofenbank bequem, als ob er vom Wege ermüdet sei und der Erholung bedürfe. „Danke schön," sagte er gleichgültig nickend, als Kundel den schäumenden Bierkrug nebst Brod und geräuchertem Fleisch vor ihm hinsetzte. „Ich werd' dem Essen nimmer viel thun — bin schläfrig und muß in aller Frühe wieder fort, und weil

Du doch einmal mit mir die Nacht nicht verplaudern willst, so zeig' mir meine Liegerstatt..."

„Iß und trink' nur erst," sagte das Mädchen, „kannst droben in dem Eckstübel schlafen, wo Du schon öfter gelegen bist..."

Der Rothe that einen starken Zug aus dem Kruge und blinzte darüber hin verstohlen nach dem Mädchen. „Da hinauf?" sagte er dann. „Das Eckstübel ist viel zu sauber für mich; es braucht auch nicht so viel Umständ' — ich leg' mich gleich da auf die Bank. Brauchst nit zu sorgen," setzte er hinzu, als in Kundel's Zügen das Mißvergnügen über sein Vorhaben sichtbar wurde, „mach' meine Zech' noch heut' und ... Deinen fremden Kranken da drüben werd' ich auch nicht im Schlafe stören... Wer ist es denn?" fragte er weiter und schleuderte den Geldgurt, den er unter dem Hemde auf dem Leibe trug, auf den Tisch, daß er klirrte. Er wühlte in den Münzen, womit der Gurt gefüllt war, um seinen Reichthum zu zeigen, und warf einen endlich ausgewählten Kronenthaler hin.

„Ich hab' schon gesagt, daß ich es nicht weiß," erwiderte Kundel, indem sie, ohne aufzuschauen, das Geldstück wechselte. „Es werden bald vierzehn Tage sein, daß er bei Nachts vor's Haus kam. Es war Alles schon zu Bett, aber der Hund hat so gerebellt und hat den Vetter aufgeweckt, und wie er nachschaut, ist ein Fremder draußen, der verlangt, man sollt' ihm aufmachen, er sei verirrt und krank und könne nicht weiter. Wie wir ihn dann hereingelassen haben, ist's ein junger Mann in einem Jägergewande, todtenblaß, der Frost hat ihn geschüttelt, daß er sich kaum hat aufrecht halten können, und über und über war er naß, daß ihm das Wasser vom Leibe gelaufen ist... Er hat den Weg verfehlt gehabt und ist in' Lech hineingerathen und hat sich mit Müh' und Noth bis zu uns hergeschleppt..."

„Und Ihr habt ihn gar nit gefragt, wer er ist? Mit dem Burschen ist's nit richtig!"

„Warum? Hätten wir ihn fortweisen sollen? Der Vetter hat gesagt, ich soll ihm ein Bett richten, und wie wir in der Früh' nach ihm geseh'n haben, da ist er krank da gelegen, wie im hitzigen Fieber, und hat nichts von sich gewußt . . . ein paar Tage ist es wohl gefährlich mit ihm gestanden, aber der Vetter hat ihm fleißig von seinem Car= melitergeist gegeben, das hat ihn wieder curirt . . ."

„Ich bleib' dabei und wett' meinen Kopf darauf, daß er doch ein verdächtiger Kerl ist . . . ein Vagabund!"

„Nein!" rief Kundel eifrig, „er sieht aus wie ein recht= schaffener Mensch . . . wie Vagabunden ausschau'n, weiß ich gar zu gut!"

„So?" erwiderte der Rothe lachend und mit höhni= schem Blinzen. „Aber was geht's mich an! Mir liegt er gut . . . Sag' mir lieber, ob Du ganz vergessen hast, was wir vor einem Jahre mit einander gered't haben? Wie hast Du's im Sinn?"

„Vor einem Jahr? Davon weiß ich nichts mehr."

„Gut, daß ich ein besseres Gedächtniß hab'! . . . Der Vetter ist alt, Du bist seine einzige Befreund'te, er giebt Dir wohl bald die Wirthschaft im Waldhaus über . . . eine flottere Wirthin muß es nicht geben, so weit der Him= mel bairisch ist . . . nur der Wirth fehlt: hast Dir noch keinen ausgesucht? Ich wüßt' Dir einen zu verrathen!"

„Mach' Dir keine Müh', Du verdienst Dir dabei kei= nen Kuppelpelz . . . das steht noch im weiten Feld, aber das weiß ich gewiß, daß Du's nit bist, der mir den Rechten verrathen kann."

„Warum wohl?"

„Weil, wenn ich die Wirthin im Waldhaus werden sollt', ich das Unterste zu oberst kehren will und nur solche

Gäst' aufnehm', die offen kommen und beim helllichten
Tag!"

„So dumm wirst nit sein, Kundel!" lachte der Rothe.
„Wirst Dir nit selber das Geschäft verderben, das eine
wahre Goldgruben ist! Was nur das Wildpret allein tra=
gen muß! Und dann erst alle die raren Sachen, die so auf
der Abseiten herkommen, die ein Spottgeld kosten und für
ein Heidengeld wieder fort wandern! Woher hätt' denn
der Waldhauswirth sein vieles Geld?"

„Ich will von dem Geld und dem Geschäft nichts
wissen!" erwiderte Kundel, „Früher hab' ich's nicht ver=
standen, ich hab's nicht überdacht und hab' dem Vetter ge=
folgt — jetzt aber hab' ich selber meinen Verstand, jetzt
weiß ich, was ich von dem Allen denken muß . . . was ge=
schehn ist, freilich, das kann ich nimmer ungescheh'n machen
— aber wenn ich noch länger beim Vetter und im Wald=
haus bleiben soll, so muß es anders werden . . . ich will
rechtschaffen sein, und der künftige Wirth vom Waldhaus
muß ein rechtschaffener Mann sein."

Der Rothe lachte laut auf. „So, so!" sagte er, „und
der Fremde, den Du Dir aus dem Lech aufgefischt hast,
schaut so aus, wie Du's verlangst? Wie ein rechtschaffener
Mann? Meinetwegen, aber die Flausen, die Du Dir da
in den Kopf gesetzt hast, Kundel, die vergeh'n schon wieder!
Warum wolltest Du eine Duckmäuserin werden und das
lustige Leben um ein trauriges vertauschen? Wenn es gar
ist, ist's gar . . . was hast nachher davon, wenn Du bei
Lebzeiten Dir das Maul gewischt hast? Es steht Dir auch
nimmer an, Kundel, das Anstellen mit der Rechtschaffen=
heit: Du bist schon zu tief hinein 'gangen, es nutzt Dich
nichts, und wenn Du zehnmal umkehren willst, Du bleibst
doch die schöne Kundel, und das Waldhaus bleibt verschrie'n
als eine Spitzbubenherberg'!"

„Dann verkauf' ich Alles," erwiderte sie haſtig, „und
gehe anderswohin, wo mich Niemand kennt!"

„Wirſt Dich ſchon anders beſinnen!" fuhr der Rothe
mit frechem Hohne fort. „Müßteſt weit geh'n, Kundel,
wenn Dir das Gered' nicht nachkriechen ſollt'! Wirſt Dich
ſchon noch beſinnen! Ich kenn' das von mir ſelber, ich
weiß ſchon, daß man ſolche Täg' hat, wo die Grillen zu
ſingen anfangen, die ſie Einem auf der Schulbank und in
der Chriſtenlehr' in den Kopf geſetzt haben — aber es iſt
nichts dahinter und halt' nit an. Wie ſie mich eingehäu=
ſelt haben, und hab' Werg ſpinnen müſſen, da iſt mir auch
ſchwach geworden: ich hab' mir vorgenommen, ich wollt'
ein ehrlicher Menſch werden und mich mit der Arbeit fort=
bringen. In meiner Heimath war nichts zu machen, da hat
mich Alles gekannt, und Niemand hat etwas von mir wiſſen
wollen . . . da hab' ich mich um einen andern Namen um=
geſchaut und bin nach Ulm zu einem reichen Kaufmann,
der hat mich als Fuhrknecht eingeſtellt und hat mir einen
ganzen Frachtwagen voll Waar' gegeben, die mußt' ich nach
München fahren. Er hat alles Zutrauen zu mir ge=
habt . . ." ſetzte er, nachdem er getrunken, lachend hinzu,
„natürlich . . . die Zeugniſſe, die ich ihm gezeigt und die
ich einem Andern abgenommen hatte, die waren gar zu gut!
Im Anfang ging es auch herrlich, aber in die Länge hab'
ich's nicht aushalten können, den ganzen Tag in Hitze und
Kälte neben dem Wagen herzutraben, den Gäulen Wiſt
und Hott zuzurufen und am End' ein paar Gulden einzu=
ſtreichen, während ich dem Herrn in die Tauſende verdient
hab' . . . da ward's mir zu dumm, und ich bin davon ge=
laufen, und jetzt ſuch' ich den Bobinger auf . . . Du kennſt
ihn ja, den alten Fuchs, der in allerhand Verkleidung
durch's Land ſtreicht, bald als Krämer, bald als Jäger,
manchmal gar als Capuziner . . . der hat auf Marien=
geburtstag Alles, was ein freies Leben gern hat, in den

Augsburger Wald zusammengerufen, da soll's dann in's
Große geh'n, weil sie dem Einzelnen das Leben so sauer
machen . . . da will ich auch hin!"

„Glück auf den Weg," sagte Kundel sich erhebend.
„Gute Nacht; ich bin schon zu Hand, eh' Du fortgehst . . .
also sperr' ich die Thür' zu, wenn Du doch auf der Bank
bleiben willst; es ist so Ordnung im Haus. . ."

Der Rothe widersprach nicht, obwohl er von dieser Haus-
ordnung bisher noch nie etwas wahrgenommen hatte; gleichgültig rollte er eine Decke in einen Bündel, um sie als Kopf-
kissen unter den Kopf zu legen, und streckte sich auf die Bank
— kaum war jedoch der Schlüssel im Schlosse umgedreht, als
er schon wieder am Fensterchen lauerte. Er sah Kundel die
Thür zu dem Gemache des Unbekannten vorsichtig öffnen,
eintreten und hinter sich schließen; schnell besonnen, öffnete
auch er das nach der Rückseite führende Fenster, stieß den
Laden auf und zwängte sich rasch und geschmeidig, wie eine
Eidechse, zwischen den Eisenstangen hindurch, die als Gitter
angebracht waren. Im Nu stand er dann vor dem ebenfalls
auf den Hofraum führenden Fenster des Gemachs und
schwang sich an der Mauerbrüstung hinauf, um das oben
in den Laden geschnittene Luftloch zu erreichen, durch welches er das Zimmer überblicken konnte.

Es war nur schwach beleuchtet. Kundel stand am Bette,
in welchem ein Mann schlafend lag; das Gesicht konnte
der Späher nicht sehen, weil es etwas abgewendet, und
das Mädchen sorgfältig bemüht war, zu verhüten, daß kein
Lichtstrahl auf den Kranken falle und ihn erwecke. Sie
beugte sich leicht über den Schläfer und sah ihn lange mit
dem Ausdrucke des Wohlgefallens und zärtlicher Neigung
an. Ein Hund lag am Fuße des Bettgestells auf dem
Boden; den Kopf auf die Pranken niederkauernd, blickte er
zutraulich empor; er war mit dieser Erscheinung vertraut
und wußte, daß sie seinem Herrn nichts Uebles bedeute.

3*

„Ich habe recht gerathen," dachte der Lauscher, „ich weiß jetzt, wie viel es da geschlagen hat . . . wenn ich ihn nur sehen könnte, damit ich wüßte, wie der rechtschaffene Mann aussieht, der die Kundel so geschwind auf andere Gedanken gebracht hat . . ." Vergeblich strengte er seine an das Spähen gewöhnten Augen an; erst als Kundel sich entfernte und in der Thüre zurückblickend sich noch einmal umwendete, fiel der Lichtschein so hell auf den Schlafenden, daß er das Gesicht unterscheiden konnte; war es auch etwas bleich und angegriffen, hatte er es doch auf den ersten Blick erkannt und mußte an sich halten, um nicht aufzuschreien oder in lautes Lachen auszubrechen. Auflauschend horchte er gespannt, bis im Hause die Schritte verhallt waren, und eine Thür am andern Ende geschlossen wurde; in einem Fenster oben ward Lichtschein sichtbar und verlosch nach einer Weile.

Vorsichtig pochte er jetzt an den Laden; dumpfes Knurren des Hundes antwortete. Der Mann im Bette fuhr auf. „Was giebt es?" rief er. „Wer ist das?"

„Ich bin's, Hiesel," flüsterte es vom Fenster her. „mach' auf, Hiesel . . . der Rothe ist's . . ."

„Was willst Du von mir? Wie kommst Du hierher?"

„Mach' nur erst auf — wegen Deiner komm' ich, wir können doch nicht so durch's Fenster reden . . ."

Hiesel war aufgestanden und öffnete; mit einem Satze war der Fuhrmann neben ihm. „Mach's kurz," rief Jener, „was willst von mir?"

„Wie kannst mir fragen!" entgegnete dieser. „Weißt etwa nimmer, daß übermorgen Maria Geburt ist, und wir im Augsburger Wald sein müssen?"

„Du vielleicht — ich hab' nichts dort zu schaffen."

„Wär' nit übel!" rief der Rothe wieder. „Hast Du's in München, wie wir in dem gewissen Haus kurfürstliches Brod gegessen haben, nicht mir und dem Tiroler und den

Andern allen versprechen, daß Du bei uns bleibst, daß Du gewiß nicht fehlst im Augsburger Wald?"

Hiesel sah ihn einen Augenblick zweifelnd an; er schwankte, ob es gerathen sei, dem Burschen die Wahrheit anzuvertrauen. Die Tage des gezwungenen Stillliegens hatten ihn zu längerem Nachdenken über sich und seine Zukunft gebracht; die Ereignisse der letzten Tage, die Ermahnungen des Pfarrers hatten in ihm nachgeklungen, und auch im Fiebertraume war es Monika's liebevolles Bild gewesen, das ihn umgaukelte. Bei ruhiger Ueberlegung war ihm die Möglichkeit aufgetaucht, daß der Ueberfall der Werber doch vom Pfleggerichte allein ausgehen konnte, daß die Einladung nach München vielleicht doch etwas Wahres enthielt. Der Sicherheit wegen hatte er bisher darauf verzichtet, Monika und den Seinen Nachricht von sich und seinem Aufenthalte zukommen zu lassen; jetzt, bei vollständiger Genesung, wollte er es nachholen und damit die Nachricht verbinden, daß er nach München gegangen sei, beim Kurfürsten sein Glück zu versuchen. "Wenn ich mich nun anders besonnen hätt'?" antwortete er nach einer Weile. "Wenn ich das Wildschützenleben aufgeben wollt'?"

Der Rothe zuckte zusammen; er vernahm zum zweiten Male eine solche Aeußerung, und es war erklärlich, wenn er darin einen naheliegenden Zusammenhang erkannte. Es war ihm unerträglich, sehen zu müssen, daß Andern gelingen sollte, sich aufzuraffen, wo ihm die Kraft dazu gemangelt hatte; jedes Mittel galt, dies zu verhindern, und da er vorher mit dem offenen Aussprechen seiner Gesinnung nicht glücklich gewesen, war er rasch entschlossen, es mit Lüge und Verstellung zu versuchen. "Ja, ja," sagte er traurig, "wer das zuwegen bringt, hat ganz recht! Ich hab's auch gewollt, aber ich hab' kein Glück . . . mein Herr hat erfahren, wer ich bin, und hat mich davongejagt — alles Bitten und Betteln hat nichts geholfen . . . vielleicht bist Du glücklicher, dann hast Du doch etwas davon, daß Du Dein Versprechen nit haltest!"

Ueber Hiesel's Angesicht flog es dunkelroth, es zuckte ihm in den Händen, aufzuspringen und den Burschen an der Kehle zu fassen. „Wer sagt das?" rief er. „Wer unter=steht sich und will sagen, daß der Hiesel einmal sein Wort nit gehalten hat?"

„Du bist wunderlich," entgegnete wie verwundert der Rothe. „Hast Du nit selber gesagt, Du hast Dich anders besonnen? Ist das 'was And'res, als daß Du Dein Wort brichst?"

„Sag' mir das nit noch einmal, Rother," rief Hiesel mit zorngedrückter Stimme, „oder es nimmt kein gutes End' mit Dir! . . . Ich hab's versprochen, in den Augs= burger Wald zu kommen, und ich geh' hin, und wenn ich angebunden wär' . . . aber ich geh' nur hin, um Wort zu halten; ich will nit bleiben, sondern will's Allen sagen, daß ich vom Wildschützenleben Abschied nehm', und will ihnen zureden, daß sie's auch so machen . . ."

„Die Müh' kannst Dir sparen, Hiesel," sagte der Rothe, „das Zureden wird nichts helfen. Was sollten die Leut' alle anfangen? Es ist nirgends ein Platz für uns — von allen Seiten sind wir verfolgt und eingekreist, die Jä= ger halten alle zusammen, d'rum müssen wir es auch so machen. Die Jäger treiben's alle Tag' ärger, erst vor einigen Tagen haben sie in Münsterhausen einen Bauern, den sie für einen Wildschützen gehalten, Abends, wie er beim Essen gesessen ist, mitten unter seinen Leuten und sei= nen Kindern durch's Fenster erschossen . . :"

Hiesel hatte sich halb angekleidet und warf sich unruhig wieder auf sein Lager. „Die Mordbuben!" rief er erregt. „Und uns wollen sie Spitzbuben nennen?"

„Ho, das ist noch gar nichts!" entgegnete der Rothe, der seine Nachricht wirken sah. „Im Burgauischen haben

sie neulich einen armen Teufel erwischt, der eine Grube ge=
graben hat, daß sich das Wild d'rin fangen soll. Was ha=
ben sie gethan? Sie sind nit faul, binden dem Kerl Hände
und Füße, werfen ihn in die Grube, füllen sie aus und
graben ihn so lebendig ein... Wie gefallt Dir das,
Hiesel?"

Hiesel's Erregung stieg. Alle Vorsätze, der Schutzvogt
des Landvolks zu sein, traten als ebenso viele zürnende
Vorwürfe vor seine Seele; er schämte sich und klagte sich
selbst der Feigheit an, weil er das Werk aufgeben und nur
an sich selbst denken wolle... „Und wird daraus, was
will," rief er entschlossen, „eh' ich 'was für mich selber
thu', geh' ich mit in den Augsburger Wald!"

„Ho, ich hab' mir's wohl gedacht!" rief der Rothe.
„Jetzt bist Du der alte Hiesel wieder! Das hätt' weiter
kein Gespött' und Gered' abgegeben, wenn es geheißen
hätt': ,der bairische Hiesel ist auch zum Kreuz gekrochen!'
,Ja, warum denn?' hätt' ein Anderer gefragt, und ,Narr,'
hätt's hinwider geheißen, ,wie Du fragst! Ein paar
Weiberaugen haben schon ganz andere Dinge zu Stand'
gebracht!'"

„Wer... wer sagt das?" schrie Hiesel aufspringend
und packte ihn am Halse.

„Nun, nun, erwürge mich nur nicht!" rief der Rothe,
innerlich triumphirend, weil er den Grund von Hiesel's
Unwillen völlig errathen zu haben glaubte. „Niemand
sagt das! Ich hab' Dir nur zeigen wollen, wie die Leut'
reden könnten... Also, es bleibt dabei — wir geh'n in
den Augsburger Wald; auf was warten wir denn noch?
Komm' Hiesel, richt' Dich zusammen, wir machen uns gleich
auf den Weg!"

„Nein," erwiderte dieser, „ich muß bis zum Tag war=
ten. Die Leut' in diesem Haus haben mich aufgenommen

und gepflegt, wie ein eig'nes Kind — ich geh' nit fort, ohne Dank und Ade zu sagen . . ."

„Meinethalben — wirst wohl wissen, ob Du Ursach' hast dazu . . . ich kann warten — also gute Nacht, Hiesel, morgen früh geht's in den Augsburger Wald."

Rasch schwang er sich wieder aus dem Fenster, kehrte auf dem frühern Wege in die Zechstube zurück, legte sich auf die Bank und entschlief bald, ruhig und fest, wie mit dem besten Gewissen und auf dem bequemsten Lager.

Der Morgen graute kaum, als der nach Hause kommende Wirth, an der verschlossenen Thüre rüttelnd, seinen Unwillen darüber äußerte, wem denn die neue Einrichtung in den Sinn gekommen, das Gastzimmer zu sperren, noch dazu, wenn Gäste darin seien. Kundel eilte herbei und öffnete, wie mit Blut übergossen, daß sie auf der Unwahrheit betreten worden, der Rothe aber that, als habe er nichts gehört, und ließ sich mit dem Wirthe in's Gespräch ein. Kundel stand am Schenktische und begann, Krüge auszuschwenken. Als der Wirth die Stube verließ, näherte sich ihr der Rothe. „Bist mir doch nit etwa gar bös wegen gestern Abend?" sagte er höhnisch. „Ich hab' mir Deine Wort' überlegt und hab' lang' nit schlafen können d'rüber . . . aber ich hab's eingeseh'n, daß Du Recht hast; ich will's auch noch einmal probiren und rechtschaffen werden — dafür aber mußt Du mir versprechen, daß Du mich ein= lad'st, wenn Du Hochzeit machst . . ."

„Ich wunder' mich, daß Du noch da bist," erwiderte das Mädchen, ohne nach ihm umzusehen. „Hab' gemeint, Du hättest es so eilig und müßtest in aller Früh' fort?"

„Das wohl — ich hab' mir's anders überlegt und einen Cameraden gefunden."

„Einen Cameraden? Wo denn?"

„Das kannst leicht errathen, wirst wohl wissen, was für Leut' im Hause sind . . . Schau, Kundel — Du hast gemeint, wie fein Du Deine Sache anstellst, wenn Du mich einsperrst, aber Du hast vergessen, daß es noch Fenster giebt und Luftlöcher in den Fensterläden . . ."

Das Mädchen ließ die Krüge aus den Händen sinken und sah ihn starr an. „Wen meinst?" fragte sie kaum hörbar. „Den Jäger? Den Kranken?"

„Denselben, über den sich eine Gewisse hingebeugt hat, als wenn sie ihn mit den Augen verschlucken wollt'!"

„. . . Der wär' ein Camerad von Dir?"

„Das will ich meinen! Hab' ihn überall gesucht und schon fast verloren gegeben. Hab' schon kurfürstliches Brod mit ihm gegessen!"

„Mit dem Fremden?"

„O, das ist ein ganzer Kerl! Ein Muster von einem Jäger! Ein rechtschaffener Mann, wie Du ihn nur verlangen kannst!"

„. . . Wer ist es?"

„Der bairische Hiesel!"

Sie richtete sich auf, als wollte sie Hand an den Burschen legen. „Schlechter Kerl," sagte sie bebend, „das ist nit wahr! Gesteh's ein, daß Du gelogen hast . . ."

„So frag' ihn selbst! Da ist er!" erwiderte er, auf Hiesel zeigend, der eben in die Thüre trat. „Guten Morgen, Hiesel! Schon reisefertig? Ich bin jeden Augenblick bereit!"

Wie versteinert starrte das Mädchen den Wildschützen an, dann murmelte sie einige Worte vom Frühstück, das sie besorgen wolle, und wankte aus der Stube. Das Frühstück erschien auch bald, aber nicht Kunkel brachte es, sondern der Wirth. Es war bald verzehrt, und die Zeit zum Aufbruche da. Hiesel hatte dem Wirthe Dank und Abschied gesagt und wollte nicht fort, ohne auch seiner treuen Pflegerin ein Lebewohl zugerufen zu haben, aber sie war nirgends zu sehen. Vergebens schallte die mächtige Stimme

des Wirths rufend durch das Haus; vergebens wurde in
Haus und Hof jeder Winkel durchsucht — sie war ver=
schwunden. Endlich war keine Zeit mehr zu versäumen, der
Rothe drängte und mahnte an die Weite des Weges, und
daß sie einen Vorsprung haben müßten, ehe überall die
Jäger aus den Federn gekrochen kämen. Hiesel blieb nichts
übrig, als dem Wirthe Dank und Gruß für das Mädchen
aufzugeben und baldige Wiederkehr zu verheißen. Ver=
stimmt schritt er in den Morgennebel hinein; aus den Au=
gen des Rothen leuchtete tückische Freude.

Vom Giebel des Hauses, von einer verborgenen Stelle
aus, sahen den Dahinschreitenden zwei Augen nach, über=
strömt von Thränen der Leidenschaft, der Liebe und der
Erbitterung; ein Herz schlug ihm nach, in dem noch ein=
mal eine edle Regung sich aufgebäumt, um sich aus dem
Schlamme emporzurichten, in den sie versunken war und in
den sie sich, da die Stütze gebrochen, an der sie sich anzu=
klammern versucht, zurückgleiten fühlte, tiefer und unheil=
voller als zuvor.

Am zweitnächsten Tage war in der Nähe des ungeheu=
ren Augsburger Stadtwaldes eine eigenthümliche lebhafte
Bewegung wahrzunehmen, die wohl auch den Jägern nicht
entgangen wäre, hätte nicht die Nachricht, die Wildschützen
hätten sich in's Burgauische gezogen, sie sicher gemacht und
die Mehrzahl angelockt, sich die Lustbarkeiten nicht zu ver=
sagen, welche vom Besuche des Friedberger Jahrmarkts zu
erwarten waren. In sorgloser Sicherheit sah man allerlei
befremdliche und unheimliche Gestalten von allen Seiten
dem Walde sich nähern und dem Theile desselben zueilen,
welcher der Münsterbann hieß. Gegen die Mitte des un=
geheuren Forstes hin erhob sich ein kleiner buchenbewachse=
ner Hügel aus riesigen Föhren, unter denen das Unterholz
zum fast undurchdringlichen Dickicht verwachsen war; es
war ein vergessenes Stück ungelichteten Urwaldes. Der

Hügelabhang war frei, und vor demselben that sich eine kleine sonnenlichte Blöße auf. Sturm oder Blitz mochten vor Jahrhunderten ein paar der gewaltigen Bäume niedergeworfen haben; an deren Wegräumung hatte Niemand gedacht, so waren sie in sich vermodert und vermorscht, daß nichts mehr von ihrem Dasein zeugte, als die abgesprengten übermoosten Wurzelstöcke, während auf der kleinen Lichtung junge Buchenschößlinge über die schmalen Halme der Waldgräser, über Farrenbüschel und Erdbeerpflänzchen emporwuchsen. Der Ort hieß „Am Heidenbühel"; in dem Namen war noch die einzige Ueberlieferung erhalten, daß der Hügel in der Vorzeit zu Begräbnissen gedient, oder daß auf ihm eine germanische Opferstätte gestanden haben mochte.

Eine Anzahl wilder und verwegen aussehender Männer war daran, die Lichtung zu einem bequemen Lagerplatze zuzurichten; mit den Hirschfängern wurde auf der einen Seite das Gebüsch gesäubert, während man nebenan im Schatten Steine und Moos zusammentrug, um ein paar ansehnliche Fäßchen vor dem Einflusse der Sonne zu schützen und kühl zu erhalten. Unweit davon waren Einige beschäftigt, eine Stelle vom Rasen zu reinigen und mit herbeigeschlepptem Reisig Feuer anzuzünden, Andere hatten sich daran gemacht, einen frischgeschossenen stattlichen Zwölfender auszuweiden und zu zerwirken, damit zum Trunke der Wildbraten nicht fehle.

Aus dem Grase des Hügels sprang ein nackter mächtiger Felsblock vor, so recht geeignet, zum Mittelpunkte und zum Rednersitze zu dienen, falls einer der Anführer zu den Andern zu sprechen Verlangen hätte. Am Fuße desselben hatte sich eine Schaar gelagert und ließ unter eifrigem Gespräche nicht minder eifrig eine Korbflasche voll Branntwein in die Runde gehen.

„Da hab' ich nicht mehr einseh'n können, warum ich das Alles aushalten sollte!" sagte ein junger Mensch in

abgeriffener ftädtifcher Kleidung, mit einem abgelebten, ver=
gilbten Gefichte, das noch dazu durch ein anfehnliches blaues
Muttermal entftellt war. „Morgens in aller Frühe mit
hungrigem Magen in die Kanzlei laufen, fich krumm hocken
und die Finger lahm fchreiben bis in die finkende Nacht —
und das Alles für ein elendes Mittagseffen, einen Hunde=
ftall von Stube und ein Salarium, das nicht einmal für
den Schnupftabak ausreicht ... Nein, hab' ich mir gedacht,
das halt' ein And'rer aus, und bin auf und davon. Ich
will auch einmal mein eigener Herr fein, und wenn ich doch
zum Hungerleiden verdammt bin, will ich wenigftens nicht
noch dazu arbeiten!"

„Haft recht gethan, Blauer!" erwiderte ein ftarker
junger Mann von vierfchrötiger Geftalt und aufgetriebenem
rothem Gefichte. „Solltest Dich wohl zu alledem noch
hudeln laffen und gar bei dem Amtmann bedanken, der
fein Amt und Alles geerbt hat, nur nicht den Verftand
dazu, und gegen den Du ein König Salomo fein kannft,
trotz Deiner Dummheit! Nichts für ungut, Blauer —
ich kenne das Volk! Profefforen und Amtleute, das ift
der nämliche Schlag! Hab's auch erfahren ... die Zöpfe
in Ingolftadt haben nicht begreifen können, warum ich fchon
im zwölften Jahr auf der Univerfität war; und zum Danke
dafür, daß ich's mit dem Studium fo gründlich genommen
hab', daß ich damit auf den Grund kommen wollte, haben
fie mich relegirt! Was follt' ich nun machen? Zum
Soldaten wollten fie mich nicht, ich war ihnen zu dick ...
die Amtleute, bei denen ich Schreiberdienft fuchte, haben
fich vor mir gefürchtet: da ift mir's zur rechten Zeit noch
eingefallen, daß ich einmal berühmt war wegen meiner
Sicherheit im Schießen, und daß fie mich den Sternputzer
nannten, weil ich einmal eine Kerze hart am brennenden
Docht abgefchoffen habe ... Hollah, dacht' ich, verfilberte
die paar Scharteken, die ich noch hatte, kaufe mir den

Stutzen da und will's als Wildſchütz eintränken!" Er
nahm dem Nächſten die Flaſche ab, that einen tüchtigen Zug
und ſang mit lärmender Stimme:

> Carpiamus dies nunc et bibamus ita,
> In perpetuo studio vita non est vita!

„Aber das verſteht Ihr nicht!" ſetzte er hinzu: „Ihr
ſeid ungelehrte Philiſter, zu denen ich mich gar nicht herab=
laſſen ſollte!"

„Das verſteh'n wir freilich nicht," erwiderte ein kleiner,
faſt ſchwächlich ausſehender Mann mit verſchmitztem Geſichte,
unſteten grauen Augen und einer ſtarken Wundnarbe über
denſelben. „Aber ſo viel merken wir wohl, daß es 'was
Gemüthliches iſt, und die Gemüthlichkeit iſt die Hauptſache!
... Sollſt leben, Sternputzer! Mir iſt's auch nicht viel
anders gegangen! Bin ein Sattlermeiſter geweſen und
hab' wohl 'was für mich gebracht gehabt ... aber es iſt
mir halt zuwider geworden, den ganzen Tag und die ganze
Woche und Jahr aus, Jahr ein zu nähen und zu ſchnitzeln
und zu nageln — da hab' ich mir manchmal ein Plaiſir
gemacht und bin im Wald ein wenig ſpazieren gegangen,
und es kann ja ſein, daß ich in der Zerſtreuung die Büchſ'
auch mitgenommen und probirt hab', ob ſie losgeht ...
der Jäger hat's heraus gewittert und hat nit geruht, bis
er mich vor lauter Strafen und Pfänden von Haus und
Gewerb' getrieben hat... Da bin ich fort und bin erſt
recht ein Wildſchütz 'worden! Aber dem Jäger hab' ich's
eingetränkt: er iſt mir im Wald' begegnet, da hab' ich ihn
durchgearbeitet, daß die Sonn' durch ihn hätte durchſcheinen
können ... ich bin gewiß ein guter Kerl, und die Gemüth=
lichkeit geht mir über Alles, aber es hat mich ordentlich
gefreut, wie der Schuft ſich ſo gewunden und gewimmert
und geheult hat ...."

„Und ſo ſoll's all' dem Jägergeſindel geh'n!" rief der

Blaue und stieß seinen Nachbar an, einen bärtigen Mann von gesetztem Aussehen und soldatisch strasser Haltung. „Warum sagst Du nichts, Stubele, und machst ein Gesicht, als wenn Du Holzäpfel kauen müßtest?"

„Wie kannst' fragen?" lachte der Blaue. „Weißt ja, daß er desertirt ist, und daß sie ihn das erstemal wieder eingefangen haben! Wird wohl den Denkzettel überlesen, den sie ihm mit den Spitzruthen auf den Buckel geschrieben haben!"

„Nimm' Du Dich in Acht," rief der Stubele, indem er aufsprang, „sonst schreib' ich Dir etwas auf den Buckel, was Du ohne Latern' lesen kannst!" Der Blaue sprang ebenfalls in die Höhe, aber der Sternputzer riß die Zänker aus einander; gleichzeitig rief der am Feuer als Koch Beschäftigte herüber. Es war ein großer Mann in breit= krämpigem Hute und brauner Lodenjacke, unter welcher der grüne Hosenträger vorsah. „Ein Capitalhirsch!" rief er. „Das ist ein Ziemer, wie ihn kein Reichsprälat auf die Tafel kriegt . . . der zergeht Einem auf der Zunge, und schaut Euch einmal an, wie ich ihm die Kugel mitten auf's Blatt gesetzt habe, als wie abgezirkelt!"

Sie traten näher und bewunderten an der ausgespann= ten Decke die Sicherheit des Schusses. „Das ist kein Wun= der," sagte der Sternputzer, „Ihr Tiroler könnt alle das Schießen, wie die Enten das Schwimmen, wenn sie nur aus dem Ei kriechen! Aber es wär' schon an der Zeit, daß die Andern kommen . . . der Schneider und der Hansel fehlen noch — das Sonnenwirthle und den Lissaboner= bäcken hab' ich auch noch nicht geseh'n . . . und wo bleibt denn vor Allen der Kretzenbub', der Bobinger?' Der der Erste am Platz sein sollte, ist wohl gar der Letzte!"

„Der Rothe ist auch noch nicht da!" erwiderte herum= blickend der Blaue. „Aber wenn man den Fuchs nennt, kommt er gerennt! . . . Schaut einmal, was dort unter

den Haselstauden so herausleuchtet ... ist das nicht die
Feuerperücke von dem rothen Spitzbuben?"

„Freilich ist er's!" riefen die Andern, „und noch Einer
kommt mit ihm ... den kenn' ich aber nicht ..."

„Ich auch nicht," sagten der Blaue und der Stern=
putzer, ein Anderer aber rief freudig: „Soll ich denn mei=
nen Augen trauen? Das ist ja der bairische Hiesel!"

„Warum nicht gar!" entgegnete der Student. „Der
Hiesel hat ausgejagt, das ist eine alte Geschichte! Vor eini=
ger Zeit haben ihn kaiserliche Werber in den Lech gesprengt
und erschossen ..."

„Und er ist es doch!" rief Jener und eilte dem Kom=
menden entgegen. „Es giebt keinen Zweiten auf der Welt,
der so ausschaut!"

Der Name des Ankommenden flog wie ein Lauffeuer
durch die ganze Versammlung; Alle drängten sich herbei,
den gefürchteten Wildschützen und Bauernvertheidiger zu
sehen, in dem Viele einen alten Bekannten und Schicksals=
genossen begrüßten. Der Tiroler trug ihm einen Pracht=
schnitt seines eben fertig gewordenen Hirschziemers zu, der
Sternputzer bot ihm die Flasche, der Blaue schüttelte ihm
die Hand, während die Andern sich dessen Abenteuer und
Streiche erzählten, seine Gewandtheit und Kühnheit und
sein gutes Herz rühmten, das Keinem ein Leides geschehen
lasse, als den Jägern und ihren Genossen. Hiesel war von
der überstandenen Krankheit noch etwas abgespannt; die
Wanderung hatte nicht beigetragen, sein gedrücktes Gemüth
freier zu machen; der Empfang der Wildschützen aber war
in seiner Wildheit von so unverhohlener Freude erfüllt,
daß er unwillkürlich seinem Stolze schmeichelte, und Hiesel
mit einem Lächeln befriedigter Eitelkeit die Begrüßung hin=
nahm und erwiderte.

Um seinen rothen Begleiter kümmerte sich Niemand;

nur der Blaue zog ihn mit freudiger Vertraulichkeit bei
Seite.

Noch hatten die Schützen sich nicht wieder gelagert, als
im Walde ein Schuß fiel, daß Alles in Hast zu den Waffen
stürzte. Ein langer sonnengebräunter Bursche kam in
athemloser Eile aus dem Dickicht hervor: es war der Lissabonerbäck', so genannt, weil er fern auf der Wanderschaft
gewesen und mehrere Jahre in Lissabon zugebracht hatte.
„Was giebt's?" rief es ihm entgegen. „Sind Jäger in
der Näh'? Wo ist der Bobinger? Warum kommt er nicht
mit Dir!"

„Auf den Bobinger," erwiderte der Bursch, sich in's
Gras werfend, „braucht Ihr nimmer zu warten — der kommt
nimmermehr! Auf dem Wege hierher sind uns heute
Strickreiter unter gekommen: da haben wir uns in die
Felder geduckt und an den Wald hingeschlichen, aber sie
müssen uns doch gesehen haben. In dem Walde sind
Jäger gesteckt, der erste Schuß ist ihm in den Rücken gegangen, mitten durch's Herz . . . es hat ihn nur so hinge-
worfen . . . er hat keinen Schnaufer mehr gethan, und ich
hab' den Weg gehörig unter die Füß' genommen, damit
Ihr's doch wißt und nicht umsonst wartet. . ."

Die unvermuthete Nachricht verfehlte auch auf die ver-
wilderten Gemüther der Schützen ihren Eindruck nicht:
sie standen einige Augenblicke stumm und blickten einander
rathlos an. „Ei, was steh'n wir da, wie die Schaf' wenn's
donnert!" rief dann der Student. „Das kann einem
Jeden alle Stund' passiren und geht für's Sterben hin!
Der Kretzenbub' ist ein gar gemüthlicher Kerl gewesen —
wir wollen's den Jägern heimzahlen!"

„Was wollen wir aber?" sagte der Blaue. „Der
uns zusammengerufen hat, ist todt — es wird wohl das
Beste sein, wir geh'n wieder aus einander!"

„Und laufen wieder heim in die Kanzlei?" schrie der Sternputzer. „Schreiberseele, die Du bist! Was der Bobinger gekonnt hätte, bringen Andere auch zu Stand'! Wir müssen zusammenhalten — die Jäger in all' den verschied'nen Territorien thun es auch; sie müssen sich vor uns fürchten, oder wir sind verloren, und wie den Bobinger putzen sie Einen nach dem Andern weg!"

„Das sag' ich auch!" rief ein Anderer. „Kann der Kretzenbub' unser Hauptmann nicht sein, so wählen wir uns einen andern, und um den brauchen wir nicht lang' zu suchen ... der bairische Hiesel soll unser Hauptmann sein!"

„Ja, ja, der bairische Hiesel soll unser Hauptmann sein!" lärmten Alle wild durch einander, nur der Sternputzer biß sich auf die Unterlippe, und der Rothe schrie darein: „Seht erst zu, daß Ihr die Rechnung nicht ohne den Wirth macht! Fragt ihn doch erst, ob er mit Euch halten will!"

„Warum soll er nicht wollen?" schrie es entgegen. „Warum wär' er sonst da? Er muß!"

Hiesel sprang vor den Andrängenden zurück und hob sein Gewehr; Tiras, zum Sprunge bereit, fletschte knurrend die Zähne. „Wer will mich zwingen?" rief Hiesel. „Wer will mir vorschreiben, was ich thun muß? Ich bin freiwillig hergekommen und will meinen freien Willen haben und behalten, wie Jeder! ... Der Rothe hat recht gesagt — ich will nicht Euer Hauptmann sein, ich will nicht mehr mit Euch halten — und hierher bin ich nur gekommen, um Denjenigen, denen ich's versprochen hab', mein Wort zu halten und Euch zu zeigen, daß ich mich nit fürcht', Euch Allen das in's Gesicht zu sagen, was ich vorhab' ... Ich kann's Euch nit erzählen, was ich erlebt hab' in den letzten Tagen, aber das sag' ich Euch, daß es mich um zehn Jahr' älter gemacht und mir das ganze Gemüth gepackt hat ...

Ich will das Wildschützenleben aufgeben und ein rechtschaffener Mensch werden . . ."

„Ein rechtschaffener Mensch!" höhnte der Rothe. „Ich
weiß, woher der Wind geht! Ein Narr bist Du 'worden,
Hiesel . . . stell' Dich und versteck' Dich, so gut als Du
willst, sie finden Dich doch heraus!"

„So geh' ich in ein and'res Land . . ."

„Das ist erst das Rechte!" rief der Lissabonerbäck.
„Ich kann ein Lied davon singen! Arbeiten darf man in
der Fremde wie ein Vieh, aber sonst bleibt man alleweil' ein
Fremder! Laßt ihn nur geh'n, Cameraden, wenn er's
erfahren will . . . es giebt noch andere Leute; hat wohl
die Courage verloren, weil der Kretzenbub' so geschwind ist
abgethan worden . . ."

„Kerl!" rief Hiesel und wollte auf den Burschen anlegen, „Du willst dem bairischen Hiesel Courage lehren?"

„Schieß' zu!" erwiderte dieser frech, „wenn Du meinst,
Du kannst sie damit beweisen!"

„Frieden unter einander!" rief der Tiroler dazwischen-
tretend. „Der Hiesel muß unser Hauptmann werden, oder
wir geh'n aus einander und schauen, wie wir uns durch-
schlagen, bis Jeden seine Kugel trifft . . . der Hiesel wird
sich's wohl überlegen!"

„Das denk' ich auch," sagte der Student, „er wird sich
erinnern, was das ganze Land von ihm sagt: daß er nicht
ein gewöhnlicher Wilddieb ist, sondern daß er Krieg führt
mit den Jägern und Schergen, um den Bauern zu helfen
und die Landesherren zu zwingen, daß sie die unsinnigen
Gesetze aufheben und das Wild frei geben und einen Jeden,
der nicht von Adel ist, auch für einen Menschen gelten
lassen!"

Hiesel stand bewegt, aber sein Entschluß wankte nicht,
so sehr auch Alles auf ihn einstürmte, so lockend und nahe

das langgewohnte freie Wildschützenleben vor ihn trat . . .
das geträumte Häuschen mit den grünen Läden und der
aus der Thüre ihm entgegen winkenden Gestalt überstrahlte
mit mildem Glanze alle andern Bilder, die vor seinem Innern auftauchen wollten! Noch hatte er seinen Entschluß
nicht ausgesprochen, als eine der ausgestellten Wachen ein
Zeichen gab; der Student eilte hin und kam bald mit einem
zerlumpten Bauernknaben zurück. „Der Bub' will zu Dir,
Hiesel," sagte er; „er sagt, er sei schon drei Tag' unterwegs, Dich zu suchen . . ."

Der Knabe war rasch auf Hiesel zugeeilt und hatte
seine Hand gefaßt. „Da bist Du wirklich," sagte er, „jetzt
ist es gut — jetzt geh' ich nimmer von Dir! Kennst mich
nimmer?" fuhr er fort, als Hiesel ihn verwundert betrachtete.
„Glaub's wohl, hast mich auch nur einen Augenblick geseh'n
. . . weißt, dort am Erdweg, wo die Jäger mich 'bandelt
haben, und wo Du mir die Strick' abgeschnitten hast . . ."

„Du bist es? Und was willst Du bei mir?"

Hiesel sah den Buben mit fragendem Blicke an. „Was
willst Du von mir?" wiederholte er.

„Bei Dir bleiben, Hiesel" . . . antwortete der Junge
mit fester Stimme; „den Vater haben sie gefangt und fort
in's Zuchthaus, das Gütel wird verkauft, und die Mutter
haben's in's Gemeindehaus gethan — d'rum bin ich davon,
Hiesel, und will auch ein Wildschütz werden und bei Dir
bleiben!"

Wüstes Jubelgeschrei stieg aus den Kehlen der Schützen;
sie rissen den Buben an sich, umarmten ihn, und der Sattler
bot ihm die Flasche. Er kam fast nicht dazu, zu melden,
daß er im Walde einigen Bauern begegnet sei, welche ebenfalls nach dem bairischen Hiesel fragten, denen er aber
einen Umweg angezeigt habe, um noch vor ihnen einzutreffen.

6*

„Der Bub' ist ja ein Teufelskerl!" rief der Tiroler, „und abgedreht wie ein alter Fuchs! Da kannst seh'n, Hiesel, was Du überall giltst, und ob Du von uns lassen darfst!"

Hiesel hatte sich auf den Felsvorsprung gesetzt und winkte den Buben zu sich. „Du kommst vom Erdweg?" sagte er, indeß die Andern sich zurückzogen und sich bedeut=sam zunickten. „Bist Du über Kissing gekommen und wann?"

„Freilich," erwiderte der Knabe, „am letzten Samstag Nachts und Sonntags früh . . . ich hab' Dich dort zuerst gesucht und hab' geglaubt, da werd' ich's jedenfalls erfahren, wo ich Dich finden könnte . . . sie haben aber nichts gewußt, und der alte Brentan' hat geweint und hat mir erzählt, die kaiserlichen Werber hätten Dich überfallen wollen, Du sei'st ihnen aber davon und in den Lech gesprungen und nicht mehr heraus gekommen . . . es hätt' Dich entweder eine Kugel getroffen, oder Du sei'st ertrunken . . . ."

„Und hast Du nichts davon erfahren, wer mir zur Flucht geholfen?"

„Das will ich meinen . . . ein Bauermädel aus dem Dorfe ist's gewesen . . ."

„Und hast Du nichts von ihr gehört? Haben die Verfolger sie erreicht?"

„Das wohl," sagte der Bube eifrig, denn er erklärte sich Hiesel's sichtbare Theilnahme aus dessen Besorgniß, daß ihr Uebles widerfahren sein könnte, „ist ihr aber nichts ge=schehen, brauchst keine Sorg' zu haben wegen der! Die Husaren haben sie wohl mit hinein in's Dorf, und da hat ihr Vater sie erst fortjagen wollen; wie's aber geheißen hat, es sei so viel als gewiß, daß Du doch zu Grund ge=gangen sei'st, hat er sich wieder anders besonnen und hat sie blos eingesperrt. Sie hat sich auch d'rein 'geben, und in ein paar Wochen macht sie Hochzeit . . . ."

„Das ist nit wahr . . ." rief Hiesel erblassend; „Hoch=
zeit? Und mit wem?"

„Wohl ist es wahr," betheuerte der Bub', „wirst es
wohl noch erfahren: der Anderl' lügt Dich niemals an!
Ich hab's bei'm Brentan' gehört. Der Vater hat sie heim=
kommen lassen, weil er haben wollt', daß sie den Hof über=
nimmt und heirath' . . . zuerst hat sie nit gewollt und hat
dawider gered't, dann aber hat sie doch Ja gesagt . . ."

„Also halten sie mich in Kissing für todt?" sagte Hiesel.
„Warum bist Du dann nicht dort geblieben und hast doch
den weiten Weg gemacht bis zu mir?"

„Weil ich's nit geglaubt hab'," erwiderte der Bube
schlau, „weil ich mir gedacht hab', Du könntest Dich wohl
versteckt halten, und wollt' mich selber überzeugen, ob es
wahr ist, daß ich mich bei Dir sollt' nimmer bedanken
können . . ."

„Er hat's nit geglaubt!" murmelte Hiesel schmerzlich.
„Und er hat mich nur einen Augenblick gesehen! Sie hält
mich für todt und fragt nit viel nach . . . sie ist bald ge=
tröst' und macht ein paar Tag' darnach Hochzeit! . . . Aber
es kann doch nit sein, Anderl', Du mußt Dich verhört
haben! Vielleicht hat der Bauer zwei Töchter . . vielleicht
war von einer andern die Red' . . ."

„Nein, nein . . . ich bin am Sonntag in der Kirch'
gewesen und hab's selber gehört, wie der Pfarrer die Mo=
nika Baumüllerin verkündet hat . . . Heißt sie nit so?"

Hiesel erwiderte nichts mehr. Gelassen stand er auf
und trat mitten unter die Versammelten. „Hört mich an,"
rief er mit mächtiger Stimme, „wollt Ihr Alle treulich das
thun, was ich verlange? Wollt Ihr nur eine Schaar
Wildschützen sein, die's blos mit dem Wild und den Jägern
zu thun haben, nichts rauben und nichts stehlen und sonst
keinem Menschen 'was zu Leid thun? Wollt Ihr mir ge=

horchen in Allem, was ich sag', auf's Wort und ohne
Widerred!?"

„Ja," riefen Mehrere, „und wer Dir nit folgt, den
darfst Du niederschießen, und darf kein Hahn darnach
kräh'n!"

„Wollt Ihr, daß Alles, was wir erjagen, uns miteinander gehört, und Jeder seinen gleichen Theil bekommt?
Wir führen gemeinsame Wirthschaft und hausen aus e i n e m
Säckel, der in meinen Händen bleibt . . . wir führen Krieg
gegen Jäger, Schergen und Amtleute und wollen treu zusammen und, so lang' wir leben, niemals von einander
gehen! Ist's Euch so recht, so schwört mir's zu, denn wir,
die die ehrlichen Leute Spitzbuben nennen, wir bleiben bei
dem, was wir uns vorgenommen haben, wir halten unser
Wort . . . Schwört mir das Alles, dann will ich Euer
Hauptmann sein!"

„Wir schwören's!" riefen Alle in wildem Jubel durch
einander. „Der bairische Hiesel ist unser Hauptmann!
Hurrah! Hurrah — der Hauptmann soll leben!" Sie
schwenkten die Hüte, die Hirschfänger und die Gewehre,
fielen einander um den Hals, und Alle reichten Hiesel an
Eidesstatt die Hand. Der Bub' schmiegte sich an ihn an,
er aber legte ihm die Hand auf die Stirn und sagte: „Bleib'
bei mir, Anderl', weil Du draußen auch Niemand mehr zu
suchen hast. Du sollst einen Bruder an mir haben!"

Während des Lärmens und der allgemeinen Erregung
erschienen die Bauern, deren Ankunft der Bube schon angezeigt hatte. Furchtsam, mit ehrerbietig gezogenen Hüten,
traten sie näher, und Hiesel empfing sie, umgeben von seinen
Getreuen, wie ein General in Mitte seiner Befehlshaber.
Sie kamen viele Meilen weit her aus dem Hannsheimischen
und waren von mehreren Dorfmarkungen heimlich abge-
sandt, um den bairischen Hiesel flehentlichst zu bitten, daß

er sich ihrer Desperation erbarmen und zu ihnen kommen
solle, den Verheerungen des gehegten Wildes Einhalt zu
thun, wogegen sie nirgends Schutz und Abhülfe gefunden.
„Recht so, Cameraden!" rief Hiesel, als sie ihre Botschaft
ausgerichtet, „das ist Wasser auf unsere Mühle! Das ist
ein gutes Zeichen für uns, das bedeutet, daß wir auf dem
rechten Weg sind! Geht nur heim, Landsleute, und seid
getrost, verrathet aber nichts vorher: eh' drei Tage in's
Land geh'n, hört Ihr's um Eure Ohren krachen — dann
wißt Ihr, das ist der bairische Hiesel und seine Schützen!"

Nach einem fröhlichen Gelage ward aufgebrochen und
durch den nächtlichen Wald gezogen; die geübten Wilderer
fanden sich darin nach dem Stande der Sterne so sicher
zurecht, wie ein Forstmann, der sein langgewohntes Revier
begeht. An einer Waldspitze, wo die Bäume lichter standen, und in der Entfernung Friedberg sichtbar war, schlug
man das Lager. Bald waren Wachen nach allen Seiten
ausgestellt, Einige wurden noch in das nächste Dorf gesandt,
um neue Lebensmittel zu holen, und unter den Stämmen
lagen die Wilderer bald in sorglosem Schlafe; die Nacht
rings umher lag über der kühnen Schaar, welche den Kampf
mit dem Gesetze und dem Frieden des Landes zu beginnen
geschworen hatte, so still und ruhig, als wären sie eine
Schaar seiner edelsten Kinder, bereit, das Leben für sein
Wohl dahin zu geben.

Von Hiesel's Augen allein floh der Schlaf. Die Nachricht des Buben hatte wieder alle Untiefen seines Gemüths
aufgewühlt, alle wilden Neigungen und trotzigen Gedanken
loderten darin empor, wie Flammen, die der Sturmwind
aus dem Schutte eines scheinbar erloschenen Brandes bläst.
Auch sie, der in so kurzer Zeit sein ganzes Inneres sich mit
nie gefühltem Entzücken gefangen gegeben, auch sie also
war falsch; auch ihre Liebe war nicht mehr, als das ober-
flächliche Mitleid eines gewöhnlichen Weiberherzens, mit

der Stunde geboren, mit dem Augenblicke erstorben! Jetzt
war es offenbar, warum sie es so sorgsam vermieden, auf
seine wiederholten Fragen bestimmt zu antworten; was er
als holde jungfräuliche Verschämtheit empfunden, war nichts
gewesen, als nüchterne Berechnung. Darum hatte sie es
auch vermocht, die Nachricht seines vermeintlichen Todes so
gelassen hinzunehmen und Herz und Hand einem Andern
zu geloben; hatte sie doch gegen den unglücklichen gehetzten
Menschen, der einmal ihr Jugendgespiele gewesen, ihre
kalte Schuldigkeit reichlich gethan, ihn bemitleidet und sogar
zu retten versucht . . . Aber eben diese Rettung war es,
welche ihn wieder und wieder zweifeln machte und der
Treulosen das Wort redete. Wenn er daran dachte, wie
sie in unverkennbarer Angst um ihn gezittert; wenn ihm der
innige Ton ihrer Stimme im Ohre nachklang, wenn er sich
der klaren reinen Augen erinnerte, die ihn so herzlich angeschaut, dann wollte es in seinem Gemüthe heller werden,
wie von einem Sonnenstrahle, der durch Wolken bricht,
aber die Gewittermassen des Grolls und Grimms und der
Jahre lang genährten und kaum in Schlaf gesungenen
Verbitterung waren zu mächtig und verdrängten und über-
wältigten das versöhnende Licht.

Es begann eben grau zu werden im Osten; da riefen
die Wachen, und Tiras schlug an.

Hiesel war der Erste, der hinzu eilte; er wollte fragen,
was es gebe, aber kam nicht dazu — mit einem Schrei der
Freude und des Schmerzes lag im nächsten Augenblicke
Monika an seiner Brust.

„Du bist es?" rief er, schwankend zwischen Zorn und
unwillkürlich aufwallender Freude. „Du findest noch den
Weg zu mir?"

„Wie sollt' ich nicht!" rief sie, sich enger anschmiegend.
„Ich wär' ja längst gekommen, wenn ich nur gekonnt hätte!

Der Vater hat mich eingesperrt gehalten, und erst gestern Abends hab' ich mich losmachen können ..."

„Und was will die Jungfer bei mir?" fragte Hiesel, sie wegdrängend. „Wenn man erfährt, daß Sie dem Wildschützen nachgelaufen ist, was wird ihr Hochzeiter dazu sagen?"

„Hiesel, wie reb'st Du mit mir?" rief sie schmerzlich. „Ist das mein Dank? Hochzeiter ... kannst Du so 'was von mir glauben?"

„So? Du hast wohl gemeint, ich in meinem Wald erfahre nichts davon, was im Land geschieht? Ich weiß recht gut, wie geschwind Du Dich 'tröst hast über meinen Tod ... oder ist es etwa nit wahr, daß Du heirathen willst, daß Du Dich schon als Braut von der Kanzel hast verkünden lassen?"

„Der Vater hat's gethan, Hiesel, und ich hab' nach= gegeben — nur zum Schein, um den Vater zu beruhigen und sicher zu machen, sonst wär' ich jetzt noch nicht frei geworden ... Ich bin zu der Baf' nach Friedberg — da hab' ich erst erfahren, daß Du wirklich noch lebst, und wo ich Dich finden kann!"

„Also ist es doch wahr?" rief Hiesel in ausbrechender Freude. „Du bist mir wirklich noch treu und hast mich noch gern?"

„Lieber als Alles, Hiesel — lieber als mein Leben!" erwiderte sie innig. „O — weil ich Dich nur wieder hab' ... jetzt wird Alles noch gut, jetzt laff' ich Dich nimmer los, Du mußt mit mir nach Kissing zurück. Der Herr Pfarrer hat an's Pfleggericht geschrieben, daß Dich der Kurfürst als Jäger haben will und daß Dich die Werber in Ruh' lassen sollen! Es ist noch einmal ein Brief 'kom= men von dem Doctor in München ... Hiesel, Hiesel, komm' nur mit mir, wart' keinen Augenblick ... Alles, was wir uns gewünscht haben, es kann doch noch wahr werden!"

„Mit Dir soll ich geh'n?" rief Hiesel, indem er schau-
dernd und erblassend zurücktrat. „Damit ist's vorbei,
Monika! Es ist zu spät — ich bin Hauptmann von den
Wildschützen und hab's ihnen zugeschworen, daß ich niemals von ihnen geh'... niemals, so lang' als ich leb'..."

„Das ist ein schlechter Schwur, Hiesel, der kann nit
gelten," entgegnete Monika ängstlich, ... „mir gehörst
Du, mir hast Du zuerst geschworen ..."

„O Monika," rief er erschüttert, „was bin ich für ein
unglücklicher Mensch! Das größte Glück liegt vor mir,
daß ich nur die Hand darnach ausstrecken darf, und ich
muß es selber von mir stoßen, muß mich davon abwenden
und nein sagen ..."

„Du mußt nit, Hiesel ... Du darfst ja nur wollen
und die Hand wirklich ausstrecken! O, laß Dich bereden,
komm' mit mir, und Alles wird noch recht ..."

Der Anblick des geliebten Mädchens, der zärtliche Ton
ihrer Stimme erweichten den starren Sinn des Wildschützen; einen Augenblick zog er sie enger an sich und
wiegte sich, die Umgebung und die herbe Gegenwart ver-
gessend, mit ihr auf den Möglichkeiten einer seligen Zukunft.

Inzwischen waren die Schützen alle erwacht; mit Verwunderung sahen sie das Paar an der Waldspitze stehen
und steckten fragend die Köpfe zusammen. „Was ist's,
Hauptmann?" rief Einer herüber. „Mach' ein End' mit
dem Scherwenzen ... oder willst Dich gar von uns abspenstig machen lassen?"

Hiesel's Angesicht bedeckte sich mit dunkler Gluth: der
bloße Gedanke, es könne Einer vortreten und an der Ernst-
haftigkeit seines Willens zweifeln, seinen Schwur zu halten,
erfüllte ihn mit Grimm. „Ich komm', Cameraden!" rief
er und drängte das Mädchen von sich. „Geh' heim, Monika, geh' heim und vergiß mich! Denk', ich bin wirklich
gestorben ... für die Welt ist es aus mit uns Zwei!"

„Ich laß' Dich nit, Hiesel," erwiderte sie und klammerte sich schluchzend an ihn, „mein Herz geht aus einander, wenn ich von Dir soll!"

„Meinst, das meinige bleibt ganz? . . . Aber es muß so sein . . ."

„Also das ist all' Deine Lieb', Hiesel? Deine wüsten Cameraden sind Dir mehr werth als ich?"

„Du . . . Du bist mir mehr werth als Alle . . . Du bist mir das Liebste auf der Welt!" rief Hiesel schmerzlich. „Aber mit Dir gehen kann ich nit — ich hab's geschworen! O Monika, wenn Du mich wirklich gern hast — wenn Dein Herz nur halb so viel an mir hängt, wie ich an Dir . . . dann gäb's doch noch einen Ausweg, daß wir nit aus einander müssen . . ."

„Was für einen? Red' . . . ich will ja Alles thun . . ."

„. . . Bleib' bei mir," sagte er zärtlich drängend, „ein schönes Jägerhaus kann ich Dir nit verschaffen, aber Du sollst es gut haben bei mir, wie eine Königin — nichts soll Dir abgehen . . . Du sollst es gar nit spüren, daß Du im Walde wohnst! Ich kenn' einen Pfarrer, der mich gut leiden kann, der soll uns zusammengeben . . . O Monika, bleib' bei mir, werd' mein Weib — geh' nit wieder von mir!"

„Nein, Hiesel," sagte sie entschieden und trocknete sich die Thränen aus den Augen, „das thu' ich nit! Ich hab' Mitleid mit Dir gehabt, als mit einem verfolgten, unglück= lichen Menschen . . . ich hab' Dich gern gehabt von Jugend auf, weil Du ein gutes Herz hast . . . aber ich hab' gehofft, Du wirst das alte Leben aufgeben und ein neues anfangen wollen . . . Jetzt willst Du's statt dessen noch weiter und wilder treiben . . . Hiesel, mein Herz bleibt bei Dir zurück . . . aber wenn Du mich jetzt so von Dir gehen laß'st, dann . . . dann sind wir geschiedene Leut' . . ."

„Wir sind's!" erwiderte er und wandte sich trotzig ab.

„Hiesel . . . besinn' Dich noch einmal . . . schick' mich
nit so von Dir! So lang' Du der Wildschütz bist, kann
ich nit mit Dir gehen . . . aber, wenn Du nit heim willst,
so führ' mich in ein and'res Land . . . Hiesel, wohin Du
willst, ich geh' mit Dir und halt' bei Dir aus, und will
arbeiten, daß mir das Blut aus den Nägeln spritzt . . .
nur das Wildschützleben gieb auf, nur von Deinen Came=
raden mach' Dich los!"

„Geh' . . ," sagte er finster, „ich weiß jetzt, was ich von
Deiner Lieb' zu halten hab'!"

„Nein, Du weißt es nit, Hiesel," weinte sie, „aber Du
wirst es einmal erfahren, wenn es zu spät ist!"

„B'hüt' Dich Gott," sagte er und wendete sich den
herbeikommenden Genossen zu. „Hiesel," schrie sie auf
und wollte ihn noch einmal mit den Armen umfassen, er
aber riß sich mit Ungestüm los. „Cameraden," rief er;
„halt't mir die Person vom Leib . . . bei Euch will ich
leben und sterben!"

Mit Geschrei und Gelächter drängten die Schützen
Monika zurück; wie betäubt sank sie in die Kniee und starrte
mit weitausgebreiteten Armen den Enteilenden nach, bis
sie im Walde verschwunden waren — dann sprang sie auf,
rang die Hände gen Himmel und rannte wie sinnlos die
Straße hin, dem fernen Dorfe zu.

4.

Der Winter war gekommen und wieder vorübergegan=
gen; der Frühling verstreute schon seine abfallenden Blüthen,
und ungewöhnliche Hitze verkündete einen baldig nahenden
Sommer, der die zurückgebliebenen Fruchtknospen rascher
als sonst zu reifen versprach. Mehr als acht Monate

waren vergangen, und faſt kein Tag hatte ſich dazu ange=
reiht, der nicht die Kunde von einem neuen Zuge der ge=
fürchteten Wildſchützenbande in's Land trug, oder einen
neuen liſtigen Streich, ein kühnes Abenteuer ihres verwe=
genen Anführers erzählte, vergrößert und geſchmückt, wie
es das Volk mit dem Leben und den Thaten Derer macht,
die es zu ſeinen Lieblingen erkoren.   Das Volk war es
auch allein, das an dieſen Erzählungen und Märchen ſeine
Freude hatte, und zwar nicht blos die Bauern, welche in
dem bairiſchen Hieſel eine Art Schutzengel verehrten und
ihn mit allem Guten in's Nachtgebet einſchloſſen, ſondern
auch die Bürger in den Städten, zumal in den kleinern
von Schwaben, im Allgäu, bis an den Bodenſee und auch
anderwärts — es war eine düſtere, ſtillſtehende Zeit, die
Luft lag ſchwül auf allen Landen, und im Weſten braute
ſich ſchon das furchtbare Gewitter an, das in wenig Decen-
nien das Werk von Jahrhunderten umſtürzen und ſich
überall hin entladen ſollte, wie der Sturmwind dahinfegt,
die Luft zu reinigen und zu prüfen, was morſch genug iſt,
in ſich zuſammenzubrechen.   Natürlich ward ſolches Wohl=
gefallen an der Kühnheit eines Mannes, der ſich mit Be=
wußtſein und Willen gegen das auflehnte, was ihm ein Un=
recht erſchien, nicht laut ausgeſprochen; aber wenn man im
vertrauten Kreiſe bei Krug oder Flaſche beiſammen ſaß, winkte
man ſich bedeutungsvoll zu, und unter vier Augen wagte man
ſogar auszuſprechen, daß in Stadt und Land noch gar
Vieles ſei, wobei ein bairiſcher Hieſel noththäte, um damit
aufzuräumen, wie unter dem Wilde.

Deſto wüthender waren natürlich die Grundherren, die
Beſitzer der Waldungen, die er durchzog und deren Wild=
ſtand mit einer Schonungsloſigkeit verminderte, welche den
jagdluſtigen Adel in gelinde Verzweiflung brachte: die vielen
Reichsgrafen und Reichsfreiherren, die unmittelbaren Stifter
und Städte, deren Gebiete dort gar ſehr eng neben einander

lagen, so daß die Grenzen sich auf's Bunteste verschlangen und kreuzten, und manchmal eine Wanderung von einer Viertelstunde genügte, um in aller Bequemlichkeit das Territorium von drei und mehr Reichsfürsten zu berühren. Wohl boten sie Alles auf, um dem schrecklichen Uebelthäter das Handwerk zu legen, oder wohl gar seiner habhaft zu werden, allein nichts von Allem wollte fruchten. Außer den Jagdbediensteten und Förstern wurden die Bauern aufgerufen, Militair wurde requirirt, um auf den Wildschützenhauptmann zu streifen — aber den Bauern war es nicht Ernst mit der Verfolgung, sie mußten es immer so einzurichten, daß Hiesel zuvor gewarnt und rechtzeitig von Zeit, Richtung und Stärke der Streife in Kenntniß gesetzt wurde; ja, es wollte sogar verlauten, die zu einer solchen Expedition aufgebotenen Bauern hätten den Wildschützen einmal wirklich aufgefunden, aber, anstatt ihn auszuliefern, mit dem frisch gemähten Grase einer Wiese bedeckt, so daß zu ihrer großen Belustigung die ganze übrige Mannschaft arglos und in gravitätischem Amtseifer an dem Grasschober vorüber marschirte. Die Jäger waren wohl meist zu Anfang über die Verheerung ihrer Wildbestände ergrimmt und gingen mit waidmännischer Entschlossenheit daran, ihn zu bekämpfen, aber sie mußten gar bald einsehen, daß der Kampf zu ihrem Nachtheile ein sehr ungleicher war. Einige der Muthigsten hatten Hiesel und die Bande verfolgt und geradezu angegriffen und waren als Opfer ihrer Berufstreue gefallen. Anderseits war es offenkundig, daß Hiesel, so sehr er die Jäger haßte, keinem etwas zu Leide that, der ihn nicht angegriffen oder durch Nachstellungen oder Drohungen herausgefordert hatte. Es war daher wohl verzeihlich, wenn sie in der Verfolgung etwas lässiger und behutsamer wurden, und so blieben nur die Soldaten übrig, denen diese Streifzüge und die Verfolgung eines Verbrechers kein besonders angenehmer Dienst und vor Allem kein

Geſchäft waren, wobei ſich Ehre holen ließ. Dazu kam
noch, daß kein Menſch jemals mit Beſtimmtheit zu ſagen
wußte, wo Hieſel ſich eben aufhielt; er war auf ſteter Wan=
derſchaft begriffen, theilte ſeine Leute in kleinere Abtheilun=
gen, die unter allerlei Vorwänden und Verkleidungen herum
ſchweiften, um an einem beſtimmten Platze und zur be=
ſtimmten Minute ſich wieder mit ihm zu vereinigen, und
erſchien ſelbſt mit unbegreiflicher Kühnheit bald an dieſem,
bald an jenem Orte, überall freundlich oder mit ſcheuer
Furcht aufgenommen, oder zu ſpät erkannt. Unvermuthet
tauchte er in irgend einem Waldreviere auf, die Verwüſtun=
gen des Wildſtandes und der Ueberfluß an Wildpret in den
benachbarten Städten, Dörfern und Pfarrhöfen verkünde=
ten ſeine Anweſenheit; bis dann die Eigenthümer ſich be=
ſonnen und zu ſchwerfälligen Vorbereitungen aufgerafft
hatten, war er wieder verſchwunden: die Verfolger hatten
das Nachſehen und zu dem Schaden das Geſpött.

An einem heißen Junimorgen war wieder eine größere
Streife gegen den Wildſchützen ausgezogen. Die Sonne
brannte ſo ſchwül hernieder, als habe ſie ihre Luſt daran,
den Streifern das mühſelige Geſchäft auch ihrerſeits zu
verleiden. Müd', matt und verdroſſen zog die bewaffnete
Schaar einen Hügel hinan, über welchen die Landſtraße
ſteil emporſtieg, um an der andern Seite eben ſo ſteil in
die Ebene hinabzuführen, welche ſich nach drei Seiten hin
weit ausbreitete. Auf dem Hügel ſtand eine kleine niſchen=
artige Feldcapelle, hinter welcher ein Waldſtreifen hinzog;
die Ebene beſtand aus halbreifen Saatfeldern, nach allen
Seiten von Wäldern, wie von einem weiten dunklen Rah=
men umfaßt.

Die Schaar hatte die Höhe ziemlich ordnungslos er=
reicht und es ſich droben, ohne erſt ein Commando abzu=
warten, möglichſt bequem gemacht. Die Flinkſten hatten
ſich im Schatten der Capellenniſche einquartiert. Einige

saßen am Rande des Straßengrabens, Andere hatten ihre Musketen an einander gelehnt und sich auf dem weichen Grasboden gelagert. Die dreieckigen Hüte wurden abgenommen und die Röcke aufgeknöpft, um sich den Schweiß abzutrocknen und Kühlung zu verschaffen. Jetzt, im Zustande der Zerstreuung und Ruhe, trat es erst recht hervor, welch' bunten Anblick die ganze Schaar darbot. Sie bestand aus etwa zwanzig Mann, aber nur sechs davon schienen zu einander zu gehören; sie trugen auf den blauen aufgeschlagenen Röcken breite rothe Aermelklappen, kurze rothe Büsche auf den Hüten und über der Brust gekreuzte weiße Lederriemen für Patrontasche und Säbel. Von den übrigen waren immer höchstens zwei oder drei einander ähnlich; sie hatten verschiedene Röcke von allerlei Zuschnitt, Hutbüsche und Aufschläge von den schönsten Farben, hellgrün, rosenroth und himmelblau. Der Rest bestand aus einigen Jägern und einem Förster, die sich aber seitwärts und zusammen hielten, als läge ihnen daran, nicht zu der übrigen Mannschaft gerechnet zu werden.

„Das wird wohl die Capelle sein, die als Sammelpunkt bezeichnet ist?" sagte der Anführer der sechs Gleichartigen, ein altgedienter Feldwebel mit ungeheurem Schnurrbart und bärbeißigem Gesichte, „Nicht so, Herr Förster?"

„Ja," erwiderte dieser, ein schöner stämmiger Mann von dunkler Gesichtsfarbe, dunklem Haare und noch dunkleren entschlossenen Augen, „das ist die Achatius-Capelle, und was da vor uns liegt, ist der Hartwald, in welchem der Hiesel jetzt seinen Unfug treibt."

Der Feldwebel warf einen musternden Blick auf die von aller Disciplin gelöste Schaar. „Es sind noch nicht alle Mannschaften da," sagte er dann, „wir müssen auf sie warten, und darüber versäumen wir am Ende die beste Zeit und Gelegenheit!"

„Dort unten beim Bach," sagte, mit vollen Backen
kauend, einer der Hellgrünen, der am weitesten umhersehen
konnte und aus seiner Patrontasche Wurst und Brod her-
vorgeholt hatte, „da ist gerade Einer durch's Wasser ge-
watet; jetzt sitzt er auf dem Markstein und zieht Schuh' und
Strümpfe wieder an. Er hatte eine Muskete und einen
Federbusch . . . wird also wohl auch ein Soldat sein."

„Was? Ein einziger Mann?" rief der Feldwebel und
trat dienstfertig vor; „wo mag er herkommen? Er muß
von seinem Corps versprengt worden sein . . . Soldat Blü-
melhuber," fuhr er dann, zu Einem seiner Mannschaft gewendet, fort, „stell' Er sich da hinaus auf die Straß' als
Schildwach' und ruf' Er den Soldaten an; er kommt richtig auf uns zu."

Der Aufgerufene war eben im Begriff gewesen, ein
bischen einzunicken, er war daher von dem Commando nicht
sehr erbaut und bezog seinen Posten mit einer Miene, als
ob er einem Kampfe auf Leben und Tod entgegengehe. Der
Ankömmling mußte seinen Aerger entgelten, denn mit einer
Bärenstimme, die im fernen Walde nachhallte, brüllte er
demselben sein „Halt! Wer da?" entgegen.

Der Herankommende war eine sonderbare Erscheinung:
ein alter Kerl mit verschrumpftem Gesichte und einem halb-
lahmen Beine, das ihn etwas zu hinken nöthigte. Das
Körperchen steckte in einem Soldatenrocke wie ein vertrock-
neter lockerer Nußkern in der Schale; aber auf dem Hute
nickte ein mächtiger citrongelber Federbusch. Die Aermel-
und Rockklappen waren von gleicher Farbe, und über der
Brust baumelten zierliche citrongelbe Quastenschnüre.

Auf den kriegerischen Anruf versuchte der Mann, sich
ebenfalls ein soldatisches Ansehen zu geben und krähte dem
Wachposten mit aller Anstrengung seiner dürren Kehle und
in der blühendsten Mundart eines Stockschwaben zu: „Ich
bin das Reichscontingent vom Stift Wetterhausen!" Da-

mit ſtand er ſchon mitten unter den Uebrigen und fuhr, ohne ſich um Commando, Meldung oder Feldwebel zu be- kümmern, in der heiterſten Laune fort: „Grüß' Gott bei einander, grüß' Gott, Männer! Hän't Ihr ſcho' eb-bes g'fange? Ich bin auch da zum Streife'!"

„Wer iſt Er?" ſchnauzte ihn der Feldwebel im Ge- fühle ſeiner verletzten Würde an. „Was iſt die Parole?"

„Wer ich bin?" erwiderte der Soldat. „Ich han's ſcho' g'ſeit — ich bin das Reichscontingent von Wetter- hauſe'. Es iſcht ä Zettel 'rumgegange', daß die Reichs- ſtänd' ſollen ihre Mannſchaften ſtellen, um den bairiſchen Hieſel zu fangen, den Wilddieb, den gottsverdächtigen! Guck, hätt der Reichsprälat g'ſeit, da werd' nix übrig bleibe', als daß wir unſer Contingent au' marſchire' laſſe'. Nacht- wächter Jäckele, hätt er g'ſeit, ganget in die Rumpelkam- mer und ziechet das Soldate'röckli' a', es hängt drobe' beim alte' Eiſe' und bei die Fußſchelle'! Ziech's a', Jäckele, hätt er g'ſeit, und gang au' mit ſtreife'!"

Der Feldwebel, ein alter Soldat, wandte ſich in ſtum- mer verachtender Entrüſtung ab. Der Hellgrüne mit der wurſtgefüllten Patrontaſche übernahm die Erwiderung in einer nicht ſehr weſentlich verſchiedenen Mundart. „Aelles guet," erwiderte er und theilte dem Citrongelben brüderlich von ſeinem Vorrathe mit, „aber wir warte' ſcho' lang' auf Euch, Nachbar! Wir ſind von Münſterhauſen und haben einen viel weiteren Weg — Ihr habt ja kaum ein Stündle und kommt doch ſo viel ſpäter!"

„Ich bin ebe' aufg'halte' worde'!" erwiderte wichtig der Soldat von Wetterhauſen. „Wie ich an die Wurzachi- ſche Grenz' gekommen bin und hab' paſſiren wollen, da habe' ſe mich aufgehalte' und haben geſeit, ſe hätte' kein'n Vertrag mit uns von wege' de' bewaffnete Durchmärſch', do könnte' ſie's nit verlaube' und müßten erſt 'n Bericht mache' und anfrage'. Da hab' ich gedenkt, es könnt' a' bissele spät wer'e auf die Weis', und bin lieber draußen herumgegange'. Der Umweg ist schuld, daß ich so spät komm', es ist fast eine halbe Stund', bis man herum kommt um das Ländle!"

Der Feldwebel hatte sich inzwischen mit dem Förster berathen. „Es hat nicht den Anschein, daß wir noch Verstärkung erhalten," sagte er, „wir wollen weiter keine Zeit verlieren. Was meint der Herr Förster?"

„Ich denke," erwiderte dieser, „es wird am besten sein, wenn wir drei Abtheilungen formiren. Der Wald bildet nach der andern Seite hin einen großen Bogen, so ziemlich in der Mitte liegt das Dorf, dessen Kirchthurm dort über die Buchen herüber sieht. Die drei Abtheilungen sollen nun von Bach, Straße und Hügel gegen Westen vordringen; sie werden dann so ziemlich bei dem Dorfe zusammentreffen, und es wird keine Hauptpartie des Forstes unberührt geblieben sein. Ist der Hiesel im Walde, müssen wir ihn aufstöbern, und bei dem Dorfe soll die Treffung sein!"

Der Feldwebel nickte zustimmend und ließ sein „Angetreten" mit solcher Wichtigkeit erschallen, daß die Mannschaften sich neben die sechs Gleichförmigen, die noch am meisten den Eindruck wirklicher Soldaten machten, aufstellten und sich nach Rotten mustern ließen. „Hat der Herr Förster keine Nachricht," sagte der Feldwebel, sich unterbrechend, „in welcher Richtung wir dem Hiesel am Wahrscheinlichsten begegnen werden?"

„Das ist schwer zu sagen," erwiderte der Förster, „der Wilddieb setzt seine Stärke darein, nie lang' an einem Orte zu bleiben! Vorgestern hat er dort gegen die Niederungen gejagt, also wird er jetzt vermuthlich in der Mitte des Waldes hausen — dort, wo die Eichen sich zu einem Büschel zusammendrängen . . ."

„Gut," begann der Feldwebel wieder, „dann gehe ich mit meinen Leuten auf die Eichen los; der Herr Förster

7 *

nehmen die zwei Mann von Türkheim und die drei von
Roggenburg und gehen links nach der Ebene vor; die zwei
von Münsterhausen und Wurzach und der Mann von Wet=
terhausen marschiren nach den Niederungen. Also . . .
't Achtung! Bei dem Dorfe da drüben hinter'm Wald ist
die Treffung! Immer nach Sonnenuntergang vorgerückt!
Was Verdächtiges getroffen wird, wird angehalten! Wer
mit den Wildschützen zusammentrifft, giebt das Zeichen mit
einem Schuß, dann zieht sich Alles seitwärts nach der Rich=
tung, in welcher der Schuß gefallen ist! Vorwärts —
Marsch!"

Zwei Abtheilungen setzten sich auf das Commando in
Bewegung, die vereinigte dritte wich nicht vom Platze.
„Donnerwetter!" schrie der Feldwebel, zurück eilend.
„Warum steht Ihr still? Warum marschirt Ihr nicht?"

„Weil ich nicht einsehe," sagte ein Hellgrüner, „warum
gerade wir in die Niederungen marschiren sollen, wo die
Spitzbuben ganz gewiß schon gewesen sind und sich also
noch aufhalten können! Wir sollen eine gemeinsame
Streif' machen, also sollen wir auch gemeinsam beisammen
bleiben!"

„Und dann," sagte ein Rosenrother, „dann weiß auch
kein Mensch, wer bei unserem Corps das Commando haben
soll. Wenn wir Wurzach'schen nicht commandiren dürfen,
gehen wir nicht mit . . . der Herr Amtmann hat's uns auf
die Seel' gebunden, daß wir dem Herrn Reichsgrafen ja
nichts an seinen Rechten und Privilegien vergeben sollen!"

„Das ischt Aelles wahr," rief der Citrongelbe, „aber
ich darf dem Herrn Prälate' au' nit zu weh' geschehe' lasse'.
. . . Ich werd' das Commandire' au' zuwege bringe', für
was wär' ich dann das Reichscontingent von Wetter=
hause'?"

„Nun, so bleibt, wo Ihr wollt!" rief der Feldwebel
zornig. „Wir werden auch ohne Euch zurecht kommen!"

Er wollte fort, aber der kühne Wetterhauser war ihm nach=
gesprungen und rief: „Noi, noi, Herrle, so geht's nit!
Wir sollen die Streif' mit einander machen, also müssen
wir auch dabei sein, und was Ihr allein thut, gilt nicht!"

Da krachte im Walde aus der Ebene ein Schuß und
endete den Streit.

Im Augenblicke brach ein Hirsch, ein stattlicher Sechs=
zehnender, aus den Bäumen und flog in mächtigen Sätzen
längs des Waldrandes dahin.

„Seht," rief der Förster, vor Zorn stampfend, „dort
sind die Wilddiebe! Dort jagen sie! Ist solche Frechheit
jemals erhört worden . . . sie müssen uns hier sehen, und
uns zum Spotte jagen sie vor unsern Augen!"

„Ja, es ischt merkwürdig," sagte der Citrongelbe, „es
ischt, als wenn sie uns kä bissele fürchta thäte'."

Ein zweiter Schuß knallte dazwischen, am Waldrande
hatte der Hirsch seinen letzten Sprung gethan, brach in die
Vorderläufe zusammen und legte sich verendend auf die
Seite. Im nämlichen Augenblicke trat ein Mann aus dem
Walde, die noch rauchende Büchse in der Hand; er legte sie
achtlos neben sich hin auf den Boden, kniete neben dem
Thiere nieder, gab ihm den Genickfang und machte sich
bereit, es nach allen Regeln der Waidmannskunst zu zer=
wirken.

„Gucket ämol," rief der Reichssoldat von Wetterhau=
sen wieder, „da habe' mer uns doch geirrt und hätten ein
schön's Unglück anrichten können! Des ischt ja gar kea
Wilddieb, des ischt ja a Jäger, er zieht ja eb'n das Jäger=
röckle aus!"

„Nein, nein," rief der Förster noch grimmiger. „Es
ist ein Wildschütz und Niemand anders, als der verfluchte
Hiesel selbst! Der Kerl erfrecht sich, sich als Jäger zu
kleiden, und hat in den letzten Wochen auch allen seinen
Hauptgenossen grüne Röcke und gelbe Lederhosen machen

laffen, daß sie aussehen wie reichsfürstliche Förster! — Meinetwegen thut Ihr Alle, was Ihr wollt. Ich gehe hinunter und stelle den Burschen, und wenn's mein Tod sein sollte! Dem Anschein nach ist er allein, und Mann gegen Mann fürcht' ich mich vor Niemand!"

Raschen Schritts eilte er den Hügel hinab, und die Streifer sahen ihm neugierig nach. „Ich habb' immer g'seit," sagte der Wetterhauser, „der Herr Förster ist ein couragirter Mann — mer wöllet doch seha, ob er den Hiesel fangt!"

Der Jäger hatte sich in die Kornfelder geduckt und eine Hecke erreicht, die sich wie ein Saum an dem Feldraine hinzog, so daß er dahinter bis auf Schußweite an den Waldrand und an den Wilddieb herankommen konnte. Der Feldwebel gab oben Befehl, sich unter die Bäume zurück zu ziehen, und diesmal wurde ihm ohne Widerrede gehorcht, denn der Platz war durch Gebüsch vollkommen gedeckt und doch so gelegen, daß man die ganze Flur übersehen konnte.

Inzwischen war der Förster an das Ende der Hecke gekommen, untersuchte sein Gewehr und sah nochmals forschend nach dem Wildschützen hinüber; dieser schien ihn nicht zu bemerken und auch gar keine Gefahr zu ahnen, er hatte die Hemdärmel aufgestülpt und war mit dem Aufbrechen des Hirsches so sorglos und ruhig beschäftigt, als sei er der Herr des Waldes, dem Niemand etwas einzureden habe.

Jetzt trat der Jäger aus dem Gesträuche; das Gewehr schußfertig an die Hüfte haltend, rief er mit lauter Stimme: „Halt, Wilddieb! Nicht gerührt! Du bist mein Arrestant!"

Der Angerufene hob, ohne sich stören zu lassen, den Kopf nur leicht in die Höhe. „Eilt es stark?" fragte er. „Es wäre mir schon recht lieb, wenn ich zuvor meine Arbeit fertig machen könnt'!"

„Keine Umſtände, Kerl!" rief der Jäger wieder. „Jetzt
iſt es aus mit dem Uebermuth, Du biſt in meiner Hand.
Augenblicklich ſteh' auf und geh' ruhig vor mir her, oder
Du biſt des Todes! Haſt ja oft geſagt, wir Jäger könnten
nicht ſchießen; jetzt ſollſt Du ſehen, daß ich Dich nicht
verfehle!"

Hieſel hatte ſich auf ein Knie emporgerichtet und deu=
tete lächelnd mit dem Daumen über ſeine Schulter nach
dem Walde zu. „Ich will's wohl glauben, daß Du gut
ſchießen kannſt, Förſter," ſagte er, „aber Die da können's
doch noch beſſer!"

Dem Jäger ſchlug es wie ein Blitz in den Leib; er
blickte gegen den Wald und ſah, während er ſelbſt noch das
Gewehr an der Hüfte hatte, drei oder vier Schützen im
Anſchlage liegen, und die Mündungen ihrer Büchſen auf
ſich gerichtet.

„Haſt im Ernſt gemeint, der Hieſel wär' ſo dumm?"
rief dieſer lautlachend. „Dafür gehört Dir ſchon eine
ordentliche Straf'. — Jetzt iſt die Reih' an mir. Halt,
Jäger! Hahn in Ruh'! Nicht gerührt! Du biſt mein
Arreſtant! Du gehſt ſchnurgerad', als wenn gar nichts
paſſirt wär', in den Wald, und wenn Du an mir vorbei=
gehſt, da thuſt Du den Hut herunter, wie man einen Be=
kannten grüßt. Die Soldaten da droben am Hügel müſſen
glauben, daß wir zuſammen gehören, und müſſen herunter
kommen . . . ich möcht' ſie mir in der Näh' anſchauen!"

Der Jäger ſtand betroffen; ein ſo entſchloſſener Mann
er auch war, erkannte er doch, daß er in eine Falle gegan=
gen, aus der es keinen Ausweg gab; Widerſtand wäre
zwecklos und tollkühn geweſen, alſo that er knirſchend, wie
ihm befohlen war, und ſchritt in den Wald.

Die Streifmannſchaft hatte indeſſen von fern mit ge=
reckten Hälſen zugeſehen, und das Reichscontingent von
Wetterhauſen ergriff wieder das Wort. „Ich hab' doch

Recht gehabt," sagte er, „daß es kein Wilddieb ist, son=
dern ein Jäger! Es wäre auch gar zu frech, uns so
vor der Nase herum zu hantiren! Für was stänben wir
denn da?"

„Ich glaub' es jetzt selbst," erwiderte der Feldwebel
und drehte seinen Schnurrbart. „Es scheint, der Herr
Förster ist in den Wald gegangen, etwas zu recognosciren:
bis er wieder kommt, wollen wir in das Thal vorrücken,
damit wir gleich zur Hand sind!" Die Mannschaft fand
sich diesmal bewogen, dem Commando Folge zu leisten,
und marschirte in ziemlich schwankenden Wellenlinien den
Hügel hinunter. Durch die Senkung am Heckensaume wand
sich ein kleines Bächlein unter den Erlen= und Haselwur=
zeln hin; an dem für ein kleines Brückchen freigelassenen
Raume hielt es der Feldwebel für geeignet, in's Blachfeld vor=
zurücken und sich zu theilen. Diese Bewegung ging schon
etwas zögernder von statten, doch gelang sie, weil die
Tapfern das Gebüsch hinter sich wußten, das sie jeden Au=
genblick in raschem Rückzuge erreichen konnten.

Hiesel hatte sich angestellt, als ob er die Herankommen=
den gar nicht bemerke; jetzt hatte er seine Arbeit vollendet,
stand auf und blickte wie verwundert um sich. „Halle,
was giebt's da?" rief er. „Was wollen denn die Mann=
schaften?"

Ehe der Feldwebel als Anführer zu antworten ver=
mochte, hatte ihn der Soldat von Wetterhausen schon der
Mühe überhoben. „Mer sind ä Streif'," sagte er. „Wir
solle' den Spitzbube' fange', den bairischen Hiesel. Kann
uns der Herr vielleicht saga, wo wir ihn finde'?"

„Freilich! Damit kann ich schon aufwarten!" erwi=
derte Hiesel und rief lachend in den Wald: „He da, Ihr
da drinnen, die Herren wollen den bairischen Hiesel
sehen!"

Als Antwort krachte von allen Seiten eine Salve von

mehr als zwanzig Schüssen aus dem Walde, und wie der
Pulverrauch sich verzogen hatte, war von der ganzen Mann=
schaft nichts mehr zu sehen, als der Feldwebel, der sich ver=
wundert umblickte und dann ebenfalls die Retirade nach
der Hecke antrat.   Jenseits derselben aber ging's an ein
Laufen, als ob es eine Wette zu gewinnen gelte; die Sol=
daten hatten nicht beachtet, daß die Schüsse absichtlich in
die Luft gefeuert worden waren, der Knall hatte hingereicht,
sie zu zerstreuen; trotz des lahmen Beines aber hatte das
Reichscontingent von Wetterhausen Allen weitaus den
Vorsprung abgewonnen. Schallendes Gelächter des Wild=
schützen=Hauptmanns und seiner Genossen gab ihnen das
Geleit.

Jetzt trat auch Hiesel in den Wald, wo seine Leute sich
in weitem Ringe um ihn versammelten, in der Mitte stand
der gefangene Förster, von dem Rothen und vom Sattler
mit gespannten Gewehren bewacht. Der Mann war etwas
bleich geworden, aber er erwartete gefaßt, was kommen
sollte. „Jetzt ist die Reihe an Dir!" rief ihm Hiesel zu.
„Knie' nieder und wirf Dein Gewehr auf den Boden!
Auf die Knie'!" rief er wild, als der Jäger etwas zögerte.
„Mach' Reu' und Leid, Dein letztes Stündel ist da! Sag'
ein Stoßgebet her, denn in den nächsten Minuten bist Du
in der Ewigkeit!"

Er legte an und zielte nach der Brust des Jägers.
Dieser war noch bleicher geworden, aber seine Stimme zit=
terte nur wenig, als er, sich auf ein Knie niederlassend,
erwiderte: „Warum wollt Ihr mich erschießen? Ich hab'
Euch doch mein Lebtag nichts Leides gethan!"

„Nicht?" schrie Hiesel. „Hast Du mich nicht ange=
griffen und zuerst mit dem Tode bedroht? Und wenn das
auch nicht wäre — Ihr Jäger haltet zusammen und steht
Einer für den Andern, darum machen wir es auch so und
lassen Einen für den Andern büßen."

„Es ist wahr," sagte der Jäger, „ich würde Euch
nicht schonen, also darf ich auch von Euch keine Schonung
hoffen... In Gottes Namen denn. Schießt zu... ich
bin bereit!..." Er faltete die Hände und begann ein
halblautes Vater Unser zu sprechen, aber schon nach den
ersten Worten versagte ihm die Stimme. „O Gott, o Gott,
mein Weib und meine Kinder!" seufzte er schmerzlich, und
die Augen des starken Mannes füllten sich mit Thränen.
„Was wird aus den Kindern werden... Armes Weib,
wie wirst Du das ertragen... Und nicht einmal einen
letzten Gruß kann ich Dir schicken!"

Den Gewehrkolben an der Wange und unverrückt zielend, betrachtete Hiesel den Mann nicht ohne Theilnahme,
aber er verbarg sie hinter gesteigerter Wildheit. „Den
Gruß will ich bestellen!" rief er rasch. „Also nicht ge-
zaudert und sich bereit gemacht! Ich zähle — und bei
Drei mach' Dich reisefertig!"

Der Jäger faltete wieder die Hände und hob die Augen
gen Himmel: „Eins.. zwei.." zählte Hiesel, als aber
die verhängnißvolle Drei gesprochen werden sollte, setzte er
das Gewehr ab und rief: „Dein Weib dauert mich nicht,
denn die Weiber sind falsch — aber Deine Kinder will ich
nicht zu Waisen machen — ich schenk' Dir das Leben, damit Du von einem Wildschützen Barmherzigkeit lernst!
Die Todesangst hast Du jetzt ausgestanden, vielleicht merkst
Du Dir's und lässest uns in Zukunft in Ruh' — wenn
wir uns wieder begegnen, ist es Dein Letztes, so gewiß ich
Hiesel heiß'!"

Der Jäger wollte sich erheben, aber Tiras, an solche
Auftritte gewöhnt, hatte ihn schon am Genick gefaßt und
zu Boden geworfen. „Dein Gewehr und Hirschfänger
und was Du an Pulver und Blei bei Dir hast, gehört
uns... Gebt ihm einen Denkzettel, das ist Eure Sache,"
rief Hiesel, sich abwendend, seinen Gefährten zu, „aber

schädigt ihn nicht am Leben!" Mit rohem Geschrei fielen
der Rothe, der Sattler und einige Andere über den Wehr=
losen her, der Hund schüttelte und zerrte ihn hin und wi=
der; Hiesel aber mit dem Buben, der ihm niemals von der
Seite wich, und mit dem Tiroler, seinem Vertrauten,
wandte sich tiefer in den Wald. „Ihr wißt, wo wir uns
treffen!" rief er noch zurück. „Der Sternputzer soll vor=
aus in's Dorf und soll uns im Wirthshaus ansagen; der
hat's noch von Ingolstadt her, daß er sich am besten auf
die Küche und auf den Schnabel versteht!"

In der heitersten Laune schritten sie durch den Wald,
die Vögel sangen aus allen Büschen, und die Sonne brach
durch die Zweige, um den moosgrünen Waldteppich mit
ihrem Golde zu durchweben. Auch Hiesel ward heiter, wäh=
rend meist eine düstere und gereizte Verstimmung auf ihm
lag. Daß Monika sich von ihm gewendet, hatte einen
Schatten in sein Gemüth geworfen, der es umdüsterte und
nur in Aufregung oder Thätigkeit zu verschwinden schien,
in der Ruhe aber und in der Einsamkeit um so dunkler
wiederkehrte, begleitet von vergeblichem Sinnen, wie es
wohl gekommen sein möchte, wenn er dem Mädchen gefolgt,
und von schnell unterdrückten, kaum sich selbst eingestande=
nen Regungen der Reue. Immer seltener kam die leicht=
sinnige Heiterkeit zum Durchbruche, die den Grund seines
Wesens bildete, und am öftesten geschah es noch in der
vollen Schönheit des vertrauten Waldes nach Vollendung
eines kühnen Streichs, oder wenn er sich keine Vorwürfe
über das Vorgefallene machte, denn es kam wohl vor, daß
Manches anders ausging, als man es bedacht und begon=
nen hatte, und nicht immer gelang es ihm, die wilde
Schaar, die ihm diente, auch vollständig nach seinem Wil=
len zu lenken. Heute schallte sein Gesang fröhlich durch
den Wald, denn er hatte eine kräftige Stimme von selte=
nem Klange und gebrauchte sie gern, besonders seit der

Bube bei ihm war, denn dieser besaß auch eine frische,
glockenhelle Knabenstimme und gutes Gehör, und wenn sie
Abends im Walde oder in einer Schenke sangen, lauschte
die ganze Schaar, und die Gäste tranken aus Behagen
einen Krug mehr als gewöhnlich. Es war ein munteres
Jägerlied, das sie sangen: es schilderte Waidmannslust im
grünen Forste; als aber der Absatz an die Reihe kam, in
welchem des Liebchens gedacht war, übersprang es Hiesel
und fing gleich den letzten Absatz zu singen an. „Das
kommt ja noch nicht," rief der Bub', aber Hiesel sang zu
Ende, ohne darauf zu achten, und eilte dann wieder stumm
und in sich gekehrt den Andern voran.

Nach einiger Zeit gesellte sich Stubele zu ihm, der sei=
nes gesetzten Wesens halber viel bei ihm galt und sich wohl
ein vertrauteres Wort herausnehmen durfte. „Ich hab's
wohl gemerkt," sagte er, „Du hast das Gesätz'l von des
Jägers Schatz mit Fleiß ausgelassen, und kann mir wohl
auch einbilden, warum Du's gethan hast . . . wer sich mit
den Weibern einläßt, hat's allemal zu bereuen! Wirst
wohl auch so 'was hinter Dir haben — aber sie ist schon
wieder dagewesen . . ."

„Wer?" fragte Hiesel staunend.

„Nun, das Mädel," erwiderte Stubele, „das nun
schon ein paarmal dahin gekommen ist, wo wir gelagert
waren, und verlangt hat, mit Dir zu reden . . . Du hast
nichts wissen wollen davon, so hab' ich sie allemal fort=
gejagt — aber gestern hab' ich sie wieder geseh'n, wie sie
von fern um unser Lager herumgeschlichen ist . . . ."

„Es wird eine Kundschafterin sein, die uns ausspioni=
ren will . . ."

„Nein," lachte Stubele, „es steht wohl 'was Anderes
in dem Gesicht: sie will durchaus nicht sagen, wer sie
ist, aber sauber ist sie, wie ich nicht leicht 'was gesehen
hab'!"

Hiesel erwiderte nichts; so oft von diesen geheimniß=
vollen Besuchen die Rede war, stieg der Gedanke in ihm
auf, es könnte Monika sein, welche ihre Härte bereute und
wieder zu ihm käme, aber dann strahlten ihm aus der Er=
innerung ihre blauen Augen so rein und streng entgegen,
daß er den Gedanken als eine Thorheit von sich wies, und
doch lag in dieser, wenn auch noch so thörichten Möglich=
keit ein Reiz, mächtig genug, daß er es vermied, Gewißheit
zu erlangen, und darum die Unbekannte immer von sich
fern hielt.

Mit einem Male stand er still, und ein Laut der Ueber=
raschung entfloh seinem Munde.

Um eine Ecke biegend, waren sie auf eine schöne grüne
Waldblöße getreten, und mitten in derselben lag, wie er es
oft geträumt, das anmuthige Jägerhaus mit den lustigen
grünen Läden, dem stattlichen Hirschkopfe über der Thüre,
und um den Traum vollständig zu machen, stand auf der
Schwelle derselben eine weibliche Gestalt, welche den Heran=
kommenden eifrig zuwinkte.

„Wie geschieht mir denn?“ sagte Hiesel. „Träum' ich
denn, und gilt das Winken uns?“

„Gewiß,“ sagte Studele schmunzelnd; „die Frau sieht
uns für Jäger an . . . wir sollten uns wohl den Spaß
machen, ihrem Winken zu folgen . . .“

„Ist es die Frau des Försters, den wir eben erst unter
den Händen hatten?“

„Nein, der wohnt an der andern Seite des Waldes,“
war die Antwort, und schon hatte Hiesel in den Wiesenpfad
eingebogen, der zu dem Hause führte. Die Jägerin, ein
hübsches rundes Weibchen, eilte den Kommenden einige
Schritte entgegen und rief schon von Weitem: „Grüß'
Gott, Ihr Herren . . . sputet Euch doch! Die Andern sind
schon vor zwei Stunden fort, ich habe das Frühstück schon
zweimal vom Feuer genommen und wieder hingesetzt . . .“

„Das ist recht schade," sagte Hiesel hinzutretend mit
freundlichem Gruße und folgte der geschäftig Voraneilen-
ten in's Haus; „wir haben Euch Mühe gemacht; hätten
wir früher gewußt, was für eine schöne Jägerin da auf uns
wartet, wir wären schon längst gekommen!"

„Nur geschwind herein und zum Tische gesetzt!" rief
die Frau, indem sie Teller, Gläser und Schalen auf dem
schon gedeckten Tische zurecht stellte. „Da ist Kaffee,
Schnaps, Schinken und Brod, wie mein Mann es angeschafft hat!"

Hiesel war mitten im Zimmer stehen geblieben, während seine Gefährten sich sofort über die Mahlzeit her-
gemacht hatten — das einfache Stübchen fesselte seine
Blicke. An den Wänden hingen Waidtasche, Gewehre
und Jagdgeräth, in einem halboffenen Wandschränkchen
lagen des Jägers Rechnungen und Bücher, unter dem Ofen
war den Hunden ein Lager bereitet . . . in der Neben-
kammer stand ein mächtiges Himmelbett mit sauberen Vor-
hängen, und am Fußende desselben eine Wiege, in der ein
Knabe mit rothen Pausbacken schlummerte; es war Alles
so wohnlich, so traulich, so ganz, wie er es oft im Geiste
vor sich gesehen: er mußte sich mit Gewalt losreißen und
seine ganze Fassung zusammennehmen, um nicht weich zu
werden.

„So?" rief er mit lautem Lachen, „der Mann hat es
angeschafft, daß Ihr uns so bewirthet? Er soll leben, der
Mann! Das muß ein Muster von Jäger sein, wie mir
noch keiner vorgekommen ist."

Geschmeichelt verneigte sich die Frau und stieß mit dem
artigen Waidmann an, der ihr sein Glas entgegenhielt.
„Ja," sagte sie, „mein Mann ist auch ein prächtiger Mann,
sonst wär' ich ihm wohl auch nicht nachgezogen in die ein-
same Försterei — denn ich bin nicht im Holz aufgewachsen,
ich bin in der Stadt daheim!"

„Und seid Ihr doch eingewöhnt? Und sehnt Euch nicht
zurück?"

„Nicht einen Augenblick. Anfangs freilich, da ist's
schwerer gegangen, da ist mir oft das Wasser in die Augen
gekommen, aber ich bin gar bald heimisch geworden, und
vollends seit der kleine Schlingel in die Wiege gekommen
ist, weiß ich gar nicht mehr, daß es eine Stadt giebt!"

Hiesel mußte sich abwenden. „Und fürchtet Ihr Euch
nicht, so allein zu sein?" fragte er.

„Nein — wer soll mir denn 'was anhaben? Zu holen
ist bei uns nicht viel, das wissen die Leut', und so lassen sie
uns wohl in Ruh'! Freilich, der bairische Hiesel, wenn
der in's Haus käme, da könnt' es mir übel gehen, der soll
wilder sein und ärger hausen, als der Leibhaftige!"

„Warum nicht gar!" rief Hiesel lachend. „Glaubt
solche Sachen nicht — der Hiesel thut keinem Kinde 'was
zu Leide und hat's nur mit Denen zu thun, die ihn verfolgen!"

„Ihr nehmt Euch ja recht seiner an!" sagte die Jägerin verwundert. „Das sollte man nicht glauben von einem
Jäger und noch dazu von einem, der gerade darauf ausgeht,
ihn zu fangen!"

„O, das macht nichts!" rief Hiesel lachend und stieß
mit seinen Gefährten an. „Er mag sich nur vor mir in
Acht nehmen — von mir kriegt er gewiß kein' Pardon!"

Die Cameraden lachten mit, und die Jägerin spottete:
„Er wird's auch nicht nöthig haben . . . Ihr seid ein wenig
spät daran!"

„Das fürcht' ich nicht, ich verlasse mich auf mein gutes
Glück, und das weiß ich gewiß, daß sie den Hiesel nit eher
fangen, als bis ich dabei bin . . . Aber die Frau Försterin
hat Recht, Cameraden," fuhr er, sich erhebend, fort, „es
ist doch wohl Zeit, daß wir uns auf den Weg machen . . ."

Er ſah wieder in der Stube umher. „Warum ſchaut Ihr ſo herum?" fragte die Frau.

„Weil es mir ſo gut bei Euch gefällt," ſagte er herzlich, „mir iſt, als wenn ich ſchon oft bei Euch geweſen wäre . . ."

„So kommt nur wieder, wenn auch mein Mann daheim iſt . . . Ihr ſeid wohl noch nicht lang' in der Gegend? Ich muß meinem Manne doch Euren Namen ſagen, und wo Ihr im Dienſt ſeid!"

„Natürlich müßt Ihr das," erwiderte Hieſel, an der Thüre ſtehend, „und ſollt auch meinen Namen erfahren!" Damit faßte er die beſtürzte Frau raſch um die Mitte und drückte ihr einen herzhaften Kuß auf die friſchen Lippen. Wie mit Purpur übergoſſen riß die Zürnende ſich los und ſprang gegen den Tiſch zurück. „Was wäre mir denn das?" ſtammelte ſie faſt athemlos.

„Das iſt der Dank für das gute Frühſtück," rief der Wildſchütz lachend im Davoneilen, „und ein Kuß vom bairiſchen Hieſel!"

Die Jägersfrau ſchrie laut auf, als ſie aber ſah, daß der Furchtbare mit ſeinen Genoſſen ſchon aus dem Hauſe war und ruhig über die Wieſen dahin ſchritt, erholte ſie ſich von ihrem Schrecken. Bedenklich wiſchte ſie ſich den Mund und trat dennoch mit einem verlegenen Lächeln unter die Thür; als der Wildſchütz am Waldeingange noch einmal zurück ſah und grüßend den Hut ſchwenkte, da hob ſie unwillkürlich die Hand und winkte zum Gegengruße.

Bald war der Ausgang des Waldes erreicht, nahe an demſelben lag das Dorf, aber ſchon von fern tönten den Ankommenden ſtreitende Stimmen entgegen. „Es iſt der Sternputzer," rief der ſcharfſichtige Bub', „er hat Händel mit einem Andern," und im Laufe waren ſie bei den letzten Häuſern des Dorfes angelangt. Das äußerſte davon hatte ein feineres und ſtädtiſches Ausſehen; es gehörte

einem alten Mauthner an, der sich in das Dorf als seinen
Geburtsort zurückgezogen und sich da einen kleinen Ruhesitz
gegründet hatte. Den Garten und das Haus hatte er
selbst angelegt, und schöne Obstbäume gepflanzt, welche
kräftig standen und schon eine schöne Ernte versprachen;
besonders schön stand hart am Zaune ein stattlicher Baum
mit herrlichen Frühäpfeln, welche lockend über die Stangen
der Umzäunung heraushingen. Der Sternputzer hatte im
Dorfe nichts Verdächtiges gefunden, es gehörte einem
Landesherrn, dessen Gebiet die Bande noch nicht betreten
hatte, und von dem ihr daher auch keine Gefahr drohte;
die Verfolger dagegen mußten an der Grenze anhalten und
durften sie erst nach langen Verhandlungen überschreiten.
So schlenderte er nach gemachten Bestellungen bequem durch
das Dorf, sah die schönen Frühäpfel aus des Mauthners
Garten hängen und konnte der Lockung nicht widerstehen,
sie zu versuchen und ein paar zu pflücken. Darüber war
der Alte wie ein Wüthender herausgefahren und wollte den
Thäter durchaus zum Ortsrichter führen, damit derselbe
als Gartendieb bestraft werde. Der Sternputzer weigerte
sich, die Aepfel zurückzugeben, und wollte ebenso wenig zum
Richter folgen; er versuchte, sich loszumachen, aber der
Mauthner war ein handfester Mann und hatte ebenso viel
Klammern in den Händen als Finger. So rissen sie
einander schreiend und schimpfend herum, bis Hiesel
herankam.

„Aus einander!" rief er mit so gebieterischem Ton und
Miene, daß auch der Mauthner, obwohl etwas verdutzt,
gehorchte. „Der Erste, der den Andern noch anrührt, hat
meinen Büchsenkolben am Kopf."

„Oho, Herr Jäger!" rief der Mauthner. „Sei der
Herr nicht so oben hinaus, sonst muß er auch mit zum
Richter, es giebt für die Schläger so gut ein Gefängniß,
wie für Diebe!"

„Diebe! Wer untersteht sich, zu sagen, daß unter meinen Leuten Diebe seien?“ fuhr Hiesel auf. „Erzähle, Sternputzer, was ist's gewesen? . . . Deswegen,“ fuhr er, als er den Vorfall erfahren hatte, spöttisch fort, „wollen wir den Richter nicht incommodiren . . . einen solchen Bagatell macht der bairische Hiesel gleich selber ab! Gieb ihm die Aepfel zurück, er ist ein alter Filz, der auch einem Hungrigen, der verschmachtend vorbeikäme, die Erfrischung nicht vergönnte! Glaubst Du, unser Herrgott läßt Dir die Aepfel allein für Deinen gierigen Rachen wachsen? . . . Für diese schlechte Gesinnung und weil Du Dich an Einem von meinen Leuten vergriffen hast, gehört Dir eine Straf', und die sollst Du haben! . . . Wo ist der Hirsch, den ich heut' geschossen hab'?“

„Dort,“ antwortete der Bub', „bringen ihn gerade ihrer Vier an Stangen auf den Achseln getragen . . . es ist ein Prachtthier!“

„Sagt ihnen, sie sollen den Hirsch hierher bringen!“ begann Hiesel wieder. „Der Herr da will sich aus seinen Aepfeln ein Aepfelmus machen, dazu ist nichts besser, als ein saftiger Wildbraten . . . der Herr kauft uns den Hirsch ab!“

„Aber . . .“ stammelte der Mauthner, dem fast die Stimme versagte.

„Nichts aber! Der Herr will uns durchaus den Hirsch abkaufen, und weil ihm doch so gar sehr darum zu thun ist, will ich ein Aug' zudrücken — er soll ihn um zwanzig Gulden haben! Geb' sich der Herr keine Müh',“ fuhr er fort, als der Mauthner noch Einwendungen zu machen versuchte, „ich weiß wohl, der Herr ist splendid und meint, das Thier sei mehr werth . . . thut nichts, es bleibt bei den zwanzig Gulden, aber meine Schützen schlagen ein paar Gulden nicht aus, als Trägerlohn, weil sie ihm den Braten bis in die Küche bringen. . .“

Der Zöllner spielte in allen Farben vor Grimm; er rannte in's Haus, sperrte die Thüre zu und kümmerte sich nicht um den Hirsch, den die Schützen im Vorplatze nieder=plumpen ließen. Mit zornbebender Hand reichte er Kauf=preis und Trinkgelder durch's Fenster heraus.

Der Zug ging weiter, vergrößert durch Hiesel's herbei=kommende Gefährten und einige Neugierige, die aus den Bauernhäusern herbeigelaufen waren; da begann es vom Kirchthurme feierlich mit allen Glocken zu läuten. „Was bedeutet das?“ fragte Hiesel eine alte Bäuerin, die am Wege hinhumpelte. „Habt Ihr heute Feiertag?“

„Nein, gestrenger Herr Hiesel,“ erwiderte das Müt=terchen, „aber Alles, was gut auf den Beinen fort kann, ist hinaus zu einem Bittgang um die Gemeindeflur, damit die Feldfrüchte gedeihen und bewahrt bleiben — jetzt kommt der Zug in die Kirche zurück!“

„Das trifft sich ja schön,“ rief Hiesel seinen Cameraden zu, „kommt, es wird uns nicht schaden, wenn wir auch einmal wieder in eine Kirche kommen und zeigen, daß wir keine Heiden sind!“ Er schritt die Anhöhe hinan, auf welcher die Kirche stand, während von der andern Seite die Fahnenträger mit den wehenden rothen Fahnen, die Mi=nistranten mit den Kerzen, der Pfarrer mit der Monstranz und hinter ihnen der betende Zug der Wallfahrer heran=kamen. Er befahl seinen Schützen, sich zu beiden Seiten der Kirchenthüre aufzustellen und so ein Spalier zu bilden, zwischen welchem die nicht wenig verwunderten Andächtigen hindurchzogen, und welches vor dem Heiligsten die Stutzen präsentirte trotz der wohlgeübtesten soldatischen Ehrenwache. Einige wurden als Wachen ausgestellt, die Uebrigen folgten Hiesel in die Kirche.

Der Gottesdienst war bald beendet, und die Schützen im Wirthshause bei dem einfachen, aber ausgiebigen Mahle versammelt und ließen der Bestellung des Stern=

putzers alle Anerkennung widerfahren. Sie waren lustig und guter Dinge und neckten sich mit den Bauern, die anfangs scheu, dann immer vertraulicher näher kamen. Hiesel entging es nicht, daß sie betrübte Gesichter machten, unter sich beriethen, einander wie ermuthigend anstießen und sich doch nicht zu reden getrauten.

Eben wollte er entgegenkommend sie um ihr Anliegen befragen, als vor dem Wirthshause Lärmen und Gerauf entstand. Alles eilte hinaus.

Als Hiesel hinzukam, traf er den Rothen in den Händen eines Fuhrmannes, der eben mit einem großen Fracht= wagen vor dem Hause angefahren und darangegangen war, seine Pferde auszuschirren; da erblickte der Mann den Rothen, der behaglich in der Thüre lehnend und mit spöt= tischem Lachen seiner eigenen Fuhrmannslaufbahn gedachte, und hatte ihn im nächsten Augenblicke schon am Kragen gepackt und zu Boden geworfen.

„Was hast Du mit dem Mann?" rief ihm Hiesel zu. „Es ist Einer von meinen Leuten — laß' ihn los!"

„Wer er ist, weiß ich nicht," rief der Fuhrmann ent= gegen, „aber daß er ein Spitzbub' ist, das sag' ich ihm vor Gott und der Welt in's Gesicht!"

„Warum nennst Du ihn so? Was hat er gethan?"

„Ah bah, nichts," sagte der Rothe lachend, aber man sah ihm an, daß ihm nicht ganz wohl bei der Sache war, „es ist nichts als ein Spaß!"

„Das wär' mir ein sauberer Spaß!" rief der Fuhr= mann. „Bei Ulm bin ich mit ihm in einer Herberg' zu= sammengetroffen, ich hab' ihn für einen ordentlichen Men= schen gehalten und bei mir in der Kammer schlafen lassen — wie ich aber Morgens aufgewacht bin, da ist er fort gewesen, und mein Geldbeutel mit ihm und die Brieftasche, worin alle Frachtbriefe steckten und alle meine Zeugnisse…"

„Ist das wahr?" rief Hiesel mit flammenden Augen.

„O, das ist noch nicht Alles," fuhr der Fuhrmann
fort, „mit meinen Zeugnissen ist er nach Ulm zu einem
Kaufmann, der hat ihm darauf hin getraut, hat ihn als
Fuhrknecht angenommen und ihm einen ganzen großen
Frachtwagen nach München übergeben — er aber hat Roß
und Wagen in München verkauft und ist mit dem Gelde
auf und davon. . ."

Die Wildschützen machten finstere Gesichter, der Rothe
war bleich bis in die Lippen, ängstlich schielte er um sich
her und versuchte ein halblautes „Nicht wahr" hervorzu-
stottern.

„Nicht wahr?" brach Hiesel los. „Du willst auch
noch leugnen? Steht es Dir nicht auf dem Gesicht geschrieben? . . . Nehmt ihm Hut, Stutzen und Hirschfänger
ab; Cameraden," fuhr er, zu diesen gewendet, fort, „zieht
ihm statt des Schützenrocks einen schäbigen Kittel an —
gebt ihm zwei Gulden, damit er für die ersten Tage zu
leben hat, und dann fort mit ihm! Augenblicklich fort!
Der Hiesel kann keinen Dieb brauchen, sondern nur ehrliche Leute, und wenn Du Dich untersteh'st und Dich noch
einmal in der Näh' blicken laff'st, wo ich bin, so ist es Dein
letzter Augenblick!"

Das Urtheil war wie gesprochen auch vollzogen; der
Rothe ließ Alles mit sich geschehen, er war wie erstarrt,
nur seine Augen funkelten und hingen grimmerfüllt an
Hiesel, der sich abgewendet hatte und in's Haus zurückkehrte.
Einen Augenblick stand er unschlüssig, dann war er schnell
hinter den Häusern verschwunden, dort kehrte er sich halb
um, ballte drohend die Faust und murmelte: „Nur Geduld,
wir Zwei kommen doch noch einmal zusammen!"

Die Schützen kehrten zum Essen zurück; den Bauern
aber hatte der Vorfall, den sie mit angehört, den Muth
gesteigert, daß sie Hiesel den Weg vertraten und ihm ihr
Anliegen vortrugen. Sie erzählten dem „Gestrengen

Herrn", wie auch sie vom Wilde so erschrecklich viel zu
leiden gehabt durch den Schaden, den es in den Feldern
angerichtet, und durch die Jagden, bei welchen der Herr
Reichsbaron gar oft mit Roß und Hund durch die schönsten
Saatfelder ziehe, und der Amtmann ihnen in's Gesicht
gelacht, wenn sie um Ersatz gebeten; wie sie über dem
Frohntreiben die beste Zeit versäumen und oft die dringendste
Arbeit liegen lassen müßten, und wie sie um Hülfe sich
mündlich und schriftlich an den Reichsbaron gewendet, wie
sie bis an den Kaiser gegangen und wie Alles nichts geholfen.
Da hatten sie in der Desperation sich entschlossen, sich selber
zu helfen; sie hatten das Wild, das auf die Aecker und
Aenger gekommen war, erlegt, sich aber wohlweislich gehütet,
auch nur das Geringste davon sich anzueignen, sondern
hatten Alles getreulich dem Jäger in's Haus gebracht. Der
aber hatte sie doch als Jagdfrevler angezeigt, und so waren
sie gestraft worden mit hartem Gefängniß und noch här=
terer Geldbuße — die letzte Habe mußte hingegeben wer=
den, um die fünfhundert Gulden zusammen zu bringen,
welche zu zahlen dem ganzen Dorfe auferlegt worden war;
erst am Tage vorher hatte der alte Mauthner, der zugleich
die Einnehmerei besorgte, das Geld auf's Amt gebracht.

„So?" rief Hiesel, der mit Spannung zugehört. „Hat
der alte Neidkragen auch die Hand im Spiel? Wo ist das
Amthaus?"

Die Bauern deuteten nach einem schloßähnlichen Ge=
bäude, das in nicht großer Entfernung sich aus einem um=
mauerten baumreichen Parke erhob. Der Amtmann sei
zu Hause, erzählten sie; er werde abgespeist haben und pflege
dann im Gartenhause zu schlafen, und Niemand dürfe ihn
stören.

„Ho, wir wollen ihn schon munter machen!" rief
Hiesel. „Kommt, Cameraden, es ist Zeit aufzubrechen,
und es giebt unterwegs noch ein kleines Geschäft abzu=

machen! Einer von den Bauern soll mit, damit er uns
den Weg zeigt und Euch dann sagt, was der Hiesel ausge=
richtet hat!"

Man brach auf; die Bauern drängten nach, an der
Thüre konnte der glänzend bezahlte Wirth kaum fertig wer=
den, seine Bücklinge zu machen und sich zur Wiedereinkehr
zu empfehlen. "Ich muß Euch doch ein Andenken dalassen,"
rief Hiesel, als der Zug an der Kirche vorüberkam. "Ihr
habt ja da auf Eurem Kirchendach einen blinden Gockel
sitzen ... wartet einmal, ich will ihn sehend machen!" Er
legte an, drückte los, und die Kugel schlug mitten durch den
Kopf des blechernen Hahnes, daß das Loch als ein Auge
dient und dort noch zu sehen ist bis auf den heutigen Tag.

In kurzer Zeit war das Amthaus erreicht und nach
allen Seiten umstellt; Hiesel, von dem Buben und Tiras
geleitet, zog die Glocke am Thore. Ein Guckfensterchen
öffnete sich und ließ den grauen Kopf eines mürrischen Be=
dienten erblicken, der darüber zu schelten anfing, daß er
nicht eine Viertelstunde Ruhe habe. "Was giebt's schon
wieder?" rief er. "Jetzt ist keine Amtszeit — wer ist da?"

"Der bairische Hiesel, er will ein Wörtel mit dem Amt=
mann reden!"

Die Antwort schleuderte den Alten zurück, als ob ihn
ein Schlag vor die Stirn getroffen hätte, und das Guck=
fenster flog zu und zeigte, auch nach längerem Warten, keine
Neigung, sich wieder zu öffnen. Hiesel läutete nochmals,
stärker und bedeutsamer; da kam hinter dem verschlossenen
Thürchen die schüchterne Meldung hervor, der Herr Amt=
mann lasse für den Besuch danken, er wisse sich nicht zu
erinnern, daß er mit dem Herrn Hiesel etwas zu verhan=
deln hätte.

"Aber ich hab' mit dem Amtmann zu verhandeln,"
rief Hiesel ungeduldig und stampfte mit dem Fuße, "ich geb'

ihm noch ein Vaterunser lang Zeit, wird dann nicht geöff=
net, so spreng' ich das Thor, und dann steh' ich für nichts."

In wenig Augenblicken hörte man den Riegel gehen,
und das Thor that sich auf; zwei Schützen besetzten das=
selbe, Hiesel trat ein. Im Hofraume führte eine schöne
Freitreppe von rothem Marmor in das prunkende Gebäude,
das in allen Theilen von Reichthum und dessen rücksichts=
loser Verwendung zeugte. Oben auf den Stufen stand
der Amtmann, ein stattlicher, wohlbeleibter Mann mit
rothem Gesichte, in welchem die Furcht mit dem Hochmuthe
rang; hinter ihm die Frau Amtmännin, weinend und die
Hände ringend, und eine Schaar Kinder, die angstvoll
durch einander schrieen. „Um aller Heiligen willen," rief
die Frau, als sie Hiesel erblickte, stürzte die Treppe hinab
und warf sich ihm mit aufgehobenen Händen zu Füßen,
„habt Barmherzigkeit mit meinen armen Kindern und mit
mir — thut meinem Manne nichts zu Leid!"

„Schau', schau', sagte Hiesel, indem er das rauschende
Seidenkleid und den künstlichen Kopfputz der Knieenden
musterte, „wie die Frau Amtmännin so schön bitten und
von der Barmherzigkeit reden kann! Schade, daß Sie das
nit allemal thut . . . bei den armen Bauern, denen man
ihre letzten Blutkreuzer abgepreßt hat unschuldiger Weis',
da hat Sie wohl auf die Barmherzigkeit vergessen? Warum
hat Sie bei Ihrem Manne nicht auch für die Bauernkinder
gebeten? Sie meint wohl, weil die Bauern keine solchen
seidenen Flanken am Leib und keinen solchen Kakadu auf
dem Kopf haben, sie seien schlechter? Sie meint wohl,
um einen Bauernbuben sei weniger schade, als um einen
Amtmannssohn? . . . Aber wer sagt denn, daß ich dem
Amtmann 'was zu Leid thun will? Er darf nur thun,
was ich verlang', dann sind wir die besten Feund'!"

„O gern, gern . . . Alles!" rief die Frau sich er=
hebend.

„Was verlangt der Herr?" fragte der Amtmann, eben=
falls leichter Athem schöpfend.

„Gar nichts, als daß der Herr Amtmann die fünf=
hundert Gulden Strafgeld wieder herausgiebt, die gestern
den Bauern abgenommen worden sind . . ."

„Das kann und darf ich nicht," sagte der Amtmann,
„das Geld gehört nicht mir, sondern dem Herrn Reichs=
baron . . ."

„Nein, den Bauern gehört's, und die sollen's wieder
haben! Mach' der Herr Amtmann keine Umstände, sonst
weiß ich die Casse selber zu finden!"

„Aber," rief der Amtmann, sich etwas ermannend,
„das ist ja offenbare Gewalt!"

„Gewiß, Herr . . . mit Gutem geht's nicht, folglich
muß es mit Gewalt geh'n! Vorwärts — ich hab' keine
Zeit zu versäumen, also her mit den fünfhundert Gulden,
und dann wird der Herr ein Einsehen haben und wird für
meine Müh', für die Zeitversäumniß und den Gang fünfzig
Gulden beilegen . . . ein anderer Advocat thät' mehr ver=
langen und doch nichts ausrichten!"

„Himmelschreiend!" stammelte der Bedrohte.

„Ei was, in dem Haus ist wohl schon mehr geschehen,
was gegen den Himmel schreit — da geht's in e i n e r Rech=
nung hin! Vorwärts also — wenn die Obrigkeit nicht
mehr weiß, was Recht ist, dann muß Unsereiner es ihr
zeigen! . . . Schau' mich der Herr nur an, als wenn Er
mich mit den Augen spießen möcht', ich fürcht' ihn nicht:
ich bin kein Räuber und kein Dieb! Ich thu', was die
Regierung thun sollt', wobei sie mir helfen sollt', wenn
Alles nach dem Rechten ging' . . . statt dessen verfolgt sie
mich wie einen Uebelthäter und zwingt mich, daß ich mich
meiner Haut wehren muß . . . die hat Alles zu verant=
worten, was geschieht!"

Der Amtmann hatte noch immer Lust zu zögern, aber

seine Frau warf sich schreiend vor ihn hin, als sie bemerkte, daß Hiesel an seiner Büchse zu rasseln begann... „Um aller Heiligen willen," flüsterte sie ihm zu, „thu', was er verlangt, sonst sind wir Alle verloren!"

Es blieb kein anderer Ausweg; der alte Diener wurde gerufen und kam bald mit einem vollen Geldsacke zurück. Hiesel winkte einen der Wachposten herbei. „Da, nimm," sagte er, „und bring' es den Leuten, denen es gehört ... und so Gott befohlen, Herr Amtmann! Laß' sich der Herr aber ja nicht in den Sinn kommen, den Bauern wegen dessen, was ich für sie gethan, auch nur ein Haar zu krümmen oder ihnen wohl gar das Geld wieder abzunehmen — ich erfahr's auf der Stelle und komme wieder, und dann kommen wir nicht so gut aus einander! B'hüt' Sie Gott, Frau Amtmännin, und wenn Sie für die Zukunft sich einen solchen Schrecken ersparen will, so rede Sie Ihrem Mann zu, daß er beim Rechten bleibt und das gemeine Volk nicht plagt... Geb' Sie mir die Hand darauf! Thu' Sie's immerhin," setzte er lachend hinzu, da sie etwas zögerte, „meine Haut ist nicht so fein, wie die Ihrige, aber eben so gut!" Er drückte und schüttelte der zarten Frau tüchtig und derb die Hand, warf die Büchse über die Achsel, pfiff seinem Tiras und schritt davon.

Einige Tage später wimmelte die ganze Gegend von Soldaten; man hatte ein paar Compagnieen aus den nahen Städten aufgerufen: sie kamen nach dem Feste und zogen unverrichteter Dinge wieder ab, denn Hiesel war mit seinen Genossen schon über zehn Meilen entfernt und hatte sich in den damals fast undurchdringlichen Kemptner Wald geworfen. Der Amtmann hatte nicht übel Lust, es die Bauern entgelten zu lassen, aber die Sache war ruchbar geworden und hatte überall großes Aufsehen erregt, die benachbarten Herren riethen freundschaftlichst, das Volk nicht zum Aeußersten zu treiben: so blieb die Strafe unein-

getrieben. Hiesel's Sieg war vom vollständigsten Erfolge
begleitet, und sein Name war mit neuem Glanze umgeben,
die Losung aller Bedrängten, der stete stille Schrecken aller
kleinen Dränger und Gewaltherren.

Die Wildschützen, von dem weiten, anstrengenden Wege
ermüdet, wollten es sich erst bequem machen und sich erho=
len, eh' an neue Unternehmungen gedacht werden sollte:
die letzte Beute gestattete es wohl, sich ein paar Tage gütlich
zu thun. Die Ruinen der alten Ritterburg Sulzberg, südlich
vor dem Kemptner Walde gelegen, waren zum Ruheplatze erko=
ren und auch ganz geeignet — ein weitläufiges Trümmer=
werk, damals noch umfangreicher und besser erhalten, als
jetzt, wo nur noch ein gewaltiger viereckiger Thurm sich über
das grüne Hügelland erhebt, als gelte es, die nahen Berge
Tirols und die Schweizer Alpen zu beobachten.

Wer damals die Ruine betreten, der hätte wohl ein
befremdlich, aber doch ein buntes Bild geschaut, voll Far=
benreiz und von wilder Schönheit überstrahlt. In dem
ehemaligen Schloßhofe waren die Wilderer, wie eben Lust
und Laune sie gesellte, zwischen Trümmern und aufwach=
sendem Gebüsch gelagert; in einer windfreien Ecke loderte
ein lustiges Feuer, für Gaumen und Kehle wurde tüchtig
gesorgt. Lachen und Singen erschallte, als wär' es eine
Schaar fröhlicher Menschen, die aus der Stadt gezogen,
in freier Natur einmal einen freien Tag zu leben, nicht
eine Bande ausgestoßener Flüchtlinge, die längst dem Kerker
verfallen und dem Henkerbeile.

Am Eingange des Hauptthurmes saß Hiesel, neben ihm
der treue Anderl', zu Beider Füßen der unzertrennliche
Tiras, der mit unverwandten Blicken einen jungen, städ=
tisch gekleideten Mann beobachtete, der, auf einem Mauer=
stücke sitzend, eine Mappe auf den Knieen ausgebreitet hielt
und zeichnete. Es war der Maler Lander aus Augsburg,
der sich die Mühe nicht hatte verdrießen lassen, den Kreuz=

und Querzügen des berühmten Wildschützen zu folgen, um
sein Portrait zu erhalten. Hiesel war anfangs bedenklich
gewesen und hatte einen Fallstrick dahinter gefürchtet, der
benutzt werden solle, um ihn überall, wo er erscheine, gleich
kenntlich zu machen; seine Eitelkeit hatte aber über die Be-
denklichkeiten gesiegt, als der Maler ihm erzählte, wie alle
Welt nach seinem Bilde begierig sei, und wie es dann in
den Städten in den Schaufenstern der Läden ausgestellt
sein werde mitten unter den Conterfeis von Potentaten und
Kriegshelden. Hiesel plauderte mit dem Maler und erzählte von seinen überstandenen Abenteuern und Gefahren:
es war eine Schwäche von ihm, daß er es gern sah, wenn
man ihm zuhörte und ihn bewunderte.

Als der Maler eben seine Arbeit der einbrechenden
Dämmerung wegen einstellen mußte, trat einer der Sei-
nigen hinzu und gab dem Hauptmann einen unmerklichen
Wink, daß er etwas Besonderes zu melden habe. „Sie ist
schon wieder da," flüsterte er, als sie hinter eine umge-
stürzte Wand getreten waren, „die Person, die uns überall
verfolgt, sie läßt nicht von uns, wenn Du sie nicht einmal
anhörst und selber weiter schickst."

„Aber was will sie denn?" fragte Hiesel. „Wer
ist sie?"

„Was sie will, das will sie nur Dir selber sagen; aber
auf mein Andringen hat sie mir ihren Namen gesagt: es
ist die Wirthskundel vom Waldhaus . . ."

Auch diesmal war vor Hiesel der Gedanke an Monika
aufgestiegen, dennoch war er nicht unangenehm überrascht,
als er diesen Namen hörte: war es doch der seiner treuen
Pflegerin, die er ohne Abschied verlassen und, durch sein
Wanderleben abgehalten, nicht mehr wiedergesehen hatte.
Er eilte der von dem Genossen bezeichneten Stelle zu; an
einem offenen Platze unter den Bäumen saß das Mädchen
und sah in den beginnenden Abend, der es mit seinem

reichsten Lichte übergoß. Es kam ihm vor, als habe er sie
nie so schön gesehen. Als sie seinen Schritt vernahm, sprang
sie auf und stand vor ihm, auf den Wangen ein noch zar-
teres Roth, als alles Licht der Sonne auf den bleichen
Grund zu malen vermocht hatte. Die gewandte Dirne
stand befangen, als er vor sie trat, und fand kein Wort
des Grußes; aus ihrer Verwirrung stieg ihm die erste
Ahnung dessen auf, was ihren Schritt an seine Spur geheftet und sie zu ihm geführt haben mochte. In eigen-
thümlicher Erregung vernahm er, als sie auf seine Frage
zögernd und erst nach und nach Muth gewinnend erzählte,
wie die Einsamkeit im Hause des Vetters ihr unerträglich
geworden, wie sie sich in die Welt hinausgesehnt und sich
vorgenommen, das freie Leben der Wildschützen zu theilen.
Sie wolle bei ihnen bleiben und ihre Wirthschafterin sein.
Was sie sagte, war keine Lüge, und doch war es die Wahrheit nicht. Als Hiesel fort war, hatte sie erst gefühlt, wie
sehr ihr Herz an ihm hing, sie hatte sich erst darüber ge-
grämt, daß auch d e r Mann zu den Ausgestoßenen gehöre,
bei dessen Anblick ihr zum ersten Male eine Ahnung davon
aufgegangen, was wahre Liebe ist: dann rüttelte sie an ihren
Vorsätzen, einen andern Lebensweg einzuschlagen, und das
leichte Gebäude stürzte ein — war es doch nur um Dessen
willen gebaut worden, den sie dadurch zu erringen geglaubt!
Sie verhöhnte sich selbst, daß sie solche Gedanken gehabt,
sie erkannte einen Wink des Schicksals in dem Geschehenen,
daß sie bestimmt sei, zu den Verworfenen zu gehören —
sie sträubte sich auch nicht mehr gegen den Gedanken, aber
sie wollte auch den Preis erringen, um welchen sie sich selber
verloren gab — darum folgte sie ihm.

Hiesel durchschaute wohl den Grund dieser Anhänglichkeit; sie bewegte ihn und erfüllte ihn mit Mitleid; die
Stelle, an welcher Monika's Bild eingeprägt, war die
einzige noch unentweihte seines Gemüths. Er verbarg,

was er dachte, und wies Kundel freundlich aber ruhig zurück. „Das geht nicht, Kundel," sagte er. „Du mußt eine sonderbare Vorstellung von unserem Leben haben; wir sind ein unstetes Volk, das keine Wirthschafterin braucht. Geh' wieder zu Deinem Vetter, ich mein's gut mit Dir; zum Dank für Deine Wart' und Pfleg' kannst die Nacht bei uns bleiben, morgen aber soll Dich der Mann da in Deine Heimath führen, und da bleib' . . . wie ich's kann, will ich in die Gegend kommen und Dich heimsuchen . . ." Er winkte Jenen herbei; Kundel stand mit niedergeschlagenen Augen, traurig und ohne Widerstreben ließ sie sich hinweg-führen.

Der Wildschützen-Hauptmann kehrte nicht zu seinen Genossen zurück. Er setzte sich auf einen waldigen Vor-sprung des Schloßhügels und sah der Sonne zu, wie sie vollends hinunterging. Dichtes Gewölk zog sich wie eine schwarze Mauer am Horizonte hin; als der Feuerball da-hinter niedersank, flammte es auf wie ein Meer von roth-glühendem Metall und warf einen unheimlichen Gluthschein über die weite Landschaft. Hiesel gewahrte es nicht; er saß in Sinnen verloren, bis es dunkelte. Auch in ihm war es düster und nächtlich geworden. Lärm und Licht des Tages waren erloschen und verstummt, nichts blieb davon zurück, als ein todter, schwarzer, unheimlicher Kern. Da kam der Mond über den Bergen herauf — das eine Licht in der Nacht, wie in seinem Innern die Erinnerung an das wackere Mädchen, dem er sein besseres Selbst zu eigen gegeben, das ihn geliebt und doch von sich gestoßen. Aber die Erin-nerungen schwammen und schwebten durch einander, und neben Monika's reinem Bilde tauchte eine verlockende Ge-stalt auf . . . er sah sie wie durch einen Fiebertraum über ihn gebeugt seinen Athemzug belauschen, sah in dunkle Feueraugen, in Augen, aus denen ein Gefühl sprach, nach dem sein Herz begehrte. . .

Da rauschte es durch den nächtlichen Wald ... aufspringend glaubte er ein Gewand unter den Bäumen verschwinden zu sehen ... er eilte nach.

Die Wolkenwand war hoch in den Himmel heraufgerückt und bedeckte den Mond.

5.

Der Höhenpunkt war erreicht — das Gestirn des Glücks begann zu sinken.

Wieder waren die Wanderzüge mehrere Monate hindurch fortgesetzt worden und immer wieder waren Sieg und Erfolg den Wildschützen treu geblieben, aber eben damit stieg auch die Gefahr ihrer Lage, denn endlich mußten Macht und Gesetz, denen sie immer wilder und rücksichtsloser Trotz boten, sich zu einem ernsten und entscheidenden Widerstande aufraffen, wollten sie nicht vor Denen, über die sie bisher die unbestrittene Herrschaft geübt, ihre Ohnmacht eingestehen und damit verrathen, auf wie schwachen Stützen diese Herrschaft ruhte. Man begann einzusehen, daß gegen die verwegene Schaar und den entschlossenen Sinn ihres Führers die gewöhnlichen kleinen Mittel nicht ausreichten; die Verfolgung wurde daher anscheinend aufgegeben oder auf blos zufällige Plänkeleien beschränkt, aber der Rückzug hatte nur den Zweck der Sammlung, um mit erneuten Kräften einen entscheidenden Schlag zu führen. Was Hiesel von seiner Seite gerühmt, daß er Krieg führe gegen Jäger und Jagd, war in anderem Sinne zur Wahrheit geworden: die durch Zersplitterung gebundenen Kräfte des Reichs rafften sich auf zum Vernichtungskriege gegen den Mann, der ihnen zuerst den Frieden gekündet: in ihm und seinen Gefährten loderte ein Geist der Empörung, der leicht von dem Gebiete des Jagdrechts einen Funken auch auf andere Theile des öffentlichen Lebens schleudern und einen unlöschbaren Brand hervorbringen konnte:

An Brennstoff dazu war nirgends Mangel.

Dennoch war die äußere Gefahr, welche gegen die Wildschützen heanrückte, noch nicht so drohend als eine innere, die sich aus dem Wesen und Zweck ihrer Verbindung entwickelte. Bisher waren die Mittel zum Unterhalte der Bande nicht eben schwer zu erringen gewesen; der Verkauf des erlegten Wildes war eine Quelle, welche reichlich strömte und unversiegbar schien, aber allgemach waren die großen Waldungen und Gehege alle durchstreift, und der Wildstand fast überall, wo nicht zerstört, doch in einer Weise vermindert, welche die Ausbeute der Wildschützen immer spärlicher machte, den Bauern aber die Gewißheit gab, daß Jahre der sorgfältigsten Hegung nöthig waren, ehe sie wieder für ihre Aecker und Ernten zu fürchten hatten. So lange Furcht und Gefahr über Allen gehangen, so lange die uneigennützigen Befreier nur brachten, ohne etwas für sich zu fordern: so lange waren sie überall mit Freude begrüßt, als willkommene Gäste empfangen und bewirthet worden — als sie wiederkommen und die Gastfreundschaft suchen mußten, war der Zustand der Befreiung schon ein gewohnter geworden, die Tage der Noth waren fast vergessen, und die Retter wurden nicht selten als ebenso lästige Besucher angesehen, wie die früheren Dränger — die Aufgabe der Bande war erfüllt; der Boden, auf dem sie stand, entwich ihr unter den Füßen.

Es war im Spätherbste. Unter einer mächtigen Buche am Waldesrande saß Hiesel und sah über abgeräumte Saatfelder hin auf die weitgedehnten Wälder des Lechgebiets, dem er sich allmälig wieder genähert hatte; er dachte, Baierns Forsten einen Besuch zu machen, nachdem er bisher hauptsächlich in Schwaben, im Allgäu, bis nach Ulm und im Württembergischen gehaust. Aus einem grünen Waldstriche sah der Kirchthurm des Dorfes empor, an dessen Hahn er noch kürzlich seine Büchse erprobt hatte; über Stoppeln wehten und flogen schon die weißen Fäden der Feldspinnen; baldige Kälte verkündend, schwebte hoch oben ein Dreieck von Wildgänsen dem Süden zu, das Buchen= laub hatte bereits begonnen sich zu röthen, und einzelne vorzeitig dürr gewordene Blätter fielen schon zu den Wur= zeln nieder, aus denen sie ein kurzes Sommerleben gesogen.

Hiesel war nicht mehr der Alte. Er war klug genug, die Lage zu begreifen, aber ihm erschien sein Werk noch lange nicht gethan, die Aufgabe blieb, wenn auch der Schauplatz wechseln mußte; die böhmischen und bairischen Wälder boten noch einen weiten Spielraum, und auch jene in Franken und Oberpfalz lagen ihm nicht zu entfernt. Mit dem steten Brüten und Aussinnen neuer Entwürfe für die Zukunft, mit dem Bestreben, eine augenblicklich unangenehme Gegenwart zu überdauern, war eine immer dunklere und ver= schlossenere Stimmung über ihn gekommen; der Gesang war fast verstummt; die Fröhlichkeit seines Gemüthes, die in der letzten Zeit doch noch manchmal in der tollen Lust einer überreizten Stimmung zum Durchbruche gekommen, war erstorben; eine beinahe feindliche Scheu hielt ihn ab, mit Menschen zusammenzutreffen — es war wohl das peini= gende, wenn auch sich selbst kaum eingestandene Bewußtsein, daß er ihnen nicht mehr angehörte, daß auch das letzte reine Band, das ihn noch mit Welt und Menschen zusammen= gehalten, entweiht und zerrissen war.

Kundel war nicht bei der Bande geblieben, hatte sie aber auch nicht wieder verlassen; sie hielt sich fortwährend in deren Nähe und in stetem Verkehr mit ihr: als Lumpensammlerin mit einem kleinen Krame von Faden, Häkchen und Band durchzog sie die umliegenden Gegenden

und konnte auf diese Weise leicht Alles, woran den
Genossen gelegen war, in verdachtloser Weise erkunden
und ihnen mittheilen. Wenn sie fern war, fühlte Hiesel
sein Gemüth wie von einer schweren Last befreit, er glaubte,
von ihr los zu sein, und kein Verlangen schien ihn an sie
zu binden; wenn sie aber wiederkam, wenn er ihre glühende,
unverhehlte und unerschütterliche Neigung sah, wenn er sich
geliebt sah, wie sein im Grunde weiches Herz es sehnend
verlangte und niemals erreicht zu haben glaubte — dann
ermattete sein Widerstreben, und die alten Bande umschlan-
gen ihn wieder. Wollte der Gedanke an Monika vor ihm
auftauchen, so hielt er mit Gewalt das Bild der ernsten
Mahnerin fern; er verlachte sich selbst, daß er noch ihrer
gedenke, während sie doch für ihn unwiederbringlich verloren war — sie hatte die flüchtige Neigung, wenn sie ja
eine solche empfunden, sicher längst besiegt, hatte ihn vergessen und saß wohl schon geraume Zeit als behäbige,
stattliche Bäuerin auf dem Baumüllerhofe. Ihm war es
nicht vergönnt, ein eigenes Plätzchen als Garten einzufrieden
und sich einen dauernden Blumenflor darin zu ziehen —
warum sollte er die Blume nicht pflücken, die wie eine
wilde, glühende Heckenrose willig und üppig an seinem
einsamen Waldpfade emporrankte?

Auch von seinen Genossen zog Hiesel sich mehr zurück
als früher; der Einzige, der ihm fast nie von der Seite
wich, war der Bube, der, in seiner Anhänglichkeit mit dem
treuen Tiras wetteifernd, ihn wie dieser auf Schritt und
Tritt begleitete, ein zweiter, nicht minder ergebener, nimmer
ruhender Wächter. Der Knabe hatte keinen andern Gedanken, als Hiesel zu dienen und für ihn zu sorgen —
seitdem dieser die Stricke an seinen Händen zerschnitten
und ihn befreit hatte, stand ihm Hiesel wie ein Held und
Herrscher vor Augen, und er begriff nicht, wie irgend
Jemand sich erkühnen konnte, seinem Gebieter nicht zu ge-

horchen. Ein Wink Hiesel's war ihm ein unverbrüchliches
Gebot, und weil dieser so viele Ergebenheit zu würdigen
wußte und ihn oft zum Vertrauten geheimer Pläne und
Unternehmungen machte, ward er gar bald von Manchem
aus der Bande mit scheelen Blicken angesehen und als
Zwischenträger verdächtigt, der Rede und That der Andern
belausche, um sie ihm zu hinterbringen. Ein Zug von
Tücke und hämischem Uebermuthe in seinem Wesen diente
nur dazu, den Argwohn zu befestigen; er grollte Jedem,
der sich Hiesel nicht so unbedingt unterwarf, wie er es ge=
than. Offenheit, Wärme und Herzlichkeit hatte er für
Niemand, als für ihn.

Auch diesmal war Anderl' nicht weit, er saß etwas
seitwärts, um Hiesel nicht zu stören; er putzte Lauf und
Schloß seiner Büchse mit dem Aermel blank und streichelte
den Hund, der ihm den Kopf auf die Kniee gelegt hatte,
mit unverwandten Augen den Herrn beobachtend. Dazu
summte er einen Absatz eines Volksliedes, das ihm, er
wußte nicht wie, in die Kehle kam; Hiesel stimmte leise mit
ein, es ging etwas wie eine Ahnung durch seine Seele, daß
des Liedes Inhalt auch ihm gelte . . . es lautete so:

> Jetzund geht's an's Abschied-Nehma,
> Die schö' Zeit is' gar:
> Mußt Di halt nit d'rüber gräma,
> Schau, sie werd' schon wieder kemma (kommen)
> Auf ein ander's Jahr!

Das Knurren des Hundes unterbrach den Gesang;
es war das Zeichen, das er zu geben pflegte, wenn ein
Bekannter nahte. Der Sternputzer kam heran, aber nicht
im gewöhnlichen grünen Schützenrocke, sondern im Gewande
eines mit Arzneien, Mithridat und andern Hausmitteln
herumziehenden Quacksalbers. „Da bin ich wieder," rief
er und setzte seinen Arzneikasten, der ihm an einem Riemen

9*

am Halse hing, behutsam in's Waldgras nieder. „Hole der Teufel das Herumwandern! Es ist nichts zu machen mehr mit den Leuten, sie fangen an, allzu gescheidt zu werden!"

„Hast Du die Kundel nicht angetroffen?" fragte Hiesel. „Ich habe sie ausgeschickt, um neuen Proviant zu kaufen, sie sollte schon lange zurück sein!"

„Hab' sie mit keinem Aug' geseh'n," entgegnete der Quacksalber, „gehört hab' ich wohl, daß sie in der Nähe sein muß, überall hab' ich erfragt, daß die Kramer-Kund'l dagewesen ist, aber überall bin ich erst nach ihr eingetroffen. ... Es ist nicht richtig, Hauptmann, es ist wieder 'was im Werke gegen uns, ein paar Compagnieen Soldaten stehen keine zwei Stunden von uns, dort hinter'm Wald..."

„Sag's dem Tiroler, Bub'," rief Hiesel, „und dem Stubele! sie sollen ihre Büchsen nehmen und gegen den Wald hin eine kleine Pürsch' machen... Wir haben doch genug Kugeln und Pulver?"

„Gewiß," entgegnete Anderl' lachend, „wenn nur die zehnte trifft, kommt uns in acht Tagen kein Scherg, kein Jäger und kein Soldat auf den Leib! Aber das Papier zu den Kugelpfropfen geht aus, ich hab' schon einen Fetzen von meinem Hemd gerissen und damit geladen!"

„Was bringst Du sonst?" fragte Hiesel, während Anderl' pfeifend tiefer in den Wald dem Platze zuging, wo eine dünne Rauchsäule über den Wipfeln aufstieg und den Lagerplatz der Bande verkündigte.

„Nicht viel Gutes," antwortete der Sternputzer und reckte sich gähnend im Grase. „Du mußt nächstens exemplum statuiren, Hauptmann, das Bauernvolk fängt an, es an dem gebührenden Respect ermangeln zu lassen! Erst diesen Morgen war ich da drüben auf dem Einödhof und wollte ein Frühstück haben... es war Niemand daheim, als die Bäuerin, die wollte nicht wissen, was sich in ihrem Küchenkasten befand, und wollte mich mit einer Schüssel blauer Milch abfertigen und mit einem Stück Schwarzbrod, wie man es dem verlornen Sohn einmal vorgebracht haben mag! Sie kannte mich, und doch mußt' ich erst an die Büchse schlagen, eh' es ihr einfiel, daß sie noch eine Flasche Kirschgeist im Schranke steh'n hatte und ein Stück Rauchfleisch!"

„Es ist Eure eig'ne Schuld, wenn Euch unfreundlich begegnet wird," rief Hiesel unwillig aus, „Ihr wißt nit umzugeh'n mit dem Bauernvolk!"

„Ohe amice!" sagte der Quacksalber. „Ich war anfangs so freundlich, wie wenn ich einem Kunden gebrannte Brodrinde als ein Arcanum aufdisputiren wollte! So zuckersüß, wie weiland bei einem Professor, den ich günstig stimmen wollte, in examine ein Auge zuzudrücken ... es half Alles nichts! Erst das argumentum ad hominem, das Klirren der Büchse, die ich unter'm Rocke versteckt hatte, schlug durch! Ich sage Dir, statuire ein exemplum, oder die Reputation ist bei'm Teufel!"

„Warst Du bei dem Kranzwirth in Pfersee und bei dem Gerber?" fragte Hiesel, wie ausweichend.

„Freilich, aber der Gerber ist ein Schuft! Ich weiß gewiß, daß ich ihm nach und nach wenigstens zwanzig Hirschdecken in's Haus gebracht habe, er aber leugnet's und will nur zehn bekommen haben. Zwanzig lumpige Gulden warf er mir hin und sagte, ich sollte nicht wieder kommen, er verdiene nichts bei dem Geschäst und könne nichts mehr wagen, die Polizei und das Gericht gingen dem Handel gar zu unerbittlich auf die Haube. . ."

„Wir werden auf andern Absatz denken müssen," sagte Hiesel, „aber wie war's mit dem Kranzwirth?"

„Der ist, wenn möglich, ein noch größerer Hallunke!" erwiderte der Sternputzer. „Er könne seine Gäste nicht mit lauter Wildpret füttern, sagte er; ich sollte mich meiner Wege scheeren, er sei uns nichts schuldig, und wenn ich nicht in Güte ginge, es sei eben Mannschaft im Orte, dann wollt' er mir Beine machen lassen!"

"Frecher Kerl!" rief Hiesel. "War ich doch selbst dabei, wie wir ihm die drei Rehe und den wilden Eber über die Planke in seinen Hof geworfen haben!"

"Er will nichts davon wissen! Was man ihm heimlich in den Hof werfe, sagte er, das könne auch ein Anderer heimlich wieder mit sich nehmen! Ich habe mich aber erkundigt und habe erfahren, daß er das Wild wohl gefunden, aber, um sich einzuschmeicheln, an den Förster abgeliefert hat?"

"Was? Das von mir erlegte Wild?" rief Hiesel zornig. "Nun, ich will ihm nächstens einen Besuch machen und ihm sagen, was das heißt!"

Der Sternputzer zuckte die Achseln. "Was wird's helfen?" sagte er. "Auch dort herum liegt die ganze Gegend voll Soldaten . . . das Dringendste ist und bleibt, *exemplum statuiren* und dafür sorgen, daß die Cameraden nicht Noth leiden und den guten Muth nicht verlieren!"

"Wo nur die Kund'l bleibt!" murmelte Hiesel, indem er wie unwillkürlich an seinen gegen frühere Tage gar sehr verschrumpften Leibgurt fühlte. "Es ist mir unbegreiflich . . . aber was besinn' ich mich lang'! Da drunten liegt ja das Dorf mit dem blinden Gockel, den ich sehend gemacht, und wo ich den Bauern wieder zu dem schweren Strafgeld verholfen habe — das ist so gut, wie eine Schuld, die ich aussteh'n habe! . . . Geh' hinunter in das Dorf," fuhr er, sich zu dem Quacksalber wendend, fort, "such' den Bauern auf, der damals mit uns gegangen ist in's Amthaus . . . sag' ihm einen schönen Gruß von mir! Der bairische Hiesel hat ihnen damals aus der Noth geholfen, jetzt sollen sie mir wieder helfen . . . wenn jedes Haus einen

Gulden beigesteuert, ist es nicht der zehnte Theil von dem, was ihnen der Amtmann abgenommen hat . . . ich verlang' es auch nit geschenkt, nur leihen sollen sie mir das Geld, es kommen wohl wieder andere Zeiten, und dann werden sie seh'n, daß Der kein schlechtes Geschäft gemacht hat, der dem bairischen Hiesel borgt!"

„Ich will reden wie Cicero!" rief der Sternputzer lachend und eilte davon. „Will auch seh'n, ob ich dem alten Filz mit seinen Aepfeln nicht ein kleines gaudium machen kann."

Hiesel wollte ebenfalls dem Lagerplatze zu, als er von der andern Seite den Ton streitender Stimmen vernahm: es war Stubele, der in heftigem Wortwechsel mit dem Buben unter den Bäumen hastig herankam. Er war roth im Gesichte, und seine Aufregung um so erkennbarer, jemehr er sonst in Allem eine gesetzte Ruhe zu bewahren wußte. „Nun," rief ihnen Hiesel verwundert entgegen, „Ihr werdet doch nicht uneins mit einander werden, jetzt, wo es gerade am nöthigsten ist, daß wir zusammenhalten?"

„Das sag' dem Buben, Hiesel, und nicht mir!" erwiderte Stubele heftig. „Leg' ihm das saubere Handwerk, Du brauchst keinen Spion unter uns!"

„Ich bin kein Spion!" rief der Bube in keckem, drohendem Tone entgegen. „Aber wer ein schlecht's Gewissen hat, der fürcht't sich, wenn man ihm hinter seine Schliche kommt!"

Stubele ward noch ergrimmter, aber er hielt an sich. „Du bist mir zu wenig, als daß ich mich an Dir vergreifen möcht'!" rief er. „Du bist dem Schulmeister zu früh davon gelaufen, aber ich erleb' es wohl noch, daß die Ruthe über Dich kommt!"

Der Bube verzog höhnisch den Mund und blinzte den Zürnenden von der Seite an. „Hab' keine Sorg' um meinen Buckel," sagte er, „ich geh' nit unter die Soldaten!"

Stubele ward todtenbleich; die Erinnerung an die erlittene schmachvolle Strafe war die immer schwärende Wunde seines Innern. „Mach', daß Du mir aus den Augen kommst, Creatur," rief er, „oder es wird nicht gut! Wehr' dem Buben seinen Uebermuth, Hiesel, oder er macht noch Alles von Dir abspenstig!"

„Still!" sagte Hiesel und trat mit dem Ansehen eines Herrschers zwischen die Streitenden. „Ich will nichts mehr davon hören! Vertragt Euch mit einander, ich will es haben, und Du, Stubele, nimm dem vorwitzigen Buben ein teckes Wort nit so übel ... er meint es gut mit mir auf seine Art, wie Du auf die Deine! ... Was habt Ihr mit einander!"

„Ich will Dir's erzählen, Hiesel," rief Anderl' eifrig, „Du sollst es dann sagen, ob er mich einen Spion nennen darf ... Weißt Du's noch, wie wir neulich die drei Soldaten getroffen haben, die sich verdingt hatten, den Bauern bei der Grummet=Ernte zu helfen? Wir hatten sie wieder erkannt: es waren solche, die schon gegen uns gestreift hatten, d'rum haben wir sie gefaßt! Du hast gesagt, wir sollten ihnen den gewöhnlichen Denkzettel geben, und bist Deiner Weg gegangen ... wie wir aber über die Kerle her wollten, die wir gebunden und hinter den Zaun geworfen hatten — da waren sie fort — der Stubele hat ihnen die Stricke abgenommen und sie entwischen lassen!"

„Warum hast Du das gethan?" fragte Hiesel befremdet.

„Es waren Soldaten von dem Regiment, bei dem ich gedient hab'," war die ruhig gegebene Antwort ... „von derselben Compagnie, bei der ich gestanden bin ..."

„Und die Dich mit Spießruthen verhauen haben?" rief Hiesel rasch. „Und denen hast Du zum Dank dafür durchgeholfen?"

„Die armen Bursche haben nur gethan, was sie thun

mußten . . . ich weiß, es ist ihnen gewiß schwer genug an=
gekommen . . . und dann war Einer darunter, der ist aus
derselben Gegend gebürtig, wo ich daheim bin — ein guter
Bursch', der mich immer gern gehabt . . . er hat oft seinen
letzten Bissen mit mir getheilt . . ."

Hiesel ergriff seine Hand und schüttelte sie. „Bist ein
ganzer Kerl, Studele," sagte er herzlich, „ich wollt', ich
hätt' ein halbes Dutzend Cameraden, wie Dich! . . . Aber
das kann doch nicht der Grund Eures Zwistes sein?"

„O, die Hauptsache kommt noch!" rief Anderl'. „Wie
Du mich vorhin fortschicktest, den Tiroler und den Studele
aufzusuchen, da machte sich der Eine gleich mit seinem
Stutzen auf den Weg; von dem da aber war nichts zu
seh'n und zu hören, er sei gegen den Hügelabhang vorge=
gangen, sagten die Andern. Ich geh' ihm also dahin nach,
und wie ich so nach allen Seiten herumgucke, da seh' ich
einen Musquetier, der sich hinter das Gesträuch versteckte
und gegen uns heranstrich. Hollah, hab' ich gedacht, und
schlich mich sachte hin, bis ich ihn auf's Korn nehmen konnte
. . . auf einmal wär' mir der Stutzen bald aus der Hand
gefallen vor Verwunderung, denn wie man eine Hand um=
kehrt, war der Musquetier nicht mehr allein . . . ein Mann
war bei ihm, der ganz vertraulich mit ihm redete . . . Ich
hab' mir die Augen ausgewischt, ob mich denn das Licht
nicht blend't, aber es war nit anders, es war kein anderer
Mensch als der Studele . . ."

Hiesel hörte in steigender Spannung zu; Studele stand
vollkommen ruhig.

„Mußt doch wissen, was die Zwei so heimlich mit
einander auszumachen haben, hab' ich mir gedacht . . . wie
ich aber just so nahe war, daß ich's hätt' hören können . . .
da hat ein Ast geknackt, auf den ich getreten bin . . . sie
bemerkten mich, im Hui war der Soldat davon, der Studele

aber sprang auf mich los, hat mich anpacken wollen und hat mich geschimpft . . ."

„Und darf man nicht wissen, was Du mit dem Soldaten verhandelt hast?" fragte Hiesel ernsthaft.

„Hättest den Spitzel da nicht gebraucht, um das zu erfahren," erwiderte Stubele, „auch ohne das wär' ich jetzt schon bei Dir, um Dir zu sagen, was geschehen ist . . . Der Soldat ist der nämliche gewesen, dem ich durchgeholfen hab'; mein Schlafcamerad in der Casern'! Der ganze schwäbische Kreis hat seine Mannschaft aufgeboten gegen uns . . . eine halbe Compagnie ist unterwegs gegen uns: da hat's dem guten Kerl keine Ruh' gelassen, er hat mir's vergelten wollen, daß ich ihm beigestanden bin . . . auf die Gefahr hin, daß er, wenn er erwischt wird, seiner Lebtag den Karren schieben muß, hat er sich weggeschlichen, um mich zu warnen . . . hat mir auch sonst noch eine wichtige Nachricht gebracht . . ."

„Was für eine Nachricht?"

„Mein Schlafcamerad hat's gar wohl gewußt, warum ich's in dem Soldatenrock nit ausgehalten hab' und immer wieder desertirt bin . . . ich hab's nit ertragen können, den ganzen Tag in der Casern' oder auf dem Exercierplatz sich hudeln zu lassen: wär's nur in's Feld gegangen, ich wär' gewiß nit davon gelaufen . . . Die Nachricht, die er mir gebracht hat, ist die, daß es wieder losgeht, daß es wieder Krieg giebt! Wie und warum, das weiß ich nicht, aber der alte Fritz von Preußen rührt sich wieder, und seine Werber sitzen schon in Ulm . . ."

Ueber Hiesel's Mienen ging eine rasche Bewegung, doch er schwieg.

„Ich will Dir 'was sagen, Hiesel," fuhr Stubele nach kurzem Innehalten fort und trat ihm näher, als habe er ihm ein Geheimniß zu vertrauen. „Das Wort ist mir in den Sinn gefahren, wie der Funken in's Pulver . . . es brennt lichterloh und läßt mir keine Ruhe mehr . . . ich will fort, Hiesel, nach Ulm, Handgeld von den Werbern nehmen und in den Krieg marschiren . . .“

Mit einem Blicke der Ueberraschung und des Vorwurfs sah ihm Hiesel in's Gesicht und faßte nach seiner Hand. „Du willst mich verlassen?“ rief er. „Der Beste von allen meinen Cameraden will von mir geh'n?“

„Das will ich nit, Hiesel . . . ich mein', wir sollten erst recht beisammen bleiben: ich mein', Du solltest mit mir geh'n, Hiesel, und auch fortmarschiren . . .“

Hiesel ließ seine Hand fahren. „Was fällt Dir ein?“ sagte er. „Haben wir's nit Alle einander versprochen und zugeschworen, daß wir nit von einander lassen, so lang' ein lebendiger Blutstropfen in uns ist?“

„Ich weiß nit, Hiesel . . . aber mir kommt's vor, als wenn das Versprechen uns nimmer lang' binden sollt' . . . als wenn's mit uns zu End' ging', und Alles aus einander fallet' . . . es ist am End' gescheidter, wir geh'n freiwillig, eh' wir müssen . . .“

„Ich nicht!“ erwiderte Hiesel fest. „Und wenn's noch schlimmer ständ', als es steht, von mir soll Niemand sagen, daß ich die Courage verloren hab' . . . daß ich das, was ich mir vorgenommen hab', nit hätt' ausführen können, und wenn Alle geh'n, will ich der Letzte sein!“

„Red' nit so, Hiesel! Hast doch oft gesagt, daß Du gern ein Kriegssoldat werden möchtest!“

„Das ist früher gewesen,“ erwiderte Hiesel düster, „damals waren noch andere Zeiten, das ist lang' zu spät!“

„Es ist nit zu spät, versuch's nur, Hiesel, und geh' mit mir! Bei den Werbern kennt uns Niemand . . . wir sind gute Schützen, sie werden nit so genau nachfragen und nehmen uns gewiß . . .“

„B'hüt' Dich Gott,“ sagte Hiesel kurz, „ich bleib' da!“

„Hiesel!“ rief Stubele warm werbend, „ich kann nicht

so von Dir geh'n! Ich hab' Dich gern, es kommt mich
zu hart an, wenn ich denken soll, daß ein Kerl wie Du, der
wohl zu 'was Besserem auf der Welt ist, vielleicht zu Grund'
gehen muß auf eine schlechte, elende Weis'! Im Krieg
kann Jeder Alles werden, Du könntest Dich aufschwingen,
wer weiß, wie weit, könntest zu Ehren kommen ..."

„Zu Ehren kommen?" entgegnete Hiesel stolz. „Ich
brauche nicht zu Ehren zu kommen, denn ich hab' meine
Ehr' nit verloren! Meine Ehr' ist der Stutzen da, meine
Ehr' ist, daß ich bei dem aushalt' bis in den Tod! Ich
bin ein Wildschütz 'worden und hab' gewußt, was ich thu'
... ich will ein Wildschütz bleiben!"

„Ein Wildschütz?" erwiderte Studele mit Bedeutung.
„Wenn's nur das wär', meinst, mich brächten dann vier
Roß' von Dir weg? Hab' ich's nit auch so im Sinn gehabt, wie Du? Aber der Nam', den sie uns geben, ist
ganz ein anderer!"

Hiesel sah ihn durchdringend an. „Und wie ist der
Nam', den sie uns geben?" fragte er.

„Ich mag's Dir nit sagen ... lies es selbst!" entgegnete Studele und zog einen breiten Zettel mit großen ge-
druckten Buchstaben aus der Waidtasche hervor. „Solche
Placate haben sie heut' in allen Dörfern ausgetheilt und
an allen Kirchthüren und Wirthshäusern angeschlagen."

Es war ein Steckbrief des Gerichts zu Dillingen gegen
Mathias Klostermaier, der bairische Hiesel genannt, und
gegen seine Bande — Niemand solle sie beherbergen, Niemand ihnen Nahrung reichen bei schwerer Strafe: ein Preis
von tausend Gulden war ausgesetzt auf den Kopf des
Räuberhauptmanns.

Hiesel las, ohne daß eine Wimper seines Auges zuckte.
„Räuberhauptmann!" sagte er dann. „Ich hab' es vorher
gewußt, daß es einmal so kommen wird — aber was liegt
daran, wie mich Diejenigen nennen, die dem Volke feind,

sind, wie mir? Ich bin der Freund des Volkes, und das
giebt mir einen andern Namen . . . Nimm, Anderl'! Das
ist ein prächtiges, starkes Papier — das giebt treffliche
Kugelpfropfen . . . Lad' mir meinen Stutzen damit, Bub' . . .
ich will ihnen den Räuberhauptmann als Antwort zurück=
schicken!"

„O Hiesel, Hiesel, nimm es nicht zu leicht!" rief Stubele
bittend, während Anderl' lachend das Placat zerriß und
die Büchse lud. „Ich kann Dir nicht sagen, wie es mir
schwer ist um's Herz . . . Ueberleg' Dir's noch einmal und
geh' mit!"

„Eilt's denn gar so sehr?" rief der Bub' und ließ den
Ladestock aus dem Rohre springen. „Wir müssen es uns
doch erst überlegen! Jetzt können wir nit fort . . . die
Soldaten sind in der Näh': wir warten, bis sie kommen,
das Davonlaufen überlassen wir Andern!"

Stubele machte unwillkürlich eine Bewegung, als wollte
er die Büchse von der Schulter reißen; er besann sich aber
und erwiderte finster: „Ich red' nit mehr mit Dir — das
Davonlaufen wirft mir im Ernst Keiner vor, und Du danke
Gott, wenn Dir nicht einmal das Herz mehr im Leib zittert
als mir! . . . Ich will jetzt gleich geh'n und die Streif' nit
abwarten, und ich glaub', es ist keine Schand', wenn ich es
sag'! Der bairische Hiesel wird auch ohne mich mit den
Soldaten fertig — ich aber will nicht meinem alten Schlaf=
cameraden als Feind gegenübersteh'n und ihm vielleicht
zum Dank eine Kugel in sein gutes Herz schießen . . . Du
verstehst mich, Hiesel, nit wahr? Ich geh' — und wenn's
denn wirklich sein muß, daß ich allein geh'n soll . . . so
b'hüt' Dich Gott!

„B'hüt' Gott . . ."

„Darfst mir wohl die Hand geben," fuhr Stubele fort,
da Hiesel unbeweglich stand und finster zu Boden sah.
„Ich hab' manches Mal nit Ja gesagt zu dem, was Du

gesagt hast und gethan . . . aber ehrlicher hat's Keiner mit Dir gemeint, als ich)! Solltest wohl meine Hand fassen, Hiesel, und nimmer los lassen!"

Schweigend reichte ihm Hiesel die Hand und ging dem Lagerplatze zu; Stubele sah ihm nach, bis er unter den Bäumen verschwunden war. —

Als Hiesel dem Lagerplatze der Bande näher kam, hielt der Bub', der wie ein Spürhund immer um einige Schritte voraus war, plötzlich inne und legte den Finger auf den Mund, zum Zeichen, daß es Besonderes zu hören gebe: man brauchte nicht zu horchen, das Gespräch der Räuber wurde laut und ohne Scheu geführt.

"Ei was," ließ sich die Stimme des Blauen vernehmen, "ich mag nit mehr herumgeh'n wie die Katz' um den heißen Brei, ich hab' das Ding satt! Tag und Nacht nichts als Müh' und Gefahr aussteh'n, keinen Augenblick sicher sein, daß nit eine Kugel Dir das Lebenslicht ausblas't, und noch dazu Hunger leiden . . ."

"Und Durst!" sagte der Sattler. "Der Schnaps ist schon eine Rarität geworden; — so hart es mich auch angekommen ist, hab' ich mich gestern entschließen müssen, aus dem Bach zu saufen wie ein Vieh!"

"Ich bin in meiner Kanzlei nicht so zusammengeschnurrt gewesen," begann der Blaue wieder. "Hol' mich der Teufel, das Campiren im Wald bei jeder Witterung bringt mich fast so weit, daß ich mich ordentlich zurücksehne in meine eiskalte Stube im Amthaus!"

"Ja, was ist da zu machen!" rief der Lissabonerbäck. "Das muß man eben nehmen wie das Wetter — wenn sich's genug geregnet hat, hört's auf. Das Wildpret wächst halt nit nach, wie das Gras, wenn's abgemäht ist!"

"D'rum sollte der Hauptmann Mittel machen!" sagte der Blaue. "Warum haben wir ihn zum Hauptmann gemacht, als damit er für uns Alle sorgt? Wenn er uns nur wenigstens freier handtiren ließ', . . . dann sollt' es mir an nichts fehlen, aber er nimmt es strenger als je . . . keinem Menschen soll man ein unschönes Wort sagen, und er macht schon ein schiefes Gesicht, wenn man eine Rübe aus dem Acker zieht!"

„D'rum hab' ich mir meinen Plan schon gemacht!" rief der Sattler. „Mein Gewissen ist nicht so zart, und ich will nicht verhungern, wenn die volle Schüssel vor mir steht! Ich bin neulich," fuhr er, um sich blickend, etwas heimlicher fort, „in einen Pfarrhof gekommen, um Geld für Wild= pret abzuholen — da hab' ich den Kasten seh'n, wo der Pfarrer sein Geld aufbewahrt . . . es sind ein halb Dutzend Rollen darin, eine lockender und runder als die andere — ich hab' mir Alles wohl gemerkt, und nächstens geh' ich hin und will einmal nachseh'n, ob das Geld in die Rollen richtig eingezählt ist!"

„Nimm Dich nur in Acht, daß der Hauptmann nicht davon Wind bekommt," lachte der Blaue, „sonst bist Du geliefert!"

„Was will er mir sagen?" rief der Sattler. „Wenn er nicht für uns sorgt, werd' ich wohl selber für mich sorgen dürfen? Ich bin nicht so dumm, wie der Rothe! Mir wenn er es so gemacht und mich wegen einer solchen Lumperei fortgeschickt hätte, hätt' ich ihm anders geantwortet! Wer A sagt, muß auch B sagen, und wenn der Hauptmann über die Fürsten und Herren herfällt, nehm' ich die Pfarrhöfe und Klöster vor . . . er nimmt das zu viele Wildpret, ich nehme das zu viele Geld! Was dem Einen recht ist, ist dem Andern billig — ich möcht' hören, was er dagegen einzu= wenden hätte!"

„Nichts!" rief Hiesel und trat rasch aus dem Gebüsche vor. „Nichts — als daß ich Dir mit einer Kugel einen Strich durch Deinen Gaunerplan machen werde! Was habt

Ihr mir geschworen? Ihr wollt Hiesel's Cameraden sein und den Leuten bei Nacht in die Häuser brechen und stehlen? Schufte, die Ihr seid, nicht werth, daß ich mich jemals mit Euch abgegeben habe!"

„Ohe, nicht gar so hitzig!" rief der Sattler frech. „Man wird doch auch noch ein Wort sagen dürfen!"

„Ein solches nicht!" rief Hiesel entgegen. „Geht aus einander, wenn Ihr wollt! Geht — ich halte Keinen auf, der die guten Tage mit mir getheilt hat, und dem es jetzt zu schwer wird, in den schlimmen bei mir auszuhalten — ich entlasse Euch Eures Schwurs: aber so lang' Ihr meine Leute seid, bin ich Euer Hauptmann und jage Jedem eine Kugel durch's Hirn, der mich zu dem machen will, was ich nicht bin und nicht sein will, zu einem Dieb und Räuber!"

„Das wollen wir ja auch nicht!" sagte der Blaue begütigend. „Aber Du kannst es uns auch nicht verdenken, wenn man eines solchen Lebens überdrüssig wird! Das Brod ist schon zwei Tage aus, das Fäßl ist leer, und was wollen ein paar elende Hasen bedeuten für so Viele! Das ist uns nicht gesagt werden, wie wir uns Dir versprochen haben . . . da hat's auch anders gelautet!"

„Und ist es meine Schuld, wenn wir ein bissel im Gedräng' sind? Wir werden wieder in andere Gegenden kommen, wo's eine reichere Ernte giebt! Theil' ich nicht Alles mit Euch, hab' ich nur das Geringste vor Euch voraus? Also ertragt, wie ich, was ertragen werden muß: so lang' ich's vermag, soll es Euch an nichts fehlen, und für heute hab' ich Euch eine ordentliche Mahlzeit zugedacht! Wir geh'n in das Dorf da hinunter . . . da kommt just der Sternputzer zurück, den ich hingeschickt hab' — der wird die Einladung bringen! — Nun?" rief er dem Hereneilenden entgegen. „Klingt es schon in Deiner Tasche? Sind die Bakern schon unterwegs, uns entgegen zu laufen?"

„Hab' nichts davon verspürt!" erwiderte der Stern=
putzer. „Exemplum statuiren, Hauptmann — ich sag'
es noch einmal, sonst ist die Reputation verloren!"

„Hast Du mit den Bauern gesprochen? Haben sie die
Lumperei nicht gleich zusammengelegt? Sie haben ... es
kann nit anders sein!"

„Laß mich nur erzählen, Hauptmann ... ich kam in's
Dorf und habe mich schon von fern darauf gefreut, dem
alten Mauthner einen Streich zu spielen: ich hab' die Aepfel
noch nicht vergessen, die er uns nicht vergönnt hat, aber
wie ich hinkam, war's nichts damit, das Haus war nach
allen Seiten verschlossen, und die Läden zu ... Hm, dacht'
ich, wird ihm wohl der Geizteufel den Kragen umgedreht
haben und ging weiter. War aber kaum ein paar Schritte
weit, als ich einen Mann spornstreichs quer über die Fel=
der laufen sah ... war's richtig mein Alter! Er hatte
feinere Augen gehabt als ich, hatte mich kommen seh'n und
sich bei Zeiten aus dem Staube gemacht! Im Dorfe
wollte mir's auch nicht scheinen, als wenn sie Triumphpforten
für uns bauen wollten ... ich hatte meinen Schützenrock
angezogen, um mich in Respect zu setzen; jedes Kind kennt
den Rock auf fünfzig Stunden im Umkreis — aber Nie=
mand kam heraus, mich zu begrüßen, und wo sich ein Kopf
am Fenster sehen ließ, da war er wie der Blitz wieder ver=
schwunden!"

„Aber der Bauer ... ich glaub', es war der Kirchen=
pfleger ... was sagte der?"

„Der? Nicht viel, Hauptmann. Erst sah er mich an,
als ob ich böhmisch mit ihm gered't hätte ... dann kratzt'
er sich hinter den Ohren und fing zu husten an ... er
könne das nicht übernehmen, sagte er dann; er wisse im
Voraus, daß die Bauern nichts geben würden, sie könnten
auch nicht vor Armuth und dürften nicht, es sei vom Ge=
richt verboten, dem Hiesel und seinen Leuten zu geben, und

wenn er mir gut rathen könne, so sollt' ich machen, daß
ich aus dem Dorfe käme, eh' der Amtmann von mir
hörte . . ."

„Das . . . das hat der Bauer gesagt?" stieß Hiesel
hervor. „Das hat er gewagt, dem bairischen Hiesel als
Antwort zu sagen?"

„In optima forma!" erwiderte der Sternputzer. „Siehst
Du's nun ein, daß nichts übrig bleibt, als exemplum statuiren?"

Hiesel war eine Secunde lang wie außer sich und biß
sich fast die Unterlippe wund. „Brecht auf, Wildschützen!"
rief er dann. „Wir geh'n hinunter in das Dorf — ich
hab' Euch eine Mahlzeit versprochen, und Ihr sollt sie
haben, so wahr ich Euer Hauptmann bin! Kommt, Cameraden — die Antwort muß ich selber hören!"

Mit wildem Geschrei drängten sich Alle um den Füh-
rer und stürmten dem Dorfe zu.

„Da bin ich," rief Hiesel in's Wirthshaus tretend
dem Wirthe entgegen, der ihn mit kriechenden Bücklingen,
die grüne Schlegelkappe in der Hand, empfing. „Du kennst
mich doch?"

„O . . . freilich . . ." stammelte der Wirth, „wer
sollt' den Herrn Hiesel nicht kennen? Was verschafft mir
die besondere Ehr'?"

„Dumme Frag' für einen Wirth!" erwiderte Hiesel.
„Aufgetragen, was Küche und Keller vermag — wir bleiben über Nacht bei Dir und wollen's uns wohl sein lassen! . . . Nun, wo fehlt's?" fuhr er auf, als der Wirth
noch immer zögernd auf einem Flecke stehen blieb und nur
mit weit ausgestrecktem Arme furchtsam nach dem Spiegel
deutete, an welchem das Dillinger Placat, weithin leser-
lich, angebracht war. „Ist es nichts als das?" rief Hiesel lachend. „Dafür kann geholfen werden — was man
gezwungen thut, dafür kann einem kein Haar gekrümmt

werden, also frisch Cameraden! Damit dem Wirth nichts
zu Leid geschehen kann, nehmt ihm die Schlüssel des Hauses ab, postirt Euch in Küche und Keller — bis morgen
ist das Haus mein, und ich bin der Wirth! Schreibt aber
Alles auf das Genau'ste auf, — morgen rechnen wir ab
und zahlen: morgen haben wir Geld genug, und ein paar
von Euch geh'n und schaffen mir den Kirchenpfleger her —
mit dem hab' ich ein Wörtel zu reden!"

Das war ein Auftrag, wie er den wilden Gesellen nicht
willkommener werden konnte. Lachend fielen sie über den
Wirth her, zogen ihm den Schlüsselbund, den er unter der
weißen Brustschürze verborgen hatte, hervor und stürmten
unter Jubel und Geschrei in die verschiedenen Gelasse des
Hauses. Die Einen stiegen in den Keller, um die Fässer
zu proben, und riefen bald herauf, sie hätten dasjenige
schon herausgefunden, auf dem die schwarze Katze sitze;
Andere schäferten mit den Mägden in der Küche und schür-
ten ein Feuer an, daß es zum Kamin empor loderte, wieder Andere wühlten zur Verzweiflung der Wirthin im
Wäschschranke, um das Tafelgedeck und die Tischzeuge her-
vorzusuchen, die sonst nur bei einer großen Hochzeit oder
gar nur bei einer Primiz zu paradiren gewohnt waren.
Die Wirthin konnte den Jammer nicht mit ansehen und
schloß sich weinend in die hinterste Kammer ein, der Wirth
wurde mitgeschleppt und mußte, so sauer es ihn ankam, in
das Lachen einstimmen: er wagte nicht, die schonungslosen
und gewaltthätigen Gesellen noch mehr zu reizen.

Der Hauptmann wehrte ihnen nicht ab; in unruhiger,
hastiger Bewegung schritt er selbst in der Stube hin und
wider. Schon Studele's Entfernung hatte ihn mehr ergriffen, als er es äußerlich gezeigt; die Entdeckung über
die schlechte Gesinnung seiner Genossen hatte die Erregung
gesteigert, durch die Nachricht von der Weigerung der
Bauern war sie zur Erbitterung geworden — es bedurfte

nur noch eines Anstoßes, so brach die Zornwuth los, die ihn wohl manchmal in besonders leidenschaftlichen Augen= blicken übermannte.

„Bist Du der Kerl," rief er dem kreidebleichen Kirchen= pfleger zu, der, von zwei Schützen geschleppt, hereinwankte, „bist Du's, der sich untersteht, dem bairischen Hiesel mit dem Amtmann zu droh'n?"

Ehe der Mann etwas zu erwidern vermochte, erschien schreiend und weinend sein Weib, das ihm gefolgt war, in der Thüre und versuchte, sich hinein zu drängen. „Laßt mir das Weib nit herein!" rief Hiesel wild. „Wir haben nichts mit Weibern zu thun, schafft mir sie fort ... Bit= ten und Betteln hilft nichts! Wenn sie ihren Mann ret= ten will, soll sie machen, daß in fünf Minuten das Geld auf dem Tische liegt, sonst steh' ich für nichts!"

Heulend rannte die Bäuerin, die Hiesel so hart von dannen geschickt hatte, das Dorf entlang davon.

Der Bauer war eine nicht eben kräftige Gestalt, aber, wenn auch tödtlich erschrocken, war er doch nicht muthlos und unmännlich. „Was wollt Ihr mit mir?" fragte er. „Was soll's sein?"

„Das fragst noch?" schrie Hiesel. „Hast Du Dich nit geweigert, das Geld, das ich verlangt hab', zusammenzu= bringen? Hast vielleicht den Andern noch abgered't? Hast mir mit dem Amtmann gedroht? Nun schau, weil Du so gut für die Andern sorgst, nehm' ich Dich für Alle bei'm Schopf! Du mußt jetzt das Geld schaffen, jetzt verlang' ich's von Dir! Nicht, als wenn ich den Bettel durchaus haben müßt' ... aber ich laß' mir keine abschlägige Ant= wort geben, wenn ich mich einmal auf's Bitten verlegt hab'! Ich will's nit behalten — ich sag' Dir nochmals, ich will's nur geliehen haben ... aber her muß das Geld, und Du mußt es schaffen, oder Du bist hin!"

„In Gottes Namen," sagte der Bauer, „das kann ich nit und das will ich nit!"

„Nit?" rief Hiesel, sprang wie wüthend gegen den Mann vor und hob den Stutzen zum zerschmetternden Kolbenschlage; da erscholl vom Kirchthurme lautes, helles Geläute. Wohl war es um die Zeit, zu welcher gewöhnlich das Zeichen zum Abendgebete mit der Glocke gegeben ward, aber das Läuten tönte nicht wie sonst in langsam friedlichen, zur Ruhe einladenden Schwingungen, sondern in kurzen, rauhen und abgestoßenen Schlägen, eine tiefere Glocke bröhnte unheimlich, eine hellere wimmerte wie Klagruf darein.

„Was ist das?" rief Hiesel, während die Schützen nach der Thüre eilten; „das ist nicht Gebetläuten! Ist Feuer im Dorf?"

Im Augenblicke klirrte eine eingeschlagene Fensterscheibe in die Stube, und der Bube, der draußen herumgeschlichen war, rief herein: „Heraus, Cameraden, sie läuten Sturm! Heraus, Hiesel! Sie kommen, es geht gegen uns!"

Diese Botschaft hatte in einem Augenblicke das ganze beginnende fröhliche Gelage umgestaltet. Mahl und Trank, Scherz und Erholung waren vergessen, der Gefangene entsprang, und schon im nächsten Augenblicke stand die ganze Schaar der Wildschützen kampfgerüstet vor dem Wirthshause, im Rücken durch die Wand eines hohen Scheunengiebels gedeckt; denn das Wirthshaus selbst mit seinen vielen Thüren und Fenstern taugte nicht zum Bollwerke des beginnenden Kampfes.

„Was giebt's denn?" rief Hiesel wieder. „Wer kommt? Das kann doch unmöglich die Streifmannschaft sein, die hinter'm Walde gelegen war?"

„Nein," antwortete der Bube, indem er seine Büchse schußfertig machte, „die Bauern sind's, die Bauern kommen gegen uns!"

„Die Bauern? Gegen uns? Gegen den bairischen Hiesel?" rief dieser ungläubig. „Hast Du zu tief in den Krug geschaut? Das ist ja nit möglich!"

„So schau' dorthin," erwiderte Anderl', nach der Dorf= gasse deutend. Eine ungeordnete Schaar von ein paar hundert Männern und Burschen, mit Sensen, Drischeln, Gabeln und alten Gewehren bewaffnet, rannte und drängte schreiend und lärmend gegen das Wirthshaus heran. Hie= sel stand wie versteint, mit weit offenen, starren Augen, vorgebeugtem Leibe, als könne er nicht glauben, was er er= blicke, und müsse sich überzeugen, daß es kein Blendwerk sei; er war blaß wie ein Sterbender, und zum ersten Male bebte in seiner Hand die nie fehlende treue Büchse.

„Was wollt Ihr?" schrie er der andrängenden Menge mit mächtiger Stimme entgegen und trat furchtlos hart vor sie hin. „Warum drängt Ihr auf diese Weis' auf uns ein?"

Die Bauern waren in ungewöhnlich erregter und wil= der Stimmung; drohend und mit wildem Zurufe erhoben sie die Waffen; hinter ihnen wurden die Frau des Kirchen= pflegers und der alte Mauthner sichtbar und machten klar, was das sonst ruhige Volk bis zu diesem Grade empört und zum offenen Widerstande gereizt.

„Hinaus!" schrie der Vorderste der Schaar, ein rie= siger, mit einer Hacke bewaffneter Knecht. „Hinaus aus unserm Dorf, wir wollen nichts zu thun haben mit der Bande!" Der ganze Haufen brüllte es nach.

„Besinnt Euch doch, Leute," erwiderte Hiesel etwas ruhiger. „Ihr müßt Euch irren! Denkt doch daran, daß es Euer bester Freund, der bairische Hiesel ist, der vor Euch steht! Denkt daran, wie ich das letzte Mal hier war! Hab' ich Euch da nicht redlich geholfen? Habt Ihr mich nicht fortbegleitet wie den besten Freund und mir

Euern Dank noch nachgerufen und mich eingeladen zum Wiederkommen?"

„Ja," rief der Knecht, „aber jetzt wollt Ihr uns wieder abnehmen, was Ihr uns zurückgegeben habt! Und das leiden wir nicht! Wir wollen nichts zu schaffen haben mit Euch, wir zahlen nichts!"

„Nein, nichts zahlen!" tobte die Menge nach, und die Stimme des Anführers schrie über den Tumult hinaus: „Fort! hinaus mit dem Räuberhauptmann!"

Mit diesem Worte hatte Hiesel seine ganze Fassung, all' sein kaltes Blut wieder gewonnen. „Räuberhauptmann?" rief er. „So nennt Ihr mich? Mich, der sich nur für Euch aufgeopfert hat? Ihr nennt mich so, Ihr, um derentwillen ich mein Leben, meine ganze Zukunft hingegeben habe? Zu deren Schutz und Befreiung ich ein Ausgestoßener geworden bin, den man, obwohl er kein Unrecht thut, hetzt und verfolgt wie einen Verbrecher? Bin ich ein Räuber? Wer ist, der sagen kann, daß ich ihm etwas gewaltsam genommen, daß ihm etwas geraubt und entwendet wurde? Wer kann sagen, daß ich etwas gethan hab', was den Namen eines Räubers verdient? Sagt's, damit ich den Lügner kennen lern' und ihn würg', bis er an seiner eig'nen Lüg' erstickt! Ich hab's nur mit Euern Feinden, den Jägern, zu thun!"

„Nicht wahr ist's," rief eine Stimme aus dem Haufen. „Habt Ihr nicht den Meßner von Steinkirchen bis auf's Blut geschlagen und mit dem Hausanzünden gedroht? Ist das auch ein Jäger gewesen?"

„Nein, aber ein Schuft wie Du," schrie Hiesel dem Sprechenden entgegen, „der es mit den Jägern gehalten hat und uns an sie hat verrathen wollen!"

Der Bauernanführer war nicht so leicht zu entmuthigen. „Und der arme Teufel, der Wegmacher von Agawang," rief er wieder, „den Ihr neulich gezwungen habt, Euch den Weg zu weisen, hat Euch der auch verrathen wollen? Und doch habt Ihr ihn mißhandelt, daß er noch zwischen Leben und Sterben liegt! Und der Kirchenpfleger, dem Ihr mit dem Todtschießen gedroht habt, ist der auch ein Jäger?"

„Das ist gegen meinen Willen geschehen, Leute!" rief Hiesel. „In der Uebereilung und im Zorn. Ich kann meine Leute nicht immer halten, wie ich will, und wenn man Jahr aus Jahr ein im Forst lebt bei den wilden Thieren, ist's ein Wunder, wenn man auch wird wie ein wildes Thier? Oder glaubt Ihr etwa, es ist ein angeneh= mes Leben, das wir führen, und daß wir es nur zu unserm Vergnügen thun? Ich bin nicht ein Wildschütz 'worden, weil mich die Arbeit nicht gefreut hat, oder weil mich der Gewinn verlockt hätte! Niemand hat ein Ohr gehabt und ein Herz für die Klagen der Bauern! Ich allein hab' es nicht sehen können, daß Ihr Euch das ganze Jahr für die Ernte plagt und darauf hofft und wartet, und daß Ihr am Ende, wenn Ihr die Sense in die Hand nehmt, nichts findet, als einen verwüsteten und zerstampften Acker; d'rum bin ich ein Wildschütz 'worden, aber kein Räuber! Für Euch bin ich eingestanden, und Ihr zieht gegen mich heran, wie gegen den ärgsten Feind? Weil ich in der Klemm' bin und einmal Eure Hülfe brauche, wollt Ihr mir's verwei= gern und mich aus Eurer Gemarkung jagen wie einen tol= len Hund?"

„Nein, nein, das wollen wir nit, Herr Hiesel!" sagte vortretend einer von den Bauern, ein älterer Mann. „Wir haben es halt nicht so überlegt. Wir haben's nit vergessen, was Er für uns gethan hat, aber es ist ein Zettel in alle Dörfer gekommen, daß man Euch nirgends aufnehmen soll' bei schwerer Straf'; da haben wir halt Furcht gekriegt und haben uns aufreden lassen."

„Aber Ihr solltet Euch nicht so aufreden lassen gegen

mich!" entgegnete Hiesel. „Wenn Ihr so muthig seid,
zu den Waffen zu greifen, warum seid Ihr es denn nicht
gegen Eure gewohnten Dränger, gegen den Förster und
Amtmann, vor denen Ihr kriecht? Warum habt Ihr nur
gegen mich Courage und wollt mich nicht einmal über
Nacht in Eurem Dorfe lassen?"

„So haben wir's nicht gemeint," sagte der zweite
Bauer wieder. „Wir wollen nur nichts zahlen, und weil
Er gedroht und den Kirchenpfleger so cujonirt hat, sind
wir halt zornig 'worden — aber über Nacht soll Er schon
bleiben dürfen, Herr Hiesel! Und der Wirth soll ihm
auch das Beste auftragen auf unsere Rechnung! Nicht
wahr, Nachbarn?"

„Ja wohl, ja wohl," riefen die Meisten, „über Nacht
kann er schon bleiben, dafür wird uns kein Mensch 'was
anhaben können!"

„Werdet schon sehen! Ich rath' nit dazu!" schrie der
Knecht mit der Hacke, der den Anführer gemacht hatte.
„Werdet schon sehen, wie der Amtmann mit Euch um-
springt! Aber meinetwegen laßt ihn über die Nacht blei-
ben, aber wie es Tag wird, müssen sie wieder aus dem
Dorfe sein!"

Zustimmend schrieen die Bauern durch einander, Hiesel
aber warf das Gewehr über die Achsel und rief: „Ich
dank' Euch nicht dafür —, behaltet Euer Mahl und Eure
Gastfreundschaft! Der Bissen soll zu Gift werden, den ich
oder Einer von den Meinigen aus Euren Händen nimmt!
Ich will nichts mehr wissen von Euch! Ihr habt mir mehr
genommen, als Ihr mir geben könnt, und wenn Ihr mir
all' Eure Höfe und Gründe und Aecker schenken wolltet!
Ihr habt mir den Glauben genommen, daß, weil ich der
Helfer des Volks bin, das Volk auch zu mir steht und mich
gern hat. Brecht auf, Cameraden, wir gehen dahin, wohin wir gehören — in den Wald!"

„Der Weg ist verstellt!" rief der Bube, welcher sich zur Vorsicht etwas seitwärts auf eine Anhöhe postirt hatte, hinüber. „Wir müssen uns nach rechts halten, von dort drüben kommen Soldaten aus dem Walde hervor ... Es ist klar, die Bauern haben sie geholt!"

„Die kommen gerade recht!" rief Hiesel. „Ich bin just aufgelegt, mich mit ihnen herumzuschlagen! B'hüt' Euch Gott, Ihr Bauern, macht Eure Schand' nur voll, schlagt Euch ganz zu meinen Feinden, und wenn ich mit ihnen im Gefechte bin, dann packt mich zum Dank auch im Rücken an! Wenn der Hiesel einmal nimmer ist, wird eine Zeit kommen, wo Ihr ihn gern wieder aus dem Grabe herauskratzen möchtet — aber er wird nicht zum zweiten Male kommen!"

Die Bauern steckten die Köpfe zusammen und zogen sich zurück. Die Wildschützen bildeten eine lange Kette, welche für den anrückenden Feind möglichst wenige Zielpunkte darbot, und gewannen rasch eine Anhöhe hinter dem Dorfe. Mit dem gewandten Auge eines Feldherrn hatte Hiesel den Platz überblickt und schnell seine Aufstellung genommen, daß er unangreifbar, oder doch ein erfolgreicher Angriff mit den größten Schwierigkeiten verbunden war. Den Mittelpunkt von Hiesel's Aufstellung bildete eine Capelle auf einer kleinen Anhöhe, welche die ganze Gegend beherrschte. Am Hügelabhange wand sich ein kleines Bächlein hin, das trotz seiner Unscheinbarkeit doch hingereicht hatte, den ganzen Boden umher zu versumpfen, so daß er unwegsam war, und nur ein einziger schmaler Pfad über ein Brückchen an den Fuß des Hügels führte. Die Schützen feuerten den vorrückenden Soldaten über die Köpfe, um sie zu erschrecken und von weiterem Vordringen abzuhalten; diese aber, von einem jungen muthigen Officier geführt, drangen demungeachtet unaufhaltsam vorwärts; schon hatten zwei Musketiere in raschem Laufe fast gleichzeitig den Bach erreicht.

„Nun denn," rief Hiesel, „wenn sie nicht daran glauben wollen, so schießt scharf und faßt Euren Mann!"

Zwei Schüsse knallten; der eine Musketier taumelte leicht verwundet vor der Brücke in den Sumpf, der andere, welcher den Steg schon hinter sich hatte, stürzte, offenbar tödtlich getroffen, in schwerem Falle am Fuße des Hügels nieder. Die Soldaten wichen zurück, der Officier überschaute das Terrain und mochte wohl erkennen, daß er bei weiterm Vordringen seine Leute nur unnützerweise dem nicht fehlenden Feuer der Wildschützen blosstellen würde; er eröffnete ein wirkungsloses Plänkeln gegen die durch ihre Lage wohl Geschützten und zog sich während desselben langsam nach dem Dorfe zurück.

Es war inzwischen völlig dunkel geworden. „Seht, wie Ihr Euch die Nacht über einrichtet," sagte Hiesel zu seinen Leuten; „macht Feuer an, daß sie sehen, wie wir uns vor ihnen nicht fürchten! Stellt Posten aus nach allen Seiten; ich selber will da bei der Capelle bleiben und beobachten, was vom Dorfe herkommt."

Der Bube hatte sich zu ihm gesellt. „Mir ist's vorgekommen," sagte er, „als wenn der Musketier, der da drunten liegt, der nämliche wär', den ich mit dem Stubele habe reden sehen. Ich muß doch nachschauen, ob ich recht gesehen habe." Sich niederduckend und mit unhörbaren Tritten schlich er den Abhang zu dem Todten hinab. Von drüben aber hatte eine Abtheilung Soldaten das vollständige Dunkel ebenfalls zu benutzen gedacht und war herangekommen, um den Gefallenen mit sich zu nehmen. Schon waren sie nahe bei demselben, als sie den Buben gewahr wurden und unbemerkt sich hinter die Büsche der Umgebung verbargen. Der Bube kam vorsichtig herangeschlichen und beugte sich über den Liegenden, der kein Lebenszeichen mehr

von sich gab; eben wollte er demselben den Kopf umwen=
den, um das Gesicht zu sehen, als die Musketiere hervor=
sprangen. Im Augenblicke war der arglose und schwächere
Knabe von der Mehrzahl überwältigt, gebunden und ge=
knebelt — nur einen einzigen kurzen Schrei der Wuth und
Ueberraschung war er noch auszustoßen vermögend.

Hiesel vernahm den Ruf; er erkannte die Stimme.
Wie ein angeschossener Eber stürzte er den Hügel hinab,
Tiras mit ihm, und folgte, von dem Hunde geführt, der
Spur der Soldaten, um wo möglich den Liebling ihren
Händen wieder zu entreißen und aus der Gefangenschaft
zu befreien. Lange durchstrich er Felder und Aecker und
wagte sich im Dunkel sogar bis an die äußersten Häuser
des Dorfes; es war vergeblich; die Räuber mußten sich
mit ihrer Beute unmittelbar in's Dorf zurückgezogen und
den Gefangenen getragen haben, denn Tiras sogar verlor
die Spur und schnoberte unsicher in den Stoppeln umher.
Hiesel blieb nichts Anderes übrig, als, schmerzliche Wuth
im Herzen, unverrichteter Dinge umzukehren — noch war
es nicht der letzte Verlust, den diese Nacht ihm bringen
sollte!

Als er wieder bei der Capelle eingetroffen, fiel ihm
erst auf, daß sich Tiras nicht, wie sonst immer, zu seinen
Füßen lagerte. Er pfiff und rief nach allen Winden; er
bot die Genossen auf und wagte sich noch einmal nach
allen Seiten spähend und rufend in das Dunkel: es war
umsonst, der bis dahin so unzertrennliche Gefährte hatte
seinen Herrn verlassen und war und blieb verschwunden.

Erschüttert sank Hiesel, als er endlich von dem frucht=
losen Suchen wiederkehrte, auf der Schwelle der Capelle
nieder, und die Ahnung, daß es mit ihm zu Ende gehe,
stieg wieder dunkler und drohender als je in seinem Ge=
müthe auf. „Es muß doch so sein!" murmelte er vor sich
hin. „Wenn ich's auch nicht glauben will, ich muß doch

fein, was sie mich nennen . . . ein Räuber und Räuber=
hauptmann! Würde sonst Alles so von mir lassen und mich
fliehen? . . . Die Kundel kommt wohl absichtlich nicht mehr
zurück, sie wird sich und mir den Abschied haben ersparen
wollen . . . der ehrliche Stubele hat mich verlassen . . .
meinen treuen Buben haben sie gefangen und fortge=
schleppt . . . der Tiras ist erschossen oder versprengt oder
untreu . . . die Bauern, die mich einmal auf den Händen
getragen haben, wollen nichts mehr wissen von dem Räu=
berhauptmann . . . es ist hohe Zeit, daß ein Ende her=
geht . . ."

Aus diesen Gedanken weckte ihn ein leiser wimmernder
Ton, der durch die Nacht über den Hügel und von der
Brücke her emporstieg. Der verwundete Soldat schien zum
Leben zurückgekehrt zu sein.

Vorsichtig schlich Hiesel zu ihm hinunter; der Mann
hatte die Augen aufgeschlagen, blickte wirr um sich, und
ein schwerer Seufzer stieg aus der Brust, in welche die
Kugel gedrungen war.

„Wie geht's, Freund?" sagte Hiesel. „Kann ich Dir
'was helfen?"

„Nein!" antwortete der Soldat in schmerzlichen Ab=
sätzen, „aber ich habe so heiß . . . es brennt mich so arg
in der Brust . . . und die Zunge ist wie vertrocknet . . .
Wenn ich nur einen frischen Trunk haben könnte . . ."

Hiesel bückte sich zu dem Bache nieder, schöpfte mit
dem Hute und brachte ihn dem Sterbenden, der mit Be=
hagen die letzte Labung schlürfte.

„Hast sonst keinen Wunsch mehr?" fragte Hiesel wieder.

„Nein!" war die Antwort. „Ich bin ein einzelner
Mensch, der Niemand und nichts hat auf der Welt und
leicht weggeht in den Himmel . . . Ich möchte nur, daß
Jemand da wär', der mir vorbeten thät' . . . in meiner
Sterbestunde . . ."

„Das will ich wohl thun, so gut ich es noch kann..."
sagte Hiesel ergriffen.

„Wer bist Du denn? Ich kann Dich nimmer sehen...
aber der Stimme nach bist Du nicht von der Compagnie?"

„Frage nicht, wer ich bin! Ich weiß es selber nicht
und will's nicht wissen ... ein elender Mensch bin ich,
der sich lieber neben Dich hinlegen und einen ehrlichen
Tod sterben möcht' wie Du ... mir wird's wohl nit so gut
werden ... Aber ich will Dir vorbeten."

Er begann das Vaterunser zu sprechen.

Der Soldat lag schon im Todeskampfe; bei der fünften
Bitte verstummte sein Röcheln.

Hiesel aber sprach mit gefalteten Händen für sich:
„Und vergieb uns unsere Schulden!" —

Der Morgennebel umhüllte schon die grau verdäm-
mernde Gegend, als er sich erhob und dem Walde zuschritt.
Verspätete Schwalben kamen vom Dorfe her und schwirr-
ten über ihm hin ... er öffnete den herb geschlossenen
Mund nicht mehr zum Gesange, aber inwendig klang ihm
die Weise und der Schluß des Liedes an, das er noch vor
wenig Stunden gehört ...

„Wenn die Schwalben wieder komma
Auf ein ander's Jahr,
Ist's wohl aus mit allem Gräma,
... Jetzund geht's an's Abschied-Nehma:
Die schö' Zeit ist gar!"

6.

Tiefer Schnee war gefallen. So weit das Auge reichte,
schimmerte die weiße unabsehbare Ebene im hellen Sonnen-
scheine, als wäre sie mit Sternen und blitzendem Edelge-
stein besät; an den spärlichen kahlen Sträuchern hatten

statt der Blätter sich zierliche Büschel und Träubchen von
Reifflocken angesetzt, und ein schneidend kalter Ostwind,
der von Zeit zu Zeit über die Fläche strich, hob den
leichten Schnee, wirbelte ihn lustig mit und ließ ihn,
des Spieles müde, am Fuße einer kleinen Erhöhung
oder im Graben der Landstraße nieder, die sich, kaum
mehr erkennbar, durch die Ebene zog. Nichts Lebendiges
regte sich rings, und weit und breit war auch keine Spur
menschlicher Nähe oder Thätigkeit zu erspähen. Nach einer
Seite stand ein Büschel schwarzer Tannen bei einander
und senkte die schneebelasteten Zweige wie müde Arme zu
Boden; dort begann die Straße bergan in den Wald zu
steigen, eine schwierige und unbequeme Steile, welche dem
schweren Frachtfuhrwerke in guter Jahreszeit viele Mühe
machte; jetzt war sie beinahe unbefahren, denn im Winter
rastete auch der Verkehr. Im Sommer hielten die Fuhr=
leute gern davor, um ihr Gespann zum Hinansteigen
Kraft sammeln zu lassen oder ihm Erholung zu gönnen,
wenn es über dieselbe herabgekommen war, um etwaige
Schäden an Wagen und Geschirr zu entdecken oder, wenn
sie sich gezeigt hatten, auszubessern. Deshalb stand am
Eingange des Waldes ein gemauertes Haus, dessen rußige
Wände eben so wohl, als die halboffene Halle vor demsel=
ben seine Bestimmung unschwer errathen ließen. Es war
eine Art Nothschmiede, dem Schmiede eines benachbarten
Dorfes gehörig, der sie den Sommer über bezog, um den
Fuhrleuten bei etwaigen Ausbesserungen zur Hand zu sein,
auch wohl den Pferden Futter und Wasser, den vor Hitze
trockenen Kehlen der Fuhrleute selbst aber einen Krug
frischen Biers bieten zu können. Deshalb lagen in dem
Kohlenkeller unter der Schmiede immer ein paar Fäßchen
im Vorrathe, und das Gewölbe war kühl, denn es war tief
in den ansteigenden Sandsteingrund des Waldhügels ein=
gegraben. Mit dem Schneefalle hörten die Frachtfuhren

auf; dann sperrte der Schmied das Haus und zog sich in's wohnlichere Dorf zurück.

Diesmal aber schien das Gebäude doch nicht völlig verlassen zu sein, denn aus dem niedrigen Schlot stieg eine dünne Rauchsäule und verflatterte über den Tannenwipfeln wie ein zerreißender Schleier. Unter den Bäumen erschien jetzt ein Mann, die Pelzmütze tief in's Gesicht hereinge= zogen, die Beine mit hohen weichen Lederstiefeln versehen, den Leib in ein tuchenes Wamms gehüllt, das mit krausem Pelze verbrämt, mit schmalen länglichen Knöpfchen besetzt und mit Schnüren zusammengehalten war. Der Leder= gurt um den Leib und das seitwärts in der Hose steckende Messerbesteck ließen den wandernden Metzger nicht ver= kennen, der, um den Bauern die Mühe zu ersparen, „in's Gäu" geht, um Vieh einzukaufen.

„Verflucht!" murmelte der Mann vor sich hin, indem er nach allen Seiten herumspähte. „Nirgends ist 'was von Soldaten zu sehen — ich hab' ihnen doch die Schmiede vor'm Wald deutlich genug bezeichnet, sie können nicht feh= len . . . aber wenn sie nicht bald kommen, fliegt der Vogel wieder aus . . . Will aber noch zuvor nach dem andern Vogel umschauen, ob er sich noch nicht an den Käfig ge= wöhnt hat . . ." Mit kräftiger Faust riß er dann einen der nächsten niedrigen Tannenzweige herab und schritt längs des Waldes der Schmiede zu, bei jedem Schritte anhaltend und hinter sich die Spur seiner Fußtritte mit dem Tannenzweige sorgsam wieder ausgleichend. An der Rückseite des Hauses angelangt, hielt er inne und horchte, ob nichts im Hause sich rege, dann, als Alles still geblieben, zog er ein stiletartiges Messer aus dem Besteck und schob die Spitze in das Thürschloß, das seinem kräftigen Drucke nicht viel Widerstand leistete. Die Thür führte unmittel= bar in die Stube, ein kleines ärmliches Gemach, in wel= chem nichts zurückgeblieben, als was niet= und nagelfest

war, die in die Wand eingelassene Bank und der am Bo=
den angeschraubte Tisch, ein kleiner Mauerschrank und ein
schlechter Ofen, durch dessen Ritzen der letzte Schimmer er=
löschender Holzscheite zu sehen war. Eine Thür nebenan führte
in die Schmiede, eine Fallthür im Boden in den Kohlenkeller.

Der Mann schob den Riegel derselben zurück, hob die
schweren Bretter auf und hängte sie an einem Ringe fest,
dann stieg er in den dunklen Raum hinab, dessen Wände,
Stufen und Boden von Kohlenruß überzogen waren. Das
Auge des Eintretenden mußte sich erst an das Dunkel ge=
wöhnen, eh' es etwas zu unterscheiden vermochte: in der
Ecke auf einem Strohlager, in eine starke Decke gehüllt,
kauerte eine weibliche Gestalt, in deren Zügen und For=
men die einst so schöne Wirthstochter vom Waldhause kaum
wieder zu erkennen war. Unbeweglich und wie geistesab=
wesend saß sie auf dem Lager und schien den Kommenden
ebenso wenig zu bemerken, als das durch die Fallthür plötz=
lich hereindämmernde Tageslicht.

„Da bin ich wieder," sagte der Rothe, „bin ich nicht
bald zurück?"

Sie wandte sich noch mehr ab, gegen die Wand hin,
und gab keine Antwort: die schielenden Augen des Rothen
glühten wie die einer Katze im Dunkeln.

„Da bin ich wieder!" schrie er noch einmal. „Hast
noch allweil kein Wort für mich? Wart', ich will Dich
lehren, mir Antwort zu geben!" Damit sprang er auf sie
zu, wollte sie an den Schultern fassen und aufrütteln, aber
eh' er dazu kam, hatte sie sich erhoben und ihm einen so
derben Stoß vor die Brust gegeben, daß er einen Schritt
rückwärts taumelte.

„Ich hab' nichts zu reden mit Dir," rief sie. „Laß
mich zuerst aus — nachher will ich Dir Red' und Ant=
wort geben, wie sich's gehört!"

„Auslassen?" erwiderte er höhnisch. „Ich bin kein

solcher Narr! Auslassen soll ich Dich? Damit Du Deinem
Hiesel nachlaufen könntest, dem rechtschaff'nen Mann, we-
gen dem Du ein and'res Leben hast anfangen wollen?
Nein, dafür ist gesorgt für alle Zeit — den Hiesel kriegst
Du nimmer zu Gesicht, und aus meiner Hand kommst auch
nimmer los!"

„Aber wo ist der Hiesel? Wie ist es mit ihm? Was
hast im Sinn mit mir?"

„Wo der Hiesel ist, geht Dich nichts an . . . aber was
ich mit Dir im Sinn hab', das kannst erfahren. Heut'
noch — längstens morgen ist mein Geschäft aus in dem
Land, dann bin ich ein reicher Mann . . . dann geh' ich
in ein and'res Land, in die Schweiz, wo mich Niemand
kennt, und fang' einen Viehhandel an . . . und Du gehst
mit mir und bleibst bei mir!"

„Lebendig nit!"

„O, das wollen wir schon seh'n! Du bist nit die Erste,
die sich schon in 'was viel Schlimm'res hat finden müssen!
Ist ein Viehhandel nicht auch ein Brod, bei dem Einer ein
rechtschaffener Mensch sein kann, und einen solchen willst
Du ja? Ich mein' doch, es wär' besser als ein Räuber-
hauptmann, dem die Steckbrief' nachfliegen durch's ganze
Land, auf den nichts wart' als Galgen und Rad! Wirst
Dich schon besinnen, Kund'l!"

„Niemals . . . lieber als Dich, lieber nehm' ich selber . . . Galgen und Rad . . ."

„Aha!" rief er mit wüstem Lachen, „giebst sie jetzt einmal auf, die Rederei mit dem Rechtschaffenwerden? Ge-
stehst es ein, daß es 'was And'res ist, warum Du von mir
nichts wissen willst? Und ich sollt' Dich auslassen? Ich
sollt' dem übermüthigen Menschen helfen, der mich überall
verdruckt und verdrängt hat, der mich fortgejagt hat, wie
einen Aussätzigen? Nein, Schatz . . . er ist mir gewiß, und

Du biſt es auch . . . wirſt ſehen, daß der Rothe doch über den bairiſchen Hieſel in die Höh' kommt . . ."

„Du wirſt nit, Rother," ſagte ſie feierlich, „Du wirſt nit — denk' an mich! Du haſt mich betrogen und ver= rathen — das bleibt Dir nit geſchenkt! Ich Narr," fuhr ſie, ſich vor die Stirne ſchlagend, fort, „wie hab' ich nur ſo dumm und blind ſein können, Dir zu glauben! Du haſt mir verſprochen, mich an den Ort zu führen, wo der Hieſel iſt . . . ich hab' Dir geglaubt! Ich hab's nit gewußt, daß er Dich fortgejagt hat, aber ich hätt's denken können, daß er einen ſolchen Menſchen unter ſeinen Leuten nit leiden wird!"

„Einen ſolchen Menſchen?" knirſchte der Rothe. „Und was bin ich denn für ein Menſch? Bin ich etwa ſchlechter, als gewiſſe Leut'? . . . Er hat mich nit leiden wollen unter ſeinen Leuten . . . dafür hab' ich ihm Dich geſtohlen, und Du ſollſt mich leiden müſſen, Dir und ihm zum Trotz! Richt' Dich nur zuſammen, Kund'l . . . gegen Abend komm' ich nochmal, und morgen in aller Fruh' geht's fort in die Schweiz, mit dem vollen Geldſack und Dir! . . . Ich laſſ' Dir Licht da, eine Flaſche Wein, Brod und ein wenig Fleiſch . . . laſſ' Dir die Zeit nit zu lang werden! Wenn ich wieder komm', bleib' ich ſchon länger bei Dir, wie ſich's für den Buben ſchickt, der zu ſein'm Schatz geht . . . wirſt ſchon noch aus einem andern Ton pfeifen, wenn Du ſiehſt, daß Dir doch nichts And'res übrig bleibt!"

Er ging; unſäglicher Abſcheu malte ſich in Kundel's verblichenen Zügen; die Fallthür ſchloß ſich, die alte Dunkelheit kehrte in den Keller zurück, aber in der Seele der Gefangenen war es licht. Das Gewiſſen war wach geworden und hatte zu ihr geſprochen in der Einſamkeit; immer lauter, immer dringender, ernſt, unerbittlich und unentrinnbar: es hatte den Entſchluß aus dem Waldhauſe wieder aus Schlaf und Betäubung geweckt, — er ſtand

wieder fest vor ihrer Seele, diesmal aber gereinigt und
ohne die Beimischung eigennütziger Absicht, deren Er-
reichung früher gewissermaßen als Preis und Lohn der
Besserung bedungen worden. Der Weg zur Läuterung
hatte sie noch tiefer in den Sumpf gerathen lassen, aber in
der höchsten Noth hatte sie unter den versinkenden Füßen
festen Boden erspürt, der ihr ein sicherer Pfad zu werden
verhieß ... sie hatte keine Thränen der Reue in den
glühenden Augen, aber ein Gebet aus schuldloser Kinder-
zeit tauchte wie ein Stern in ihrer Seele empor, von ihm
sank es herab auf ihre dürstenden Lippen wie ein Thau-
tropfen auf die verschmachtende Pflanze, und in schwerer
Abspannung entschlummernd flüsterte sie:

> „Schutzengel, den mir Gott vermeint,
> Bewahr' mich vor dem bösen Feind ...“

... Indessen war Hiesel nur eine kleine Strecke entfernt, jenseits des Waldes, am Fuße des Berges, in einem
Wirthshause, dessen Eigenthümer zu den Vertrauten gehörte, welche auch im Unglücke dem Verfolgten mindestens
einen Theil der alten Anhänglichkeit bewahrt hatten. In
der Stube, am Ofen saß Hiesel mit dem Reste seiner Genossen, einer von Mangel, Verfolgung und Abfall gelichte-
ten Schaar; nur der Tiroler und Lissabonerbäck waren noch
bei ihm, während der Sternputzer mit dem Blauen und
dem Sattler vor dem Hause von Zeit zu Zeit Spähe hielt
oder der Küche und den Vorbereitungen des kommenden
Mittagsmahls einen Besuch abstattete. Sonst war die
Stube leer; zu den Fenstern, handhoch aufgeweht, sah der
Schnee herein, und manchmal rüttelte der Wind an den
Läden des Fensters, das sich unweit des Ofens, im Rücken
der Anwesenden befand.

Lange hatte Hiesel die Ausführung des Entschlusses
mit sich herumgetragen, den er damals gefaßt, als er an der

Leiche des Soldaten den Morgen herangewacht hatte; als
in den nächtlichen Stunden alle die verhängnißvollen Er-
lebnisse jenes Tages an seiner Seele vorübergezogen, der
Abfall des Volkes, der Verlust von Allem, was ihm mit
besonderer Treue angehört und woran sein eigenes Herz
mit noch steterer Treue gehangen hatte. Es war ihm
klar geworden, die Rolle des Wildschützen-Hauptmanns,
der ein mißhandeltes Volk gegen den Rechtsmißbrauch einer
übermüthigen Macht zu vertheidigen gewähnt, war zu
Ende gespielt — er war sich bewußt, sie wohl durchge-
führt zu haben, und es galt nur, den Schauplatz mit Ehre,
wie er ihn behauptet, auch zu verlassen. Stubele's Entfernung und der Tod des Musketiers hatten den Gedanken in ihm hervorgerufen, auch den Soldatenrock anzuziehen;
verlautete es doch immer allgemeiner und bestimmter, daß
der preußische Fritz mit Rußland im Bunde sei und einen
großen Zug nach Polen vorbereite. Dort wollte er vergessen werden von einem Volke, das ihn mit Undank ge-
lohnt, dort wollte er selber vergessen lernen, daß er sein
Leben und dessen Glück an einen Irrthum vergeudet hatte.
Die Ausführung des Vorhabens hatte er noch immer ver-
schoben; er hielt es gegen seine Pflicht als Hauptmann,
die Gefährten, die sich ihm angeschlossen, und deren Un-
terhalt ihm oblag, vorzeitig und nur um seiner selbst
willen zu verlassen; auch lag ihm daran, über Kundel's
unbegreifliches Verschwinden bestimmte Nachricht zu erhalten. Die Vermuthung, daß sie, des Räuberlebens überdrüssig, wieder zu ihrem Vetter in's Waldhaus zurückgekehrt sein möge, lag nahe: er wollte Gewißheit darüber
haben und hatte deshalb den Tiroler abgeschickt, Erkundi-
gung einzuziehen. Dieser war zurückgekehrt und hatte eben
seinen Bericht beendet. Der treue Bursche war allen
Spuren gefolgt, aber außer Stande gewesen, etwas Be-
stimmtes zu erfahren; in's Waldhaus war sie nicht wieder

zurückgekommen. In einem Dorfe war ihm gesagt worden, die Kramer-Kund'l wär' eines Tags krank angekommen und einige Wochen schwer nieder gelegen; darüber
mochte sie die Spur der Bande verloren haben, der sie doch
der Sicherheit wegen keine Nachricht zukommen lassen
konnte; dann war ein Mann gekommen, bei dessen Anblick
sie sehr erfreut gewesen, und den sie als einen alten Bekannten begrüßt habe — mit dem habe sie das Dorf vor
einiger Zeit verlassen, und seither sei jede Spur von ihr
verschwunden; es sei zweifellos, daß sie entweder verun-
glückt oder aus dem Lande fortgezogen sei, oder daß sie
sich wohl gar absichtlich irgendwo verborgen halte und nicht
gefunden werden wolle.

Hiesel vernahm die Nachricht mit Trauer und doch
ohne Schmerz; hatte sie freiwillig sich von ihm getrennt,
so war er von jeder drückenden Rücksicht entledigt, und
war sie gestorben, so mußte es als eine Wohlthat für Beide
erscheinen, wenn ein Leben hinter ihr lag, dessen Zukunft
noch dunkler zu werden drohte, als seine Vergangenheit es
gewesen. Die letzte äußere Fessel, die ihn noch mit seinen bisherigen Kreisen zusammengehalten, war gebrochen;
er zögerte nicht länger, den ihm noch gebliebenen Genossen
seinen Plan mitzutheilen.

„Ich gehe mit Dir," sagte der Lissabonerbäck, „Polen
hab' ich noch nicht durchwandert — ich will es unter der
Muskete thun, das wird nicht schlimmer sein, als das Fell-
eisen auf dem Rücken zu tragen — hoffentlich werd' ich
den Werbern noch gut genug sein für Kanonenfutter!"

„Auch ich gehe mit," rief der Tiroler nach einigem
Nachsinnen. „Schon auf dem ganzen Weg hierher hab'
ich mir's bedacht, daß es so nicht mehr fortgeh'n kann, und
daß wir etwas thun müssen, wenn wir uns nicht einkreisen
lassen wollen, wie das Wild bei einem Treibjagen. Ich
hab's geseh'n, wie man nach allen Seiten nach uns auf der

Paß'. ist! Wir müssen fort, und der Weg nach Ulm ist der rechte Weg. Hiesel ... so sag' ich, und so werden auch, von wo ich herkomm', Alle sagen ..."

„Von wo Du herkommst?" fragte Hiesel staunend. „Wo ist das?"

„Das kannst Dir wohl denken," war die Antwort. „Wie Du mich in's Waldhaus geschickt hast, hab' ich Dir's im Gesicht angeseh'n, daß Du mich gern noch anderswohin schicken möchtest ... ich hab' gewußt, daß dort in der Gegend herum Deine Heimath ist, da hab' ich sie halt aufgesucht und bin hin'gangen ..."

„Du bist in Kissing gewesen?" rief Hiesel in steigender Bewegung. „In mein' elterlichen Haus? Hast meinen Vater geseh'n?"

„Ja."

„Und wie ... geht's ihm?" fragte Hiesel und drückte die Hand vor die Augen.

„Das kannst Dir auch wohl vorstellen ... es ist ein gar altes Mann'l, schon völlig blind ... die Schwester zankt über ihn und sagt, er weint den ganzen Tag ..."

„Der Schwester freilich wird kein Aug' naß wegen meiner!"

„Hast Recht, das ist ein trutziges Leut! Sie hat mir den Steckbrief gezeigt, der gegen uns aus'gangen ist: wenn ich ein Camerad wär' von dem Räuberhauptmann, sagte sie, ‚so richt' es ihm fein aus, daß er uns Alle in Schand' und Spott gebracht hat, daß er den Vater und mich und alle Drei auf dem Gewissen hat!'"

„Alle Drei? Wie ist das gemeint?"

„Sie hat so gesagt, weil noch ein Drittes in der Stuben war — ein and'res Madel ..."

Hiesel faßte den Erzähler am Arme und sah ihm in starrer Erwartung, den Athem anhaltend, in die Augen.

„Wer?" preßte er dann heraus. „Kannst mir nit sagen, wie das Madel heißt?"

„Das wohl, sie hat mir's ja selber gesagt. Sie war ganz schwarz angezogen und ist vor mich hingestanden und hat mich gar eigen angeschaut mit ihren großmächtigen blauen Augen. ‚Wenn Du den Hiesel siehst,' hat sie gesagt, ‚so sag' ihm's auch, daß er an mich denken soll — die Monika hat ihn nit vergessen . . .'"

„Monika?" rief Hiesel aufspringend mit solcher Ge= walt des Ausdrucks, daß auch die Gefährten sich erhoben; Keiner von ihnen wurde darüber den Kopf des Rothen gewahr, der lauschend am Fenster sichtbar geworden, bei der ersten Bewegung der Sprechenden aber verschwunden war.

Hiesel hatte sich an die Brust des Tirolers geworfen. „Freund . . . Camerad, Bruder," rief er wie außer sich, „sag' mir's noch einmal! Die Monika war bei meinen Leu= ten? Sie denkt noch an mich? Sie ist nit verheirathet?"

„Davon hab' ich nichts gehört. Beim Fortgeh'n ist die Schwester mit hinaus; die hat mir gesagt, das Madel hätt' eine Verlobniß gemacht, daß sie ledig bleiben wollt'! Sie thut still ihre Arbeit und ist fleißig für Zwei — jeden freien Augenblick aber benutzt sie zum Beten. Sie hat ein gar so schweres Anliegen auf dem Herzen . . . Sie ist immerfort schwarz angezogen, wie wenn sie mit der Klag' ging', und sieht aus, als wenn sie nie einen Tropfen Blut im Gesicht gehabt hätt'. Die Schwester meint, es sei nim= mer ganz richtig mit ihr . . . in ihrem Kopf . . ."

Hiesel hatte zu lange und zu fest an dem Gedanken festgehalten, daß Monika sich über die Trennung von ihm leicht getröstet und ihn vergessen habe, als daß diese Nach= richt ihn nicht auf's Tiefste erschüttern sollte. Fassungs= los, wie Einer, in dessen Händen der letzte Stab zerbricht, auf den er sich mit trotzigem Vertrauen gestützt, brach er in sich zusammen; wieder lag er, wie damals im Vater=

haufe, die Arme auf den Tisch gekreuzt und das Angesicht in ihnen bergend, wieder war sein Gemüth zerknirscht und weich, wie damals bei den Worten des redlichen Pfarrers und gegenüber den vorwurfsvollen halberblindeten Augen des Vaters.

„Cameraden," sagte er nach geraumer Zeit, sich entschlossen aufrichtend, „es bleibt dabei, wir geh'n nach Ulm und suchen die preußischen Werber auf . . . aber nicht sogleich! Geht Ihr voran — ich muß zuvor noch einmal in meine Heimath, muß meinen Vater noch einmal wieder sehen und die Monika, muß sie trösten und von ihnen Abschied nehmen . . ."

„Nein, Hiesel, das geht nit an!" unterbrach ihn der Tiroler. „Das wär' allzu gefährlich. Ich hab's auf meiner Wanderschaft jetzt gesehen, wie sie von allen Seiten nach Dir aus sind, Du bist zu bekannt — eh' Du nach Kissing kommst, bist Du zehnmal gefangen!"

„Das fürcht' ich nit . . . Dort ist Niemand, der mich verrath't, und einmal wird mir ja mein altes Glück noch beisteh'n, daß ich mich durchschleichen kann! Ich will schon machen, daß sie mich nit kennen . . . Ich muß hin, Cameraden; also halt's mich nit auf — ich mach' mich gleich auf den Weg . . ."

„So wart' doch nur, Hiesel," rief der Tiroler, ihn festhaltend. „Es geht schon stark auf Mittag, wo willst heut' noch hinkommen?"

„Der Wirth muß mir ein Fuhrwerk besorgen," entgegnete Hiesel, „so komm' ich heute noch bis Osterzell und morgen nach Haus . . . B'hüt' Gott, Cameraden . . . in Ulm seh'n wir uns wieder!"

„Nein," begann der Tiroler wieder, „wenn Du's denn durchaus willst, so geh', aber nicht allein; Du begiebst Dich in eine große Gefahr — da soll's nit heißen, daß wir Dich allein gelassen haben . . . wir geh'n mit Dir!"

„Das geht nit ... gerade wenn unſer Mehrere beiſammen wären, könnt's verdächtiger werden ..."

„Dann begleiten wir Dich nach Oſterzell und bleiben
dort, bis Du zurückkommſt — da ſind wir doch für alle
Fälle nicht gar zu weit weg, das darfſt uns nit verwei-
gern, Hieſel ..."

Hieſel reichte ihnen die Hand; ſie gingen, den Wirth
zu bereden, der bereitwillig das Fuhrwerk zu beſorgen ver-
ſprach und dem Knechte zurief, er ſolle die Füchſe anſchir-
ren und den langen Schlitten aus dem Schuppen ziehen.

Während der Knecht damit beſchäftigt war, ging ein
Gäumetzger an ihm vorüber und blieb wie zufällig ſtehen.
„Wo geht das Fuhrwerk hin, Landsmann?" fragte er un-
befangen. „Könnte man vielleicht mitkommen?"

„Nach Oſterzell," erwiderte arglos der Knecht, „wird
aber ſchon beſetzt ſein ..."

„Thät' mir auch nichts nutzen ... mein Weg geht da
hinaus," ſagte der Metzger und ſchritt in entgegengeſetzter
Richtung weiter. Hinter dem nächſten Hauſe aber blieb
er ſtehen, bis der Schlitten beſpannt war und mit Hieſel
und ſeinen Gefährten pfeilſchnell über die gehärtete Schnee-
bahn dahinflog. „Fahrt nur zu," rief er ihnen nach,
während der Fuhrmann luſtig mit der Peitſche knallte, und
das Schellengeklingel ſich ſchon in der Ferne verlor, „haſt
einen tüchtigen Vorſprung, Hieſel, wie allemal ... aber
ich hol' Dich doch noch ein!"

Mit raſchen Schritten eilte er die einſame Waldſtraße
hinan, der verlaſſenen Schmiede zu, und blickte, dort angekommen, ſcharf ſpähend über die winterliche Ebene hin.
„Dort!" rief er plötzlich in wilder Freude. „Was blitzt
dort über den Schnee herauf ... Eins, Zwei ... Drei!
Sie ſind's — es ſind Soldaten — ſie haben meine Bot-
ſchaft alſo doch erhalten und kommen juſt zur rechten Zeit!
— Halloh," rief er und ſchwenkte wie grüßend die Mütze,

„jetzt hat meine glückliche Stund' geschlagen!" Er eilte in
die Stube, leerte den Wandschrank und machte sich daran,
allerlei kleine Habseligkeiten in einen Bündel zusammen zu
packen, wie Einer, der einen Ort verläßt, an den er nim=
mer wiederzukehren gedenkt.

Er war noch vollauf beschäftigt, als Faustschläge an
das Thor der Schmiede krachten, und das Klirren nieder=
gestoßener Gewehre hörbar wurde. Er öffnete; und einige
stattliche Grenadiere traten mit dem Anführer des Detache=
ments in die Stube.

„Ist Er's," rief ihn der Lieutenant an, „der verspro=
chen hat, den bairischen Hiesel auszukundschaften und uns
zu überliefern?"

„Der bin ich . . ." sagte der Rothe keck.

„Gut. Vorwärts dann! Wo ist der Versteck der Räu=
ber? Führ' Er uns hin!"

„Oho," erwiderte der Rothe mit häßlichem Lachen,
„so geschwind wird das nicht geh'n! Zuvor sind da ein
paar Kleinigkeiten, die abgemacht werden müssen . . .
Wie sieht es mit den tausend Gulden aus, die Demjenigen
versprochen sind, der den bairischen Hiesel ausliefert?"

„Die soll Er haben — aber nur vorwärts!"

„Soll sie haben! Ist leicht gesagt . . . aber wann und
wo? Das muß ich vorher wissen: ich mag nicht etwa nach
Dillingen oder Augsburg hineingeh'n und bei dem Köder
stecken bleiben, der Hiesel hat noch immer gar viele gute
Freunde — ich muß auf der Stelle fort!"

„Gut," rief ungeduldig der Lieutenant. „In dem
Augenblicke, wo Hiesel sich wirklich in unserer Gewalt be=
findet, zahl' ich Ihm die tausend Gulden aus — ich habe
sie zu diesem Zwecke in vollwichtigen Ducaten bei mir . . ."

„Schön — dann fehlt nur noch Eins . . ." begann
der Rothe wieder, den Offizier und seine stattlichen Ge=
fährten mit noch immer mißtrauischen Blicken musternd.

„Wenn ich mitgehe und die Herren führe . . . wer steht
mir dafür, daß Sie nicht denken . . . weil ich so gut Be=
scheid weiß um die Bande, ich könnt' auch dabei gewesen
sein, und behalten mich mit den Andern?"

„Es soll Ihm nichts zu Leid gescheh'n," rief der Lieute=
nant, „ich habe Vollmacht, Ihm General=Pardon zu
geben für Alles, was er gethan hat, bis zum heutigen.
Tag — dafür bürgt Ihm mein Wort als Officier . . .
ich bin der Grenadier=Lieutenant Schedel . . . Nun wer
den Seine Bedenken wohl zu Ende sein? Wo finden wir
den Hauptmann?"

„Wenn Sie um ein Stündchen früher gekommen wä=
ren, hätten Sie ihn schon in Ihrer Gewalt . . . jetzt wird's
einen weitern Weg kosten und nicht so leicht abgeh'n. Lassen
Sie Ihre Grenadiere den Weg am Walde hinab einschla=
gen: der Hiesel ist in Osterzell und bleibt dort im Wirths=
haus über Nacht . . . er ist hingefahren, aber auf dem
kürzern Wege, den ich Ihnen zeigen kann, sind wir vor
Tagesanbruch lang' schon dort und können das ganze Nest
im Schlafe ausheben . . ."

„Ein tüchtiger Marsch!" rief der Lieutenant. „Wie
ich die Entfernung kenne, werden wir, zumal bei dem vie=
len Schnee, tüchtig auftreten müssen . . . also vorwärts!
Er geht immer vor mir her; und wie ich etwa Unrath merke,
laß' ich Ihn auf dem Fleck füsiliren . . ."

„Darauf will ich's wagen," grinste der Rothe, „aber
geh'n Sie nur voran, Herr Officier . . . in einer Minute
komm' ich nach; muß nur erst noch ein wenig aufräumen
und meinem Weibe sagen, wann ich wieder komme . . ."

Die Soldaten gingen, und bald waren ihre Tritte ver=
hallt. Der Rothe bückte sich zu der Fallthüre nieder, schob
den Riegel zurück und wollte sie eben aufheben, als mit
einemmale die schwere Thüre mit Gewalt emporgeschleudert,
aufflog . . . Kundel stürzte heraus und mit Blitzesschnelle

dem Ausgange zu; eben so rasch aber hatte der Rothe aufspringend sie gepackt und zurückgerissen. „Oho,“ rief er,
„ was soll das bedeuten? Du hast wohl in den Keller hin=
unter gehört, was da verhandelt worden ist, und willst
wohl fort, Deinen alten Schatz zu warnen, damit ihm
nicht geschieht, was einem so rechtschaffenen Manne ge=
hört?... Bist eine gute Wirthin, Kundel — diesmal
aber hast Die Rechnung doch falsch gemacht... Hinunter
wieder in den Keller! Da bleibst Du, bis ich morgen wie-
derkomme... bis dahin ist der Hiesel schon, wo er hin
soll, und dann gehst Du mit mir...“

Kundel antwortete nichts; sie vermochte es nicht vor
Aufregung und wand sich nur mit Anstrengung all' ihrer
Kräfte, um sich aus seinen sie umklammernden Armen zu
befreien; er hielt sie um den Leib gefaßt und suchte sie mit
vorgestemmtem Knie nach der Kellerthüre hinzubrängen —
einige Augenblicke war nur das Keuchen der Ringenden
vernehmbar; es war ein grimmiger Kampf roher Bosheit
mit verzweifelter Ohnmacht. Kundel hielt den Gegner
mit der einen Hand an einem der Schnürknöpfe des
Wammses gefaßt, mit der andern suchte sie an dessen Kehle
zu gelangen... im Moment aber besann sie sich anders
und machte eine Bewegung, das Stilet in seinem Besteck
zu erfassen; der Rothe durchschaute ihre Absicht und kam
ihr zuvor... im Augenblicke blinkte das Dolchmesser in
seiner Hand. Sie fiel ihm in den Arm und wollte es ihm
entreißen... wüthender noch wurde der Kampf... „Ich
laß' Dich nit,“ keuchte Kundel, „... Du sollst ihn nit
verrathen... ich will ihn retten oder sterben...“

Es war nicht zu unterscheiden, wie es eigentlich so ge=
kommen... im nächsten Augenblicke war das Messer in
Kundel's Brust gedrungen; mit einem schwachen Schrei
brach sie zusammen, hielt sich aber im Sinken noch stärker
und krampfhafter an dem Wammse ihres Mörders fest...

da brach der Knopf, die Verschnürung riß, blutüberströmt, regungslos, sterbend stürzte sie zu Boden . . .

"So ist Eins von den Zweien, was Du gewollt hast, doch wahr 'worden," sagte der Rothe, indem er zurücktrat und sie einen Augenblick mit scheuen Blicken betrachtete . . . "Ich hab's anders im Sinn gehabt — aber Du hast es selber nit anders haben wollen . . ."

7.

Der Morgen des andern Tages kam spät und trübe herauf; der Nebel lag so tief und dicht, daß es kaum mög= lich war, drei Schritte vor sich zu sehen. Hiesel hatte im Osterzeller Wirthshause nur ein paar Stunden auf der Ofenbank in unruhigem Schlafe zugebracht; die Erwartung des Kommenden hielt ihn in beständiger Erregung und weckte ihn früh. Schon zur Weiterreise gerüstet schritt er in der Gaststube hin und wider, in Bilder der Heimath, Bilder der Liebe und der Erinnerung um so enger verstrickt, je sorgsamer und strenger er bis dahin jede Erinnerung von sich fern gehalten . . . er zählte die Secunden, bis die Cameraden kamen, die es sich nicht wehren lassen wollten, ihm noch eine Strecke das Geleit zu geben; dann sollte Abschied genommen werden auf Wiedersehen und Wieder= finden in Ulm.

Endlich erschienen sie — aber mit verstörten Gesichtern.

"Wir bringen nichts Gutes," rief der Tiroler, "wir sind verrathen, Hiesel! O, hättest Du mir doch gefolgt, und wären wir nicht mehr umgekehrt!"

"Was ist gescheh'n?" fragte Hiesel, nach der Büchse greifend.

"Ein ganzes Detachement von Augsburgischen Grena= dieren ist uns im Nebel über den Hals gekommen . . . das Wirthshaus ist von allen Seiten umstellt!"

„Nur ruhig, ruhig, Cameraden," erwiderte Hiesel, indem er rasch durch einige Blicke nach Fenster und Thüren sich von der Richtigkeit der Nachricht überzeugt hatte . . . „Es ist wahr, am vordern und hintern Ausgang blitzen Musketen . . . schnell über das Hausfletz in die Küche! Von dort führt auch eine Thür in's Freie . . . dort sind wir jedenfalls rückenfrei und können nach drei Seiten schießen . . ."

Sie stürmten nach der Küche, einem geräumigen Gewölbe, das außer den beiden sich gegenüberliegenden Thüren keinen Ausgang hatte, als in die ebenfalls gewölbte Speisekammer — der Lieutenant hatte zu viel Muße gehabt, seine Vorkehrungen zu treffen: kein Weg des Entrinnens war offen geblieben. „So müssen wir uns halt uns'rer Haut wehren," rief Hiesel, „und das bissel Leben so theuer verkaufen, wie es nur anzubringen ist!" Kaum hatte er seine Anordnung getroffen, daß je Zwei an jeder Thüre sich aufstellen und das Feuer unterhalten, die Andern nur laden und den Schützen die Gewehre hinreichen sollten: kein Schuß Pulver sollte vergebens abgebrannt werden, keine Kugel ihr Ziel verfehlen — als am Fenster der Lieutenant erschien und mit lauter Stimme im Namen des Fürstbischofs von Augsburg als des Landesherrn zur Ergebung aufforderte und Denen, welche sich sogleich fügen würden, die geringste Strafe verhieß.

„Das ist unsere Antwort!" rief Hiesel und drückte los, mit dem sicheren Stutzen mitten auf die Brust des Officiers zielend; aber das Pulver in der Pfanne brannte vergeblich auf, zum erstenmale versagte das nie fehlende Gewehr seinen Dienst. Erbleichend und mit einem wilden Fluche warf er es den Andern zu, um die Ladung zu untersuchen — aber der Officier war gerettet, und damit wohl der Ausgang des Unternehmens entschieden: hätte der erste Schuß den Anführer hingestreckt, so würde die Mannschaft vor dem Ungestüme der Wildschützen schwerlich wieder Stand gehalten haben.

Da mit dem Widerstande die Ergebung als verworfen erscheinen mußte, ließ der Lieutenant seine Grenadiere zum Angriffe gegen die Thüre vorrücken, aber die Wildschützen waren hinter der verrammelten Thüre geborgen, und auf jeden ihrer Schüsse stürzte ein Mann, um nie wieder aufzustehen. Schuß auf Schuß krachte hin und wider, die Thüren waren schon wie Siebe durchlöchert, die Grenadiere hatten bereits zwei Todte und viele schwer Verwundete, und noch war kein Ende des Kampfes abzusehen; die Belagerer änderten daher in etwas ihren Plan.

„Courage, Cameraden!" rief Hiesel. „Wenn wir die Kugeln gehörig aussparen und recht sicher zielen, machen wir sie mürbe, und wenn ihrer noch so viel wären! Wir schlagen uns doch noch durch — der Wald kann keine fünfzig Schritte entfernt sein!"

„Horch, was ist das?" rief der Tiroler entgegen. „Was ist das für ein Gepolter über uns?"

Dumpfe gewaltige Schläge erdröhnten von oben, der Kalkbewurf des Gewölbes fiel in Stücken herab.

„Sie sind über uns . . . sie schlagen das Gewölb' ein . . ."

„So deckt Euch," rief Hiesel, „daß sie Euch nicht erreichen können . . . wie das Loch durch ist, gebt ihnen gleich eine ordentliche Ladung zu verkosten!"

Jetzt prasselten Steine hernieder, eine dichte Staubwolke wälzte sich auf, und durch dieselbe blitzten die sichern Schüsse der Wilderer den Eindringenden entgegen — Geschrei der Getroffenen antwortete; aber auch die Soldaten hatten ihren Mann sicher gefaßt. Eine Kugel drang dem Tiroler, der sich zu weit vorgewagt hatte, in Kinn und Hals und schmetterte ihn zu Boden. „B'hüt' Gott, Hiesel . . ." rief er im Stürzen, „mit mir ist's aus . . ."

„B'hüt' Gott, Peter," rief Hiesel entgegen, „hab' jetzt keine Zeit zum Abschiednehmen, wir geh'n wohl bald mit einander . . ."

Die Soldaten hatten sich indeß überzeugt, daß das Durchbrechen des Gewölbes ihnen nicht viel genützt habe; sie begannen daher Patronen, mit Stroh umwickelt, anzuzünden und in die Küche hinab zu werfen, um die Eingeschlossenen zur Ergebung zu zwingen. Der erstickende Dampf nöthigte diese auch, sich aus der Küche in das Speisegewölbe zurückzuziehen, aber er vertrieb auch die Belagerer, und das brennende Stroh drohte das Haus selber in Brand zu setzen. Eine Kufe voll Bier, das oben zum Kühlen aufgestellt war, mußte zum Löschen dienen und machte die Lage der Eingeschlossenen noch verzweifelter. Der Lissaboner Bäck wollte mit raschem Sprunge die eine Thür erreichen, um vielleicht durch sie einen gewaltsamen Ausweg zu finden; mitten im Sprunge traf ihn eine Kugel und streckte ihn auf das halbbrennende Stroh, daß er theils in dem entsetzlichen dicken Qualme erstickte, theils in dem herabströmenden Biere ersoff. Der Sattler war verzagt geworden und hatte sich in den Kamin geflüchtet, der Blaue war in's Ofenloch gekrochen, der Sternputzer lag mit einer schweren Kopfwunde bewußtlos in der Ecke . . .

Vier Stunden schon hatte der Kampf gedauert; Hiesel allein stand noch aufrecht, die letzte Kugel rollte in den Lauf . . . Widerstand war nicht länger möglich, kein Zagen kam in sein furchtloses Herz, aber die Möglichkeit, sich zu retten, vielleicht doch noch entrinnen zu können, stieg in ihm auf.

„Wenn es noch Pardon giebt," rief er durch die Thür, „so will ich mich ergeben . . ."

Im Augenblicke wurde das Feuern eingestellt; die Thür ging auf, Hiesel stand dem Lieutenant gegenüber mit wirrem Haare und pulvergeschwärztem Angesichte . . . Erschüttert bot er dem Officiere seine Hand. . . . „Sie tragen den

Officiersrock," sagte er, „Sie werden ein Ehrenmann sein
... Ihnen ergeb' ich mich: ich heiße Matthias Klostermaier."

In der Stube des halbzerstörten Hauses musterte der
Lieutenant seine Mannschaft, traf Anordnungen wegen der
Gefallenen und Verwundeten und sandte nach allen Seiten
Boten ab mit der Nachricht des endlich errungenen Sieges.

Der Rothe, der sich während des Gefechts fern gehal=
ten, schlich behutsam in's Zimmer. „Ich hab' mein Wort
gehalten," sagte er, „nun bitt' ich, daß der Herr Lieutenant
das seinige auch hält und mir meine Belohnung aus=
bezahlt . . ."

„Die soll Er haben," rief Schedel abgewendet, indem
er einen schweren Beutel auf den Tisch warf. „Feldwebel,
zahl' Er dem Burschen seinen Lohn aus, ich mag nichts
damit zu schaffen haben . . ."

„Komm' her, Judas," sagte der Feldwel und begann,
die Goldstücke vor dem Rothen aufzuzählen, in dessen Augen
wilde Gier funkelte, und dessen Hände zuckten, als könne er
den Augenblick nicht erwarten, wo dieser Schatz völlig sein
gehören sollte.

Ein Sergeant trat inzwischen ein und meldete dem
Lieutenant, daß er mit einer Abtheilung Grenadiere zur
Verstärkung nachgeschickt worden, und da er an dem bezeich=
neten Treffpunkte, in der verlassenen Schmiede, Niemand
mehr angetroffen, den Spuren nachmarschirt sei, bis vor
einigen Stunden das Schießen ihm vollends den Weg ge=
zeigt habe. „Schade," schloß der Sergeant, „daß wir zu
spät gekommen sind, es muß heiß hergegangen sein, und
die Wildschützen müssen sich tüchtig gewehrt haben! Hätt'
mich wohl auch ein wenig mit ihnen herumraufen mögen!
Aber etwas Merkwürdiges haben wir doch auch erlebt . . .
in der verlassenen Schmiede haben wir eine Todte ge=
funden!"

„Eine Todte?" rief verwundert der Officier — der Rothe bebte zusammen.

„Ja, Herr Lieutenant, eine Ermordete noch dazu; eine junge saubere Person mit einem Stich in Brust und Hals, und ihre Hände so fest wie im Krampf geschlossen, und wie wir die eine davon öffneten, hielt sie diesen Knopf und diese Schnüre darin — es ist kein Zweifel, sie hat sich gegen den Mörder gewehrt, und im Ringen ist ihr das in der Hand geblieben!"

Der Rothe war immer mehr erblichen und wankte; die Goldstücke auf dem Tische tanzten vor seinen Augen durch einander, wie Feuerfunken der Hölle.

„So," sagte der Feldwebel, der seinen Mann wohl beachtet und auch die Meldung des Sergeanten nicht über=hört hatte, „da hast Du Deinen Judas=Lohn! Was wirst damit machen?"

„Das brauch' ich wohl Ihm nicht zu sagen," erwiderte der Rothe keck, indem er mit bebender Hand die Ducaten in seinen Geldgurt streifte; er suchte seine Betroffenheit hinter einem zuversichlichen Wesen zu verbergen.

„Da hast Du allerdings nicht Unrecht, Kerl," sagte der Feldwebel wieder, „aber vielleicht kann ich Dir 'was rathen, was Du damit thun könntest . . ."

„Und was wäre denn das?" stammelte der Rothe.

„Daß Du Dir ein Stück Tuch und einen Knopf kaufst und das Loch da in Deinem Wamms ausstückeln lassen sollst . . ."

Der Rothe schwankte und mußte sich auf den Tisch stemmen. „Ich weiß nicht, wie ich dazu gekommen bin," würgte er hervor, „. . . ich muß irgendwo hängen geblieben sein . . ."

„Du weißt es nicht, Kerl?" rief der Feldwebel und vertrat ihm den Weg. „Dann will ich Dir's sagen . . . Der bairische Hiesel ist vielleicht ein arger Spitzbub' und

Verbrecher gewesen, aber er hat Ehr' im Leib und Courag'
wie der Teufel; Du bist einmal sein Camerad gewesen und
hast ihn doch verrathen! Wer das kann, der kann auch
mehr — der kann auch ein Weibsbild umbringen, das ihm
im Weg ist . . ."

„Was fällt Ihm ein . . ."

„Mir fällt ein, daß Du in der Schmiede gewesen, daß
Du von Deinem Weibe geredet und dort zurückgeblieben bist
. . . die Ermordete hat diesen Knopf da in der Hand gehabt, an Deinem Wamms fehlt er, und der Mörder bist
Du! Streich' Dein Sündengeld zusammen, Schandkerl,
und nimm's — nutzen wird Dich's nicht viel, denn Dich
selber nehmen wir beim Schopf!"

Halb ohnmächtig, schwankend zwischen Grimm und
Verzweiflung, ward der Verbrecher ergriffen und gebunden.
„Bringt ihn fort," rief der Feldwebel, „aber nicht zu den
Uebrigen . . . die haben wir im ehrlichen Gefecht gefangen
genommen, denen wollen wir die Schand' einer solchen
Gesellschaft nit anthun!" —

So war die furchtbare Wildschützenbande vernichtet,
der bairische Hiesel überwältigt und erwartete im Gefängniß
zu Dillingen den Ausgang des peinlichen Verfahrens, das
über ihn und seine Genossen eröffnet wurde. Dort traf
er mit dem Buben wieder zusammen, der schon zuvor dahin
abgeliefert worden war.

Hiesel blieb sich auch in Gefängniß und Verhör gleich;
er hatte bald seine volle Ruhe wieder gefunden, und selbst
die alte Heiterkeit kam manchmal zurück. Er leugnete nichts
von Allem, was er gethan, aber er wehrte sich mit Eifer
dagegen, wenn ihm eine Rohheit, eine That des wilden
Uebermuths zur Last gelegt werden wollte, die von seinen
Genossen begangen worden war. Mit Vergnügen erzählte
er von den bestandenen Abenteuern und Gefahren und kam
seinen Richtern gegenüber oft so sehr in Zug, daß er

Manches rückhaltlos erzählte, was mindestens vor diesen Zuhörern besser verschwiegen geblieben wäre. Beharrlich verweigerte er jede Auskunft darüber, wer ihm etwa Wild abgekauft, wer ihn beherbergt und ihm eine freundliche Warnung gesandt habe. „Wenn ich 'was Unrechtes gethan hab', " sagte er, „so soll meinetwegen Niemand 'was Unliebes gescheh'n; ich denk', ich werd's wohl allein ausmachen können! "

Der Proceß war sehr umfangreich und darum langwierig; endlich war er doch so weit vorgerückt, daß das Urtheil von Augsburg, wohin die geschlossenen Acten eingeschickt worden waren, jeden Tag eintreffen konnte.

Hiesel erwartete es in vollster Unbefangenheit; er dachte gar nicht des Kommenden, zumal nachdem man den treuen Buben in dasselbe Gefängniß zu ihm gelegt hatte: man hatte die Bitte Beider gewährt, da doch eine Gefahr, daß sie schädliche Verabredungen treffen könnten, nicht mehr bestand. Seitdem war Hiesel fröhlich und guter Dinge, und Beide sangen wieder zusammen die geliebten Lieder vom lustigen Wildschützenleben im freien grünen Walde.

Eines Abends hatten sie wieder zusammen gesungen, bis der Wächter Stille geboten hatte; Anderl' war eingeschlafen, Hiesel wachte noch und sah in das Dunkel der Nacht und des Gefängnisses vor sich hin — plötzlich fuhr er von seinem Strohlager empor und lauschte.

... Vom Fenster der Keuche her ließ sich ein sonderbarer Ton vernehmen, wie das Zischen einer Feile, die an den Eisenstangen des Gitters arbeitete.

„Was giebt's?" flüsterte Hiesel. „Wer ist da?"

„Ich bin's ..." flüsterte es entgegen. „Kennst mich nicht?"

„... Stubele ... Du?"

„Ja, ich bin's. Ich hab's nit über's Herz bringen können, daß ich Dich verlassen sollt' in der Noth. Wie

ich gehört habe, daß Du gefangen bist, bin ich hierher nach
Dillingen und hab' mich in dem Bräuhaus nebenan als
Knecht verdungen. Glücklicher Weis' hat Niemand 'was
Arges gedacht, sie haben mich aufgenommen, und so hab'
ich Gelegenheit gehabt und hab' Alles in der Still' vor=
bereiten können und auskundschaften . . . Gieb Acht, ich
drück' das Fenster ein und werf' Dir die Feile zu, daß Du
Deine Ketten losmachen kannst . . ."

Die Fensterscheibe knackte, aber sie klirrte nicht, die
Scherben hingen an dem mit Leim bestrichenen Tuche, das
Studele an das Glas angedrückt hatte.

„Ich brauch' die Feile nicht," rief Hiesel, „ich bin nicht
angekettet . . ."

„Was? Das ist ja herrlich! Dann haben wir's
nur mit dem Gitter zu thun, aber das sitzt teuflisch fest!
Ich hab' nur die eine Stange wegbiegen können, aber
vielleicht ist das Loch doch groß genug, daß Du durchschlüpfen
kannst . . . Versuch' es einmal . . ."

Hiesel schwang sich hinauf und suchte sich zwischen den
Stäben durchzudrängen, es war unmöglich; auch die An=
strengungen Beider, die übrigen Stangen loszurütteln,
waren vergeblich, da alles Geräusch vermieden werden
mußte. „Es geht nicht," sagte Hiesel endlich, „Du siehst,
es soll nit sein! Ich dank' Dir, Studele, für Deinen
guten Willen . . . aber mach', daß Du fort kommst, damit
sie Dich nicht auch noch erwischen . . . Nimm den Buben
mit Dir, und nachher B'hüt' Dich Gott . . ."

„Den Buben?" fragte Studele zögernd.

„Ja — wirst Dich doch nit besinnen, Studele? . . .
Komm her, Anderl'," rief er dem Buben zu, der, ebenfalls
erwacht, mit glühenden Wangen mitgeholfen hatte und noch
an dem Gitter zu rütteln versuchte. „Ich hab' Dir ver=
sprochen, daß ich wie ein Bruder für Dich sorgen will . . .
jetzt kann ich's halten! Du bist noch jung, Anderl', Du

kannst noch ein anderes Leben anfangen, kannst noch ein anderer Mensch werden . . . thu's! Geh' mit dem Stubele, folg' ihm, wie Du mir gefolgt hast, und wenn's Dir ein= mal gut geht . . . nachher denk' an mich!"

Der Bube brach in Thränen aus und umfing Hiesel's Kniee. „Nein," rief er, „ich geh' nit von Dir! Was Dich trifft, Hiesel, soll mich auch treffen . . ."

„Geh', Anderl'," sagte Hiesel, „ich will's haben! Folg' Deinem Hauptmann zum letztenmale . . . geh' mit dem Stubele . . . und Du, bester von allen Cameraden und liebster von alle' Freund', nimm Dich um den Buben statt meiner an . . . B'hüt' Euch Gott mit einander, und wenn Ihr an mich denkt . . . und daß ihr Zwei mich nicht vergeßt, das weiß ich . . . wenn Ihr an mich denkt, dann betet ein Vaterunser für mich. . ."

„Ich kann nit so geh'n," rief Stubele, „wir wollen noch einen Versuch machen. . ."

„Es ist vergebens . . . macht nur, daß Ihr Beide fortkommt, eh' Euch die Wächter gewahr werden . . . Fort, ich hör' schon ein Geräusch draußen auf dem Gang. . ."

Er hob den Buben, der sich weinend an ihn hielt, zu dem Fenster empor und half ihm durch das Gitter schlüpfen: „Ich komm' noch einmal wieder," rief Stubele und ver= schwand. . .

Er kam nicht wieder.

Am andern Tage ward der Ausbruch und die Flucht des einen Gefangenen entdeckt, und der Zurückgebliebene in ein besser verwahrtes Gefängniß gebracht.

Kurze Zeit nachher kam das Urtheil; es lautete:

„In peinlichen Verhörsachen entgegen und wider den Mathias Klostermaier, sogenannten bairischen Hiesel, von Kissing des Landgerichts Friedberg in Baiern gebürtig, wird auf desselben gerichtliche und gütliche Bekenntniß, auch hierüber eingenommene eidliche Erfahrungen, nach geplo=

genem genauen Rechtsbedacht und der Sache reif erwogenen
Umständen von der hochfürstlich-Augsburgischen weltlichen
Regierung mit Urtheil zu Recht erkannt, daß dieser Erz-
bösewicht wegen seiner vielfältigen Wilddiebereien, öffentlichen Gewaltthaten, Landfriedensbrüchen, Räubereien und
vorsätzlichen Todtschlägen den göttlichen, natürlichen und
menschlichen Gesetzen auf die vermessenste und ärgerlichste
Weise zuwider gehandelt und dahero das Leben verwirkt
habe: meßwegen derselbe zu seiner wohlverdienten Strafe,
Andern aber zum abscheuenden Beispiel, dem Scharfrichter
zu Handen und Banden übergeben, zur Richtstatt geschleift,
daselbst mit dem Rade durch Zerstoßung seiner Glieder
von oben herab vom Leben zum Tode gerichtet, alsdann
der Kopf von dem Körper gesondert, dieser aber in vier
Stücke zerhauen und an den Landstraßen aufgehangen, der
Kopf hingegen auf den Galgen gesteckt werden solle..."

Der Richter fragte nach der Verlesung, was der Ver-
urtheilte noch zu sagen habe.

„Nichts," erwiderte Hiesel gelassen, „... nichts, was
ich nicht schon oft genug gesagt habe ... Ich bleib' einmal
dabei, daß das Wild frei ist im Wald ... die Herren
hätten das Bauernvolk gegen das Wild schützen sollen, sie
haben's nit gethan, und weil ich mich's unterstanden hab',
haben sie mich verfolgt und richten mich ... In Gottes
Namen, ich hab' mich vor dem Sterben nie gefürchtet, und
ob es ein bissel früher oder später geschieht, was macht es
aus? In fünfzig Jahren," fuhr er fort, indem er lächelnd
die ganze Versammlung überblickte, „ist von Allen, die
da vor mir sind, auch Niemand mehr am Leben!"

Dem Spruche folgte der Vollzug auf dem Fuße —
blutig, wie jene Zeit die Gerechtigkeit üben zu müssen
glaubte; die Gegenwart, welcher die Todesstrafe selbst schon
zum Unrecht geworden, wendet sich von den Gräueln, womit

diese damals noch ausgeschmückt wurde, mit Schauder
hinweg.

Am Tage vor dem Tode ging die Thür zu Hiesel's
Gefängniß auf; auf der Schwelle stand ein greiser Mann
in priesterlichem Gewande, neben ihm ein schwarzgekleidetes
Mädchen, das die weinenden Augen und das bleiche Gesicht
in einem Tuche verbarg.

„Hiesel," rief der Geistliche, „Du bist nicht mehr zu
uns gekommen — aber die wahre Liebe läßt nicht von dem
Gegenstande, den sie einmal erkoren, darum kommen wir
zu Dir . . ."

„Herr Pfarrer . . ." rief Hiesel, „Monika . . ." wollte
er rufen, allein die Stimme versagte ihm, schon hing sie
an seinem Halse, aber wortlos und wie ohne Bewußtsein
— nur ihr Schluchzen und das Beben des Körpers verrieth,
daß noch Leben in ihr war.

„O Ihr guten, guten Menschen . . ." fuhr Hiesel
erschüttert fort, . . . „ja, Ihr habt es gut gemeint mit mir
. . . Ihr habt mich wirklich gern gehabt! Könnt Ihr mir
denn verzeih'n, was ich Euch angethan hab'?"

„Wir Menschen haben kein Recht, einander zu grollen,"
erwiderte der Priester, „hinieden sind wir Alle schwach!
Wir haben Dir lang' verzieh'n. Dein Vater schickt Dir
durch mich einen letzten Gruß — Deine Schwester auch!
Sie bedauert ihre Hartherzigkeit, die vielleicht mit geholfen,
Dich vom Hause fort zu treiben . . . sie bittet Dich um
Verzeihung für jedes harte Wort, Du sollst es ihr nicht
nachtragen in die Ewigkeit. . ."

„Und Du, Monika?" rief Hiesel, unter Thränen zu
ihr niedergebeugt. „Und Du?"

„Sie hat," erwiderte der Pfarrer für sie, „ihr Heil in
Dem gefunden, in welchem das Heil unser Aller liegt!
Du kannst ruhig hinüber geh'n, Du wirst eine treue, uner=
müdete Fürbitterin haben bei Gott. . ."

Monika kam etwas zu sich und richtete sich halb auf, aber der Blick der vom Weinen verblichenen blauen Augen war wie verwirrt, und das Lächeln, mit dem sie zu Hiesel empor sah, stimmte nicht zu dem traurigen Orte und der ernsten Begegnung. „Gelt, Hiesel,“ sagte sie halblaut, „ich hab' Dir's vorher gesagt, es kommt eine Zeit, wo Du's erst einsiehst, wie gern ich Dich hab' . . . Ich bin Dir treu 'blieben, Hiesel . . . warum hast mich so lang' nit geholt in das schöne Jägerhaus . . . draußen im Wald . . . mit den lustigen grünen Läden? . . . Ich bleib' Dir allemal treu . . . ich will schon warten, bis daß Du kommst und mich abholst. . .“

Der flüchtige halbe Sonnenblick der Besinnung schwand, und Ohnmacht umfing sie wieder. —

„Es ist besser so,“ sagte der Pfarrer und winkte den Dienern, „laß' sie so von Dir geh'n, Hiesel . . . erspare Dir und ihr die nutzlose Qual! Auch ich muß von Dir scheiden . . . laß' mich's mit der Hoffnung thun, daß ich Dich drüben unter meinen Pfarrkindern wieder finden werde! Versöhne Dich mit Gott; trage, was über Dich verhängt ist, als Mann und Christ und büße durch einen reuigen Tod, was Du hienieden verbrochen . . . O mein Sohn, mein unglücklicher Sohn . . .“ fuhr er, selbst von Rührung ergriffen, fort, „mußte ich so furchtbar Recht behalten, daß Dein Trotz es werde erfahren müssen, Gewalt zu leiden!“

„Ich will als ein guter Christ sterben,“ sagte Hiesel fest, ihn zur Thüre geleitend, . . . „aber was ich leide, ist wirklich nur Gewalt — ob es Recht ist, will ich unsern Herrgott fragen . . .“

Er endete standhaft. Mit ihm starben der Blaue und der Rothe unter dem Schwerte des Nachrichters; der Stern-putzer war im Gefängniß seinen Wunden erlegen.

Stubele wandte sich in's Bairische; in der Gegend von

Althegnenberg erwarb er ein kleines Gütchen, das er still bewirthschaftete, bis in's hohe Alter seinem Hauptmanne in der Erinnerung getreu und für sein Andenken begeistert.

Der Bube folgte der Trommel und hielt sich wacker; unter den bei Leipzig auf dem Felde der Ehre Gefallenen war der österreichische Hauptmann Andreas Mair — die Sage will, er sei Hiesel's Liebling gewesen, dessen jugend= liche Vergangenheit man wohl gekannt oder doch vermuthet, aber absichtlich übersehen habe, um seiner Trefflichkeit willen.

Fünf Jahre noch beweinte der allgemach ganz erblindete greise Bildschnitzer den unglücklichen, verirrten und wohl eben darum doppelt geliebten Sohn; dann ward ihm der Tod ein sicherer Trost.

Die treue Monika starb erst 1820 ... eine unschäd= liche Geisteskranke, die man frei gewähren ließ, die fast mit Niemand sprach, unermüdlich arbeitete, aber ohne Unter= brechung dazu betete. An Festtagen setzte sie wohl das Kränzel auf, das sie bei der Erdweger Hochzeit getragen, und wenn einer der jüngern vorwitzigen Burschen sie um die Bedeutung fragte, erwiderte sie lächelnd, das sei um ihres Hochzeiters willen, auf den sie warte — als sie aus= gewartet hatte, gab man ihr das Kränzel mit in die Grube.

Das Andenken an Hiesel selbst ist im Volke noch sehr lebendig, zumal in den Gegenden, wo er heimisch war und am häufigsten gehaust; obwohl das, was er gewollt, lange erreicht, und, was damals ein Verbrechen war, zu einem auf Gesetz und Recht ruhenden festen Zustande geworden, denkt das Volk noch gern des kühnen Wildschützenhaupt= manns, dessen Kraft, auf andere Wege geleitet, wohl zu einem andern Ende geführt haben würde. Er ist viel be= sungen im Volksliede von Freund und Feind; aus einem Spottliede über ihn hört man wohl noch einzelne Absätze, wie:

Der gute Stutzen kracht nicht mehr:
  Aus seinem Mundloch geht,
Euch zu erschrecken, wie vorher,
  Kein bleiernes Billet!

Er hat das Forstrecht lang' studirt
  Und mit dem Jägercorps
So scharf und hitzig disputirt,
  Daß es den Sieg verlor.

Der Jäger Einwurf war sehr matt
  Auf Hiesel's Argument,
Doch endlich machte der Soldat
  Dem Disputat ein End'!

Oefter aber und lieber, wenn auch gegenstandslos
geworden, hört man das alte, schon am Anfange erwähnte
Lied, das also schließt:

Und kommt die letzte Stunde,
  Und mach' ich b' Augen zu,
Soldaten, Scherg'n und Jaga,
  Erst dann habt's vor mir Ruh'!

Da wird si' 's Wild vermehren
  Und springen kreuzwohlauf,
Und b' Bauern wer'n oft rufen:
  Geh', Hiesel, steh' wieder auf!